W0403938

HARALD SCHNEIDER

Wassergeld

LAND UNTER Weihnachtszeit in der Vorderpfalz. Ausgerechnet während der Weihnachtsfeier der Kriminalinspektion Schifferstadt wird Katastrophenalarm ausgelöst: Bei Altrip wurde der schmale Deich durch eine Explosion beschädigt. Teile des riesigen, direkt am Rhein gelegenen Campingplatzes »Auf der Au« sind überflutet. Glücklicherweise gibt es nur wenige Verletzte, da sich kurz vor Weihnachten kaum noch Menschen auf dem Platz befinden.

Doch dann kündigt ein Erpresserbrief mit einer Forderung in Millionenhöhe weitere Attentate an. Und als Kommissar Reiner Palzki auch noch ein toter Schiffsführer auf dem Gelände der Schifffahrtsgesellschaft Rheingüter GmbH im Ludwigshafener Kaiserwörthhafen gemeldet wird, droht die Lage zu eskalieren. Ein Wettlauf gegen die Zeit beginnt …

Harald Schneider, Jahrgang 1962, lebt in Schifferstadt in der Metropolregion Rhein-Neckar. Der Betriebswirt arbeitet in einem Medienkonzern im Bereich Strategieplanung. Bekannt geworden ist er als Autor von Rätselkrimis und Detektivgeschichten für Kinder und Jugendliche. Seit 2008 veröffentlicht er auch Kriminalromane für Erwachsene. »Wassergeld« ist der vierte Band seiner Serie um den beliebten Schifferstadter Kommissar Reiner Palzki.

Bisherige Veröffentlichungen im Gmeiner-Verlag:
Künstlerpech (2013)
Palzki ermittelt (2012)
Pilgerspuren (2012)
Blutbahn (2012)
Räuberbier (2011)
Erfindergeist (2009)
Schwarzkittel (2009)
Ernteopfer (2008)

HARALD SCHNEIDER

Wassergeld

Palzkis vierter Fall

GMEINER *Original*

Die Kartendaten auf S. 5 sind dem OpenStreetMap-Projekt
entnommen und stehen unter der
Creative Commons Attribution Share Alike-Lizenz 2.0.

Personen und Handlung sind frei erfunden.
Ähnlichkeiten mit lebenden oder toten Personen
sind rein zufällig und nicht beabsichtigt.

Besuchen Sie uns im Internet:
www.gmeiner-verlag.de

© 2010 – Gmeiner-Verlag GmbH
Im Ehnried 5, 88605 Meßkirch
Telefon 07575/2095-0
info@gmeiner-verlag.de
Alle Rechte vorbehalten
3. Auflage 2013

Lektorat: Claudia Senghaas, Kirchardt
Herstellung / Korrekturen: Daniela Hönig /
Doreen Fröhlich, Katja Ernst
Umschlaggestaltung: U.O.R.G. Lutz Eberle, Stuttgart
unter Verwendung eines Fotos von: aboutpixel.de /
hitzacker XI © Sven Brentrup
Druck: CPI – Ebner & Spiegel GmbH, Ulm
Printed in Germany
ISBN 978-3-8392-1062-8

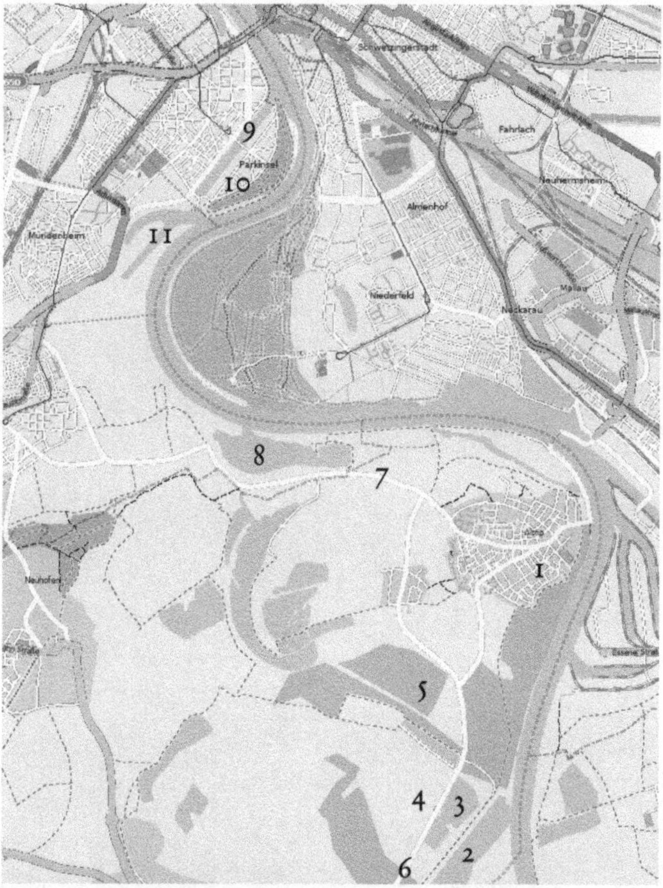

1 Altrip
2 Otterstadter Altrhein
3 Marxscher Weiher, Ort des Deichbruchs
4 Campingplatzanlage ›Auf der Au‹
5 Geplanter Polder
6 Kreisstraße 13 von Waldsee nach Altrip
7 Kreisstraße 7 von Rheingönheim nach Altrip
8 Kiefscher Weiher
9 Luitpoldhafen
10 Sitz der Wasserschutzpolizei
11 Kaiserwörthhafen, Gefahrgutumschlagshafen

Du glaubst die ganze Welt ist dein,
Es lacht der Mund zu jeder Stund,
das kranke Herz, es wird gesund;
Komm, ich lade dich ein:
Einmal zum Rhein!
Willi Ostermann

Für die Mitarbeiter der Wasserschutzpolizei Ludwigshafen

Im Anhang befinden sich die vier Gewinnergeschichten des Rheinpfalz-Leo-Sommerkrimiwettbewerbs 2009.

1. DIE WEIHNACHTSFEIER

Es hätte so ein schöner Tag werden können.

Meine letzten irdischen Atemzüge hatte ich mir angenehmer vorgestellt. Seit Minuten rang ich verzweifelt um eine lebensnotwendige Mindestmenge an Sauerstoffmolekülen. Mein Röcheln und Stöhnen schien niemand zu bemerken. Trotz winterlicher Temperaturen lief mir der Schweiß in Bahnen über die Schläfen. Mit letzter Kraft konnte ich meinen Kopf nach rechts drehen: Würde sie sich erbarmen und mich vor dem Erstickungstod bewahren? Hatte sie überhaupt begriffen, dass ich gerade eine Nahtoderfahrung durchmachte? Verzweiflung stieg in mir hoch, als sie nur ärgerlich den Kopf schüttelte.

»Mensch, Reiner«, knurrte meine Frau Stefanie. »Einmal im Jahr werde ich wohl von dir verlangen dürfen, dass du eine Krawatte anziehst.«

Mit meinem linken Zeigefinger versuchte ich, meinen Kehlkopf von dem unsagbaren Druck zu befreien und keuchte ihr entgegen: »Bei Pauls Taufe wäre ich fast über den Jordan gegangen!«

Stefanie schüttelte erneut, immer noch recht verärgert, den Kopf. »Paul ist inzwischen sieben, falls du das vergessen hast. Es ist beschämend, dass man einem Mann, der bald 50 Jahre alt wird, die Krawatte binden muss, weil er das nicht selbst fertigbringt.«

Aufgebracht erwiderte ich: »Jetzt übertreib mal nicht so schamlos. Bis zu meinem 50. dauert es noch eine Weile. Außerdem werden Männer nicht alt, sondern nur reif.«

»Dann lerne endlich Krawatten zu binden, das hat nämlich auch etwas mit Reife zu tun«, konterte sie bissig. »Du hast deine Krawatte jetzt seit zehn Minuten an, andere Männer tragen sie den ganzen Tag.«

Schicksalsergeben konzentrierte ich mich wieder auf den Straßenverkehr. Meine Frau und ich waren unterwegs zur Weihnachtsfeier der Schifferstadter Kriminalinspektion. Die Feiern in den vergangenen Jahren waren immer recht ausgelassen gewesen. Nicht selten zogen wir zu später Stunde, tanzend auf den Bierzelttischen, in unserem Sozialraum eine wilde AC/DC-Party ab. Seit diesem Jahr war damit Schluss. Als ehemaliger kommissarischer Dienststellenleiter habe ich ungefragt einen neuen Chef vor die Nase gesetzt bekommen. Kriminaloberrat Klaus Pierre Diefenbach, der wegen seiner Initialen von allen nur KPD genannt wurde, war wegen einiger Verfehlungen vom Ludwigshafener Präsidium nach Schifferstadt aufs Land strafversetzt worden. Seit er das Regiment übernommen hatte, ist nichts mehr, wie es war. Sein Leitspruch war ›Ein Chef, der bewundert wird, ist ein guter Chef‹. Er wurde zwar mit Sicherheit von niemandem bewundert, bildete sich allerdings stets das Gegenteil ein. Zum Fiasko entwickelte es sich, als bekannt wurde, dass KPD ein wahrhaftiger Gourmet war und eine Haute

Cuisine für ihn Mindeststandard bedeutete. So kam es, dass alle seine Untergebenen einen Knigge- und Kochkurs aufgebrummt bekamen, damit auf KPDs Weihnachtsfeier nichts schiefging. Sämtliche Bürgermeister des Landkreises, den Landrat und ein halbes Heer an Journalisten hatte er in das Dreisternerestaurant Tullas Erben nach Limburgerhof eingeladen. Für uns bedeutete das neben der mörderischen Anzug- und Krawattenpflicht eine mindestens zweistündige Selbstbeweihräucherungsrede von KPD.

Selbstverständlich freute ich mich, dass Stefanie neben mir saß. Heute Mittag hatte meine Schwiegermutter unsere beiden Kinder Paul und Melanie mit zu sich nach Frankfurt genommen. Erst übermorgen, am Sonntag, wird sie die beiden zurückbringen. Stefanie, die seit zwei Jahren von mir getrennt lebte, blieb dieses Wochenende bei mir. Wir freuten uns auf zwei ruhige und entspannte Tage. Es galt, Zukunftspläne zu schmieden. Kurzfristige – denn in einer knappen Woche begannen die Weihnachtsferien, sowie mittelfristige – denn Stefanie war im fünften Monat schwanger. Ich war mindestens so glücklich wie Stefanie. Selbst die mangelhafte Sauerstoffzufuhr konnte daran nichts ändern. Im neuen Jahr würde Stefanie wieder nach Schifferstadt ziehen. Der genaue Zeitpunkt war noch unklar, denn für Paul und Melanie war der Umzug mit einem Schulwechsel verbunden. Ins Auge gefasst hatten wir im Moment Anfang Februar, unmittelbar nach den Halbjahreszeugnissen.

Das Restaurant, das ich in meinem bisherigen Leben noch nie betreten hatte, tauchte im diffusen Scheinwerferlicht auf. Es war kurz vor 19 Uhr und fast stockdunkel. Ein feiner Nieselregen hing seit Stunden in der Luft und dämpfte das Licht der wenigen Straßenlaternen. Dieses ungemütliche Bild entsprach dem typischen Winter in der Rheinebene: nass, matschig, eklig. Wer hier kein Rheuma bekam, dem war nicht mehr zu helfen.

Als hätte ich es im Kniggekurs gelernt, hob ich den Regenschirm über meine Frau, während wir durch eine Pfützenlandschaft auf das Restaurant zugingen. Stefanie überprüfte nochmals den Sitz meines Anzugs und meinte süffisant: »Bis auf den Taillenbereich passt der noch ganz gut!«

Glücklicherweise erspähte ich in diesem Augenblick meinen Lieblingskollegen Gerhard Steinbeißer. Seine weibliche Begleitung stellte er uns als Katharina vor. Stefanie und ich waren uns mit einem Blick einig, dass wir diesen Namen nicht in unserem Langzeitgedächtnis abspeichern bräuchten. Gerhard genoss sein Leben und seine Lebensabschnittsgefährtinnen wechselten regelmäßig.

Der große Nebensaal des Restaurants war weihnachtlich geschmückt. Sicherlich hatte KPD bei der Auswahl der Accessoires lange geplant. Mich berührten solche Details nicht im Geringsten, nur durch deren immense Vielfalt fielen sie mir heute überhaupt auf. Für mich lautete die wichtigste Frage des Abends: ›Wird es Bier geben oder nur Wein?‹

»Wollen wir wetten, wie lange KPDs Rede dauern wird?«, unterbrach mich Gerhard bei meinen existenziellen Gedankengängen.

»Ich habe gedacht, dass aus unserer Dienststelle niemand mehr mit mir wetten will, hat sich daran etwas geändert?«

Während Gerhard laut herausprustete, sah mich Stefanie fragend an. »Warum will niemand mehr mit dir wetten?«

»Also, das ist so, Stefanie. Auf der Dienststelle werden bei wichtigen Ereignissen wie zum Beispiel Fußball-Länderspielen kleine Einsätze verwettet. Und du weißt ja, dass ich es mit Fußball nicht so habe. Jedenfalls war es bei der letzten Europameisterschaft. Jeder setzte einen Euro auf seinen persönlichen Titelfavoriten. Na ja, ich habe halt auf Brasilien als Titelgewinner gesetzt.«

»Auf Brasilien?«, unterbrach mich Stefanie verwundert.

»Ja ja, genau. Als Begründung gab ich an, dass man auch mal einem Außenseiter eine Chance geben sollte.«

Als Stefanie mich sprachlos anstarrte, ergänzte ich: »Seitdem habe ich bei meinen Kollegen Ruhe mit dem ganzen Fußballzeug.«

»Er hat sich damit als erstklassiger Fußball- und

Geografiespezialist geoutet«, warf Gerhard ein. »Wir haben ziemlich lange darüber gelacht.«

Ein zartes Glöckchenbimmeln ließ uns aufhorchen. Erst jetzt in der eintretenden Stille überflog ich die anwesenden Personen. In der vorderen Hälfte des Saales mit direkter Anbindung an das gewaltigste Buffet, das ich je gesehen habe, saß die geladene Prominenz. Personenmäßig schien sie mächtiger zu sein als die Gruppe der Beamten, die an den hinteren Tischen Platz genommen hatte.

Das Glöckchen bimmelte ein zweites Mal. KPD, dessen Anzug wahrscheinlich mehr gekostet hatte als mein letzter Urlaub, stand auf. Zwei Restaurantmitarbeiter schleppten ein Stehpult herbei. Unser Dienststellenleiter beugte sich etwas vor und wuchtete einen schweren Packen Papier aufs Pult. Den vorderen Teil der Anwesenden, der gerade begonnen hatte, zu applaudieren, schien das Redemanuskript zu schockieren: Der Applaus erstarb binnen einer Zehntelsekunde. Das nicht Beifall klatschende Fußvolk, zu dem ich selbst zählte, dachte geschlossen an Fahnenflucht.

Unser Chef hatte davon nichts bemerkt. Er zelebrierte ein Lächeln, das sogar seine Weisheitszähne freilegte.

»Liebe Anwesende«, begann er seine Ansprache. »Bevor ich im ersten Teil meiner Rede die geladenen Gäste kurz vorstelle, möchte ich mich für Ihr zahlreiches Kommen bedanken. Wie Sie bestimmt ...«

Weiter kam er nicht. Direkt vor dem Restaurant hatte irgendjemand ein Sondersignal eingeschaltet. Das Martinshorn übertönte KPDs Rede mit Leichtigkeit. Mein Kollege Gerhard schaute mich feixend an, so als wäre ich der Urheber dieses Coups. Alle Kollegen amüsierten sich nach Kräften, nur unser lieber Vorgesetzter war außer sich. Er tobte mit hochrotem Kopf. Eines stand fest: Für dieses Attentat würde mindestens ein Kopf rollen.

»Da hat einer vom Schichtdienst eine wirklich klasse Idee gehabt«, brüllte Gerhard zum Nachbartisch. »Der hat jedenfalls einen Orden verdient.«

Was jetzt passierte, war fast unglaublich. Zwei Kollegen in Uniform – zur Fraktion der wenigen Glücklichen gehörend, die von der Teilnahme an der Weihnachtsfeier befreit waren – stürmten in den Saal. Der Chef persönlich stapfte auf sie zu, als wollte er sie allein mit der Kraft seiner Gedanken ungespitzt ins Parkett hauen. Es dauerte eine gewisse Zeit, bis die beiden armen Beamten zu Wort kamen. KPDs Gesichtsausdruck änderte sich blitzartig in eine Schreckensmiene. Er stand wie versteinert, unfähig zu reagieren. Die zwei Kollegen, im Umgang mit spontanen, polizeilichen Aktionen trainiert, übernahmen das Kommando. Einer schrie, um gegen das immer noch aktive Sondersignal anzukommen, in den Saal: »Alle Beamten haben sich sofort in der Dienststelle einzufinden. Vor ein paar Minuten wurde Katastrophenalarm ausgelöst. Südlich von Altrip ist der

Deich gebrochen. Feuerwehr, Technischer Hilfsdienst, Sanitätsdienst und andere Organisationen sind ebenfalls alarmiert. In unserer Dienststelle in Schifferstadt wird die zentrale Einsatzleitung installiert. Alles Weitere erfahren Sie dort in 20 Minuten. Bitte beachten Sie: Hier handelt es sich nicht um die versteckte Kamera!«

Die beiden Beamten verließen den Saal und wenig später wurde das Sondersignal leiser. KPD stand immer noch mit offenem Mund da, während mehrere der prominenten Gäste, vermutlich die Bürgermeister aus Altrip und den umliegenden Gemeinden teils mit, teils ohne Partner, aus dem Saal stürmten. Und auch wir, die eben in Dienst gesetzten Beamten, liefen bereits, jedoch ohne eine Panikstimmung zu verbreiten oder den schmalen Ausgang zu verstopfen, zu unseren Wagen. Gerhard hatte mir sofort angeboten, bei ihm mitzufahren, wenn Stefanie seine Katharina zu Hause abliefern würde. Meine Frau nickte zustimmend. Nach einem kurzen Abschiedskuss war die Weihnachtsfeier Vergangenheit. Und noch bevor wir den Parkplatz erreicht hatten, gehörte dieser auch meine Krawatte an.

2. POLDERGEIST

Das Wetter war noch unangenehmer geworden, da der Nieselregen in einen heftigen Graupelschauer übergegangen war. Diese angefrorenen Wassertröpfchen, die es bei uns in der Rheinebene bei Temperaturen knapp über dem Gefrierpunkt recht häufig gab, raubten jedem recht schnell die Orientierung. Mir war es egal, Gerhard fuhr.

Mein Kollege trommelte nervös auf dem Lenkrad herum. »Das hatte ja irgendwann einmal passieren müssen.«

»Was hätte irgendwann einmal passieren müssen?«, wiederholte ich fragend.

»Na, dass ein Deich bricht. Rund um Altrip gibt's immerhin ein paar Kilometer von diesen Dingern. Und wie du wissen solltest, haben wir seit zwei Wochen steigendes Hochwasser, die Hochwassermarke 1 wurde gestern erreicht. Wenn das so weitergeht, und danach sieht es aus, wird in den nächsten Tagen auf dem Rhein die Schifffahrt eingestellt.«

»Das verstehe ich nicht. Die Deiche sind doch für das Hochwasser da. Oder habe ich in der Schule etwas verpasst?«

Gerhard zog sich seine Krawatte ebenfalls aus. »Ja, das stimmt schon. Aber eine Kette ist nur so stark wie ihr schwächstes Glied. Gerade die Altriper Gegend bis hin nach Waldsee und Rheingönheim ist bei Hochwasser immer potenziell gefährdet. Denke nur an das Jahr 1999. Da waren wir nahe dran, große Teile des Gebietes zu evakuieren, weil das Hochwasser an mehreren Stellen überschwappte, beziehungsweise von unten das Druckwasser in die niedrig gelegenen Felder drückte. Und das sogar ohne einen Deichbruch.«

Ich konnte mich gut daran erinnern. Äcker und Waldgebiete waren teilweise nur noch per Boot zu erreichen. Altrip, das im Innern eines Rheinknicks lag, war fast komplett von Wasser umgeben. Südlich und westlich von Altrip lagen mehrere Campingplätze von gigantischen Ausmaßen, zehntausende Camper konnte man hier jeden Sommer zählen. Aus polizeistatistischer Sicht waren diese Leute eine Katastrophe. Nicht nur, dass sich durch sie die Einwohnerzahl des Landkreises im Sommer beträchtlich erhöhte, es wurden hier stets überproportional viele Straftaten von Eigentumsdelikten bis hin zur Körperverletzung aktenkundig. Im Grunde müssten wir in der warmen Jahreszeit mehrere Beamte vor Ort nur für diese Camper abstellen, was personalpolitisch nicht durchzusetzen war.

Ich winkte ab. »Solange es nur Sachschaden gibt, ist mir der Deichbruch allemal lieber als die Weihnachtsfeier. Ein Abend ohne KPD ist ein guter Abend.«

Der Parkplatz unserer Inspektion war bereits gut gefüllt. Der Sozialraum noch viel mehr. In der Eile hatte man einfach die Stühle an der Rückseite gestapelt, um mehr Personen stehend in dem Raum unterbringen zu können. Hier trafen wir auch auf unsere Kollegin Jutta Wagner. Jutta war unser guter Geist, der alle Besprechungen organisierte und Protokoll führte. Ihr Organisationstalent war fulminant. Auch sie war eine der Glücklichen, die von der Weihnachtsfeier befreit war. Von KPD selbst wurde sie für diese Schicht zum Polizeiführer vom Dienst der Schifferstadter Kriminalinspektion befördert. Er hätte keine bessere Wahl treffen können. Jutta schien Frau der Lage zu sein. Die komplette Vorderfront inklusive der Fensterscheiben des Sozialraums war mit Flipchartpapier beklebt. Als sie uns erkannte, winkte sie kurz. Mehr Zeit blieb ihr nicht, da mehrere Personen gleichzeitig auf sie einredeten.

Es war chaotisch. Zwischen den Polizeibeamten der Kripo und unseren Kollegen von der Schutzpolizei wuselten leitende Rettungssanitäter, Feuerwehrleute und Leute von der Katastrophenschutzbehörde herum. Gerhard und ich hatten uns ins hintere Eck verdrückt. Dort gab es einen kleinen Nebenraum mit einer eingerichteten Teeküche. Mein Kollege hätte am liebsten sofort seinen geliebten Sekundentod angerührt, der sich aus annähernd 100 Prozent Kaffeepulver und einer homöopathischen Dosis Wasser zusammensetzte. Zu meinem Glück waren andere Kollegen schneller gewesen und hatten einen normalen Kaffee gekocht.

»Meine Damen und Herren«, vernahmen wir aus dem Sozialraum die Stimme unserer Jutta. Wir verließen die Küche und sahen, dass inzwischen per Beamer ein Luftbild der Altriper Region auf eine Leinwand übertragen wurde.

»Bevor wir zu den Einzelheiten kommen«, begann Jutta ohne Begrüßung, »zeige ich Ihnen zunächst die räumlichen Gegebenheiten auf dem Luftbild.« Mit einem Laserpointer deutete sie auf Altrip. »Sie sehen hier den Rhein, der von Süden kommend direkt hinter dem ufernahen linksrheinischen Altrip um 90 Grad nach Westen abknickt. Altrip ist über zwei Kreisstraßen zu erreichen. Einmal ist es die Kreisstraße 7 von Ludwigshafen, die in West-Ost-Richtung verläuft, zum anderen ist es die Kreisstraße 13, die vom südlich gelegenen Waldsee nördlich nach Altrip führt. Beide Straßen verlaufen mehr oder weniger parallel zum Rhein.«

Unsere Kollegin fuhr die Kreisstraßen mit ihrem Laserpointer nach. Das ganze Gebiet hatte etwa die Ausmaße eines Quadrates mit sechs Kilometer Kantenlänge. Nördlich und östlich bildete der Rhein die Grenze, im Süden lag Waldsee, im Westen Neuhofen und im Nordwesten der Ludwigshafener Stadtteil Rheingönheim. Das Ganze war ein großes Naturschutzgebiet, zumindest wenn man die hohe Besiedlungsdichte der Rheinebene als Maßstab berücksichtigte.

»Auf halber Strecke zwischen Waldsee und Altrip befindet sich der Campingplatz ›Auf der Au‹. Er liegt fast komplett westlich der K13. Östlich der K13, also auf der anderen Straßenseite, befinden sich ein paar weitere Parzellen sowie der einen Kilometer lange Marx'sche Weiher. Dieser Weiher ist im Osten durch einen Deich vom Otterstadter Altrhein beziehungsweise dem Rhein getrennt.«

Selbst von hinten konnten wir gut erkennen, dass der Otterstadter Altrheinarm just an dieser Stelle in den Rhein mündete.

Jutta sprach weiter. »Dieser Deich ist an drei Stellen gebrochen. Das Rheinwasser strömt seit etwa einer Stunde direkt in das Gebiet des Marx'schen Weihers. Das Tragische dabei ist Folgendes: Durch Druckwasser hat der oberirdisch autarke Weiher nach ein paar Tagen annähernd den gleichen Wasserstand wie der Rhein. Aus diesem Grund sind seit drei Wochen die etwa 100 Campingplätze rund um den Marx'schen Weiher geräumt. Doch das reicht nicht mehr. Die K13, die den Marx'schen Weiher von der großen Campingplatzanlage trennt, liegt geringfügig tiefer als der Deich und ist in der Stabilität nicht mit einem solchen vergleichbar. Das bedeutet, bedingt durch den plötzlichen Wasserdruck, ist jederzeit damit zu rechnen, dass der Campingplatz mit seinen 3.600 Parzellen überschwemmt wird. Unsere erste Aufgabe ist daher, die Anlage zu evakuieren. Wir rechnen zu dieser Jahreszeit mit höchstens 1.000 Bewohnern. Allerdings werden einige dieser Zeitgenossen und auch die, die gerade nicht dort wohnen, versuchen, ihre Campingwagen in Sicherheit zu bringen. Sie werden unseren Rettungskräften die Evakuierungswege verstopfen. Es ist folglich mit aggressivem Verhalten zu rechnen. Ein Notlager für die Camper wird zurzeit in der Sommerfesthalle Waldsee errichtet, die technische Einsatzleitung wird bei uns in Schifferstadt installiert. Der Landrat als erster Ansprechpartner für Katastrophen-Notfälle hat dafür grünes Licht gegeben. Funk für alle beteiligten Dienste wird in einer Stunde zur Verfügung stehen, die Relais werden gerade geschaltet. Von der Situation an den Deichbruchstellen liegen uns keine verwertbaren Informationen vor. Ob es Verletzte gibt, wissen wir auch noch nicht. Es ist bei den momentanen Licht- und Wetterverhältnissen sehr schwierig, an die betreffenden Stellen zu kommen.«

Jutta hatte die Situation im Griff. Fast so, als hätte sie Wochen Zeit gehabt, alles zu planen. Nachdem sämtliche Schritte für die Evakuierung besprochen waren, strömten die operativen Einsatzleiter der verschiedenen Organisationen zu ihren Einsatzorten und den dort wartenden Mitarbeitern in das Katastrophengebiet. Es waren jetzt noch etwa 20 Personen anwesend, für die in aller Eile Schreibtische, Computer und weitere Hilfsmittel angefahren wurden. Für Katastrophenfälle wurden in fast jedem Landkreis für die zentrale Kommunikation und Abstimmung die entsprechenden Geräte und Utensilien bereitgehalten. Da die Lagerung sowie weitere Details dieser vorbeugenden Maßnahme als VS-nfD, also als

›Verschlusssache – nur für den Dienstgebrauch‹, galten, darf ich die Einzelheiten nicht näher beschreiben.

Als stellvertretender Dienststellenleiter der Kriminalpolizei und aufgrund der Tatsache, dass KPD mutmaßlich noch weinend vor seinem Buffet in dem Restaurant stand, wäre es meine Aufgabe gewesen, die Kollegen zu koordinieren und in den Kampf mit den Campern zu schicken. Auch wenn für diese Dinge normalerweise die Schutzpolizei zuständig war, in solchen Notsituationen galt die Trennung als aufgehoben. Jeder Mann und auch jede Frau konnte gebraucht werden.

Ich kann meine Kollegin Jutta nicht häufig genug loben. Trotz des unsäglichen Stresses, den sie in der letzten Stunde erlitten hatte, kam sie lächelnd auf mich zu. »Ich denke, dir ist es nicht unangenehm, dass ich Jürgen beauftragt habe, die Koordination mit uns und der Schutzpolizei zu regeln. Du kannst folglich direkt mit Gerhard losfahren und dir ein Bild von der Lage vor Ort machen. Es wäre gut, wenn ihr beide euch zu den Stellen der Deichbrüche begeben könntet, wir haben zur Stunde immer noch kein klares Bild, wie es dort aussieht. Der Bagger, der als Erstes losgeschickt wurde, ist im Schlamm stecken geblieben. Das THW ist unterwegs, um das Gebiet auszuleuchten. Leider ist die Funkverbindung abgebrochen. Irgendwie scheint dort der Wurm drin zu sein.«

Gerhard und ich machten uns auf den Weg. Wir fuhren direkt in den Weltuntergang hinein. Zu dem Graupelregen war inzwischen ein ziemlich starker Wind gekommen. Das Mondlicht hatte nicht den Hauch einer Chance. Waldsee war wie ausgestorben. Das einzige Lebenszeichen waren die Glockenschläge einer Kirche, die martialisch verstärkt durch die Dunkelheit bellten. Am Ortsausgang wurde es plötzlich hell. Das Technische Hilfswerk hatte schnell reagiert und auf dem großen Parkplatz vor der Sommerfesthalle eine Flutlichtanlage installiert. Wir fuhren ohne anzuhalten weiter. Ein paar Meter weiter war die Straße gesperrt. Gerhard ließ seine Scheibe herunter. Bevor er etwas sagen konnte, wurde er bereits angeschnauzt: »Können Sie nicht lesen? Die Straße ist gesperrt. Sie dürfen hier nicht weiter.«

Dem Kollegen von der Schutzpolizei war deutlich seine Frustration anzumerken, bei diesem Wetter auf Posten stehen zu müssen. Wahrscheinlich musste er alle paar Minuten Camper zum Umdrehen bewegen, die noch schnell ihren Wagen von der Parzelle retten wollten. Gerhard zeigte ihm den Dienstausweis und der Kollege von der Straßensperre ließ uns passieren.

Die kurvenreiche Strecke war nicht angenehm zu befahren. Als wir in die Nähe des Campingplatzes kamen, ließ der Graupel etwas nach. Dadurch erhöhte sich die Sichtweite auf mindestens 50 Meter.

»Halt an«, sagte ich hastig zu Gerhard. »Schau mal nach links, da bewegt sich etwas.«

Unsere Augen benötigten einen Augenblick, um das Wohnmobil auszumachen, das kurz vor der Mündung zur Kreisstraße diagonal in einem Nebenweg festzustecken schien. Eine Person, eingehüllt in einen fledermausartigen Regenumhang, machte sich an einem der Vorderräder zu schaffen.

Gerhard parkte am Straßenrand, um die Rettungs- und Evakuierungskräfte nicht zu behindern. Bevor wir ausstiegen, schaltete er das Warnblinklicht ein. Unsere Neugier wurde sofort bestraft. Bereits mit dem ersten Schritt auf den nicht befestigten Nebenweg sanken wir knöcheltief ein. Die Situation erinnerte mich an den Schlamm im Rheingönheimer Wildschweingehege, in dem wir im Sommer einen toten Erntehelfer fanden. Die unbekannte Person im Fledermauscape war dabei, Fußmatten unter die Vorderräder zu legen, um ein Durchdrehen der Antriebsachse zu vermeiden. Sie bemerkte uns erst, als wir unmittelbar vor ihr standen. Mit der Taschenlampe, die ich aus Gerhards Dienstwagen mitgenommen hatte, leuchtete ich in das wild zuckende Gesicht von Doktor Metzger. Ausgerechnet hier musste uns dieser Notarzt über den Weg laufen.

»Was soll das?«, maulte er uns an. Seine langen feuerroten Haare fielen seitlich aus dem Regenumhang. »Nehmen Sie die Lampe weg, Sie blenden mich.«

»Guten Abend, Herr Doktor Metzger. Was machen Sie denn hier?«

Metzger schaute mich verwirrt von oben bis unten an. »Ach, Sie sind's, Herr Palzki. Kommen Sie gerade von einem Kostümfest? Ich habe Sie noch nie in einem Anzug gesehen. Denken Sie, dass dies das richtige Outfit bei dieser Witterung ist?« Er stimmte in sein mir hinlänglich bekanntes Frankensteinlachen ein. »Was ist eigentlich da drüben los?« Er zeigte in Richtung Marx'scher Weiher, der allerdings von unserem Standort aus nicht zu sehen war. »Zuerst diese Explosionen, dann jede Menge Feuerwehr und der THW, jetzt sogar Sie. Ist mal wieder jemand über die Wupper gegangen? Ich meine natürlich über den Rhein!« Wieder dieses unmenschliche Lachen.

»Welche Explosionen?«, riefen Gerhard und ich fast synchron.

»Woher soll ich das wissen? Das ist schon fast zwei Stunden her. Erst dachte ich an ein Feuerwerk. Aber um diese Jahreszeit in dieser Gegend?«

»Was ist genau passiert?«

»Es hat halt gekracht. Mensch, Palzki, irgendetwas hat da fürchterlich geknallt. Zweimal, dreimal, keine Ahnung. Ich konnte nicht nachschauen gehen, ich hatte noch einen Kunden.«

Einen Kunden? Ich erschrak. Mit Kunden meinte Doktor Metzger üblicherweise Patienten. Ich vermutete eher Selbstmordkandidaten.

»Wo waren Sie, als Sie diese Explosionen gehört haben?«

»Na hier, in meiner mobilen Klinik. Bei dem Sauwetter gehe ich doch nicht freiwillig nach draußen.«

Ich starrte das Reisemobil an. »Wie nannten Sie das? Eine mobile Klinik?«

»Ja, ja«, nickte Metzger eifrig. »Wussten Sie nicht, dass ich hier wohne und arbeite?«

»Wie bitte? Sagen Sie jetzt bloß nicht, dass Sie hier Ihren Hauptwohnsitz haben und Ihre sogenannten kleinen Operationen in diesem Gefährt durchführen.«

»Doch, Herr Palzki, Sie haben es schon richtig verstanden. Ist selbstverständlich alles legal. Auch ein Gewerbe habe ich angemeldet. ›Mobile Gesundheitsberatung und Prophylaxe – Doktor Metzger‹. Die Geschäfte laufen gut. Selbst im Winter bin ich so gut wie ausgebucht. Auf dem Campingplatz gibt es immer etwas zu tun. Von kleinen Messerstechereien über Blinddarm bis zum Bypass. Das volle Programm eben.«

Ich musste unbeschreiblich dämlich aus der Wäsche geschaut haben. »Sie wollen doch nicht etwa sagen, dass Sie in diesem Wohnmobil als Arzt praktizieren? Dafür gibt's doch mit Sicherheit keine Genehmigung!«

»Na ja, wie man es nimmt, Herr Palzki. Eine stationäre Arztpraxis würde hier mit Sicherheit nicht genehmigt werden. Meine mobile Gesundheitsberatung ist eine Marktlücke. Und eine Gesetzeslücke zugleich. Ich gebe Ihnen ein Beispiel. Sie wohnen doch in Schifferstadt im Neubaugebiet. Versuchen Sie dort einmal, eine Baugenehmigung für eine kleine Holzhütte zu bekommen. Das ist fast aussichtslos. Und wenn Sie es dennoch versuchen wollen, dann müssen Sie mithilfe eines Architekten einen förmlichen Bauantrag stellen, selbstverständlich mit Statik und Pipapo. Wenn Sie auf Ihr Grundstück aber einen Bauwagen stellen und ihn als Gartenhaus nutzen, brauchen Sie nichts dergleichen, solange Sie die Räder dranlassen. Dann ist es keine Immobilie, sondern ein Fahrzeug. Genauso ist es hier. Meine mobile Gesundheitsberatung ist genehmigt. Wenn mein Reisemobil an 360 Tagen im Jahr auf meiner Parzelle des Campingplatzes steht, ist das folglich in Ordnung. Ich kann ja, wenn ich will, jederzeit wegfahren. Somit ist das durchaus gesetzeskonform.«

Das war unglaublich harter Tobak für mich. »Sie haben tatsächlich eine Erlaubnis, in Ihrem Fahrzeug Operationen durchzuführen?«

Ich bemerkte, dass ich einen wunden Punkt getroffen hatte. Metzger wandte sich und war verlegen. Schließlich antwortete er: »Ich muss zugeben, manches lege ich durchaus individuell aus. Prophylaxe bedeutet für mich auch so etwas wie Vorbeugung gegen den Tod. Daher sehe ich Operationen als legitime Prophylaxe an. Als ehemals zugelassener Arzt darf ich selbstverständlich in Notfällen operieren. Alles andere wäre ja unterlassene Hilfeleistung. Bisher ging es in den meisten Fällen übrigens gut aus.« Und wieder das eklige Lachen.

Ich konnte es nicht fassen. Während mir das eben Gehörte durch den Kopf ging, erkundigte sich mein

Kollege Gerhard: »Herr Doktor Metzger, wohin sind Sie eigentlich unterwegs? Die Evakuierung betrifft nur die sich hier aufhaltenden Menschen, Wohnwagen dürfen nicht mitgenommen werden.«

»Welche Evakuierung?«, fragte der Notarzt erstaunt. »Davon ist mir nichts bekannt. Ich habe einen Termin in Speyer bei einem Stammkunden, der von einer Leiter gefallen ist. Soll nichts Dramatisches sein, aber dummerweise bin ich in das Schlammloch reingefahren. Bei jedem Hochwasser die gleiche Scheiße. Das Grundwasser drückt nach oben und alles wird matschig. Ich überlege schon länger, meine Parzelle zurückzugeben und mich woanders niederzulassen. Und da bin ich nicht der Einzige auf diesem Platz, über 700 Stellplätze sind bereits unbesetzt. Sogar ein paar Bauern aus der Umgebung wollen ihr Gelände verkaufen, Angebote haben sie schon vorliegen. Wenn Sie mich fragen, würde ich das genauso machen, jetzt, nachdem der Polder gebaut wird. Irgendwann ist das alles ein riesengroßer See.« Metzger schimpfte noch ein Weilchen weiter, bevor ihm ein anderer Gedanke kam. »Äh, Sie haben von einer Evakuierung gesprochen. Klären Sie mich mal auf. Was ist denn passiert? Hat es mit den Explosionen zu tun?«

»Das könnte gut sein«, antwortete ich. »Der Deich ist an mehreren Stellen gerissen. Im Moment läuft der Marx'sche Weiher voll und wir rechnen damit, dass danach dieser Campingplatz dran ist.«

»Scheiße!«, schrie Metzger. »Mensch, gehen Sie mal zur Seite, ich muss mit meinem Reisemobil auf die Straße.«

Das hätten wir besser sein lassen. Der Arzt setzte sich hinter das Lenkrad und gab vorsichtig Gas. Gerhard und ich betrachteten die Befreiungsversuche von einer Seite des Wohnmobils aus. Es kam, wie es kommen musste. Die Vorderräder ruckelten über die Fußmatten, um danach erneut in den schlammigen Untergrund zu rutschen. Dreckfontänen spritzten uns entgegen und sauten uns, und was noch schlimmer war, unsere Anzüge ein. Auweia, das würde Ärger mit Stefanie geben. Doktor Metzger drückte gefühllos das Gaspedal nieder, was normalerweise ein tieferes Einsinken zur Folge gehabt hätte. Er hatte Glück. Unter dem Schlamm, der zum Großteil auf uns niedergegangen war, befand sich fester Untergrund. Metzgers Wohnmobil machte einen erneuten Satz und befand sich wieder auf dem Weg. Hupend und durch das Seitenfenster winkend fuhr er davon. Zwei Päckchen Taschentücher für unsere Säuberung waren alles, was Gerhard in seinem Dienstwagen fand.

Inzwischen war der Graupel wieder in Regen übergegangen. Im Schritttempo fuhren wir weiter in Richtung Altrip. Wir waren nicht mehr allein. Einige Streifen- und Krankenwagen waren während unseres Gesprächs mit Doktor Metzger auf der Kreisstraße vorbeigefahren und kurvten jetzt wahrscheinlich auf dem weiträumigen Campingplatz herum. Ich konnte mir gut vorstellen, dass bei diesem Morast nicht alle Fahrzeuge problemlos zur Straße zurückfinden würden.

Da der lang gezogene Marx'sche Weiher nur wenige Baumreihen vom rechten Straßenrand aus entfernt lag, konnte ich sein Ende gut erkennen. Etwa 200 Meter weiter knickte rechts die Rheinauenstraße ab. Sie führte um die kurze Seite des Weihers und mündete als Rampe für kleine Boote direkt im Wasser des Altrheins. Eine schmalere Verlängerung der Rheinauenstraße bildete den Deich zwischen Altrhein und Marx'schem Weiher. Die Deichkrone war asphaltiert und ausschließlich für Fahrräder und Fußgänger zugelassen. Kurz bevor die Straße einen Knick in Richtung Altrhein machte und als Rampe endete, stand rechts das Restaurant Rheinblick. Das Gebäude wirkte wie ein zu klein geratenes Wasserschloss. Mit Ausnahme des Zufahrtsweges war es komplett von Wasser umgeben. Der Deich, der den Altrhein und den Marx'schen Weiher trennte, ragte nach meiner Schätzung höchstens 1,50 Meter aus dem Wasser heraus. Gerhard fuhr auf den Rheinblick-Zufahrtsweg und parkte.

»Pass auf, wo du hintrittst«, warnte mich mein Kollege beim Aussteigen. »Hier gibt's zwar keinen Matsch wie drüben bei Metzger, dafür aber sehr tiefes Wasser.«

In der Tat war neben der Deichstraße nur ein kleiner Teil der Böschung zu sehen, der Rest war Land unter.

Wir liefen die Deichkrone entlang. Schemenhaft konnten wir in einiger Entfernung einen mobilen Kran ausmachen, an dessen Ausleger starke Strahler befestigt waren. Den dazu benötigten Dieselgenerator konnten wir deutlich hören. Einen Bagger, dessen Silhouette etwas seltsam auf uns wirkte, konnten wir ebenfalls ausmachen. Als wir näher kamen, erkannten wir, dass er mehr als zur Hälfte im Weiher versunken war. Untätig standen ein paar Männer an der 15 Meter breiten Deichbruchstelle herum. Ich zeigte meinen Ausweis. Nachdem er unsere Kleidung kritisch gemustert hatte, stellte sich einer der Herren als Franz Mangold vor.

»Haben Sie keine Schutzkleidung? Wir sind hier nicht im Büro!«, ereiferte er sich.

Ohne ihm darauf eine direkte Antwort zu geben, bat ich ihn, mir die Situation zu beschreiben.

Er deutete mit seiner Hand auf die starke Strömung, die in Richtung Marx'scher Weiher verlief. »Als wir hier ankamen, war der Bruch nur halb so breit. Die Strömung ist so stark, dass ständig weiteres Material des Deiches abgeschwemmt wird. Mit dem Bagger wollten wir eine kleine Barriere aufstellen, doch den hat's sofort in die Fluten gerissen. Der Baggerführer konnte sich gerade noch retten.«

»Und was haben Sie als Nächstes vor?«, fragte ich wissbegierig.

»Solange es regnet und das Pegelniveau zwischen Altrhein und Weiher unterschiedlich ist, können wir nicht viel machen. Bis morgen Abend wird das bestimmt noch andauern. Dann müssen wir mit Lkws neues Deichmaterial anschaffen. Und das auf diesem kleinen asphaltierten Radweg. Können Sie sich vorstellen, wie lange das dauert? Jeder Lkw muss rückwärts über die Deichkrone fahren und dann abladen. Einer nach dem anderen. Überholen geht ja nicht.«

»Wie sieht's an den anderen Bruchstellen aus? Es sollen insgesamt drei sein.«

»Ähnliches Bild. Den mittleren Bruch hat die Wasserschutzpolizei unter Aufsicht. Die kurvt da draußen mit ihrem Boot herum. Diese Stelle können wir erst reparieren, wenn die beiden äußeren wieder okay sind. Das wird wahrscheinlich Mitte nächster Woche sein.«

»So lange?«, fragte ich erstaunt.

»Sie haben ja keine Ahnung. Es reicht nicht, ein paar Tonnen Sand hinzukippen. Die würden sofort wieder wegschwemmt werden. Das Zeug muss verdichtet werden. Versuchen Sie mal, nassen Sand zu verdichten.«

»Wir haben eine Meldung bekommen, dass es vor zwei Stunden ein paar Explosionen gab. Wissen Sie davon?«

»Nur vom Hörensagen«, antwortete Herr Mangold. »Es muss aber nicht zwangsläufig hier geknallt haben. Der Camper, der uns das mitteilte, war ziemlich betrunken.«

»Können Sie uns etwas zu den Ursachen des Deichbruchs sagen?«

Er zuckte mit den Schultern. »Keine Ahnung, so etwas wie hier habe ich noch nie erlebt. An drei Stellen gleichzeitig und das bei der Hochwassermarke 1. Vielleicht liegt ein Konstruktionsfehler vor, wer weiß?«

»Kann der Deich auch gesprengt worden sein?«

»Das würde ich verneinen. Warum sollte das jemand tun? Terroristisch lohnende Ziele gibt's hier nicht. Ferner bräuchte man da schon eine Menge Sprengstoff und an so etwas ist nicht leicht ranzukommen. Das müsste eigentlich auch jemand gesehen haben. Es reicht schließlich nicht, den Sprengstoff auf den Deich zu legen. Da müssen Bohrungen gemacht werden, um das Zeug möglichst tief zu versenken. Sonst spritzt nur ein bisschen Sand in der Gegend herum. Aber wenn Sie möchten, können wir gerne einen Sprengstoffspürhund anfordern.«

Ich bat ihn, das möglichst bald zu tun. »Was meinen Sie, werden die Campingplätze hinter der Kreisstraße etwas abbekommen?«

Mangold starrte mich an. »Sie wollen von der Kripo sein? Dann sollten Sie wissen, dass die Evakuierung bereits auf vollen Touren läuft. Es ist nur eine Frage der nächsten Stunden, bis die Straße unter dem plötzlichen und ungeheuren Druck bricht. Wenn sich dann drüben noch jemand aufhält, hat er keine Chance mehr. Die Strömung wird alles mitreißen. Und am Deichbruch werden wir es auch spüren. Bevor nicht alles Land unter ist, brauchen wir mit der Reparatur nicht anzufangen. Das überflutete Gebiet wird annähernd die Größe des geplanten Polders haben.«

Ja, der Polder, dachte ich. Nordwestlich, direkt angrenzend an diese Campingplatzanlage und in direkter Nachbarschaft zu Altrip, wird ein 300 Hektar großes Überlaufbecken mit neun Millionen Kubikmeter Fassungsvermögen als Teil des rheinland-pfälzischen Hochwasserschutzkonzeptes gebaut. Die Bürger der umliegenden Gemeinden gingen seit Jahren auf die Barrikaden, hatten aber schlussendlich vor Gericht den Kürzeren gezogen. Gemeint war wohl: Gemeinwohl geht vor Gemeindewohl.

3. EIN TEURES ANGEBOT

Wir verabschiedeten uns von Herrn Mangold und gingen, verschmutzt und durchnässt, wie wir waren, zurück zum Auto. Als wir die Kreisstraße erreicht hatten, sahen wir jede Menge Rettungsfahrzeuge, Streifenwagen und sogar einen Wasserwerfer parken. Als ob es hier nicht genügend Wasser gäbe. Entlang der Straße zum Marx'schen Weiher war alle 50 Meter ein Polizeibeamter postiert, der Zustand der Straße wurde anscheinend ständig beobachtet. In angemessenem Tempo fuhren wir zur Dienststelle zurück.

Jutta fand ich in ihrem Büro. Sie wirkte immer noch so frisch, als käme sie gerade aus der Dusche.

»Ich habe mich etwas zurückgezogen«, erklärte sie mir, nachdem sie einen skeptischen Blick auf meine Kleidung geworfen hatte. »Oben im Sozialraum geht es hoch her. Seit die Funkanlagen installiert sind, ist der Geräuschpegel explodiert. Im Moment scheint alles unter Kontrolle. Ein paar Camper machten Ärger und mussten in die Sommerfesthalle zwangsumgesiedelt werden. Die Helden haben Versteckspielen geübt, doch unsere Hunde haben gewonnen.« Sie lächelte. »Wie ist es euch ergangen?«

Bevor ich antworten konnte, kam Gerhard zur Tür herein. Freudestrahlend hielt er eine Kanne Kaffee in der Hand. »Ich habe uns mal schnell einen kleinen Koffeinschocker gebraut. Als Ersatz für die Weihnachtsfeier. Äh, Reiner, sei bitte etwas vorsichtig, er ist mir unter Umständen ein klein wenig stark geraten.«

Ups, diese ungewohnten Worte aus dem Mund meines Kollegen? Da war es vor dem Hintergrund meiner erhofften Lebenserwartung bestimmt sicherer, den Sekundentod dankend abzulehnen. Jutta schenkte sich und Gerhard ein und beide tranken das zähflüssige Schwarz mit Genuss. Ich überlegte, ob ich mir an unserem Kaltgetränkeautomaten eine Cola ziehen sollte. Doch wie ich mein Glück kannte, würde aus dem von Kollegen manipulierten Automaten bestimmt wieder eine dieser eklig schmeckenden Diätlimonaden poltern.

»Die Lage am Deichbruch ist sehr brisant«, erklärte ich Jutta und beschrieb ihr das gerade Erlebte.

Sie nickte eifrig. »Den Sprengstoffspürhund hat dieser Mangold bereits angefordert. Wir werden sehen, was dabei herauskommt. Die Evakuierung wird wahrscheinlich in dieser Nacht abgeschlossen sein. Was dann passiert, sehen wir morgen früh. Eventuell muss das überflutete Gebiet abgeriegelt werden, um Plünderer abzuhalten. Aber das soll nicht unser Problem sein. Dazu reicht die Schutzpolizei. Theoretisch könntet ihr zwei somit ins Wochenende gehen. Praktisch würde ich mir wünschen, dass ihr morgen früh nochmals reinkommt. Man weiß ja nie, was heute Nacht alles passiert.«

»Du willst uns jetzt heimschicken?«

»Ihr könnt auch gerne dableiben und den Funkverkehr mit anhören. Ob euch das etwas bringt? Zu Hause freuen sich eure Partner auf euch. Na los, auf was wartet ihr noch?«

»Was macht eigentlich KPD? Ist der wieder aufgetaucht?«, wollte ich zum Schluss noch wissen.

»Ja, der war kurz hier. Ich habe gesehen, wie er ein paar Gitterboxen voll Esswaren in sein Büro geschleppt hat. Morgen früh will er zusammen mit dem Landrat eine Pressekonferenz abhalten. Dabei weiß er am wenigsten von allen.«

Wir verabschiedeten uns von Jutta, und Gerhard fuhr mich heim.

*

Stefanie öffnete auf mein Klingeln die Tür. Ich hatte ihr vor meinem abendlichen Einsatz meinen Schlüssel gegeben. Entsetzt starrte sie mich an.

»Um Himmels willen! Wie siehst du denn aus? Ist mit dir alles in Ordnung?«

Ich nickte und versuchte krampfhaft zu lächeln.

»Ziehe deine Klamotten am besten gleich hier im Flur aus, dann versaust du nicht die Wohnung. Und hinterher gehst du sofort unter die Dusche. Wo hast du übrigens deine Krawatte?«

Ich zog den langen und zerknäulten Stofflappen aus meiner Jackentasche und gab ihn meiner Frau.

Sie unterließ jeden Kommentar, anscheinend war sie froh, dass ich heil heimgekommen war. Während ich duschte, machte sie mir ein paar Käsebrote. Ja, es war Vollkornbrot und verklebte meinen Gaumen. Ich erzählte ihr von dem Deichbruch und dass Gerhard und ich Doktor Metzger getroffen haben.

Nach dem Essen freute ich mich auf mein Bett. Doch das musste warten. Stefanie winkte mit einer Flasche Massageöl. Ich tat meine Pflicht als Ehemann und werdender Vater und vergaß selbstverständlich nicht, den leichten Bauchansatz zu massieren. Nein, nicht meinen – den von Stefanie. Der Rest des Abends wird unbeschrieben bleiben.

*

Meine Frau hatte Verständnis dafür, dass ich am nächsten Morgen wegen des Deichbruchs zur Inspektion musste. Es war zwar Samstag, aber immerhin war abzusehen, dass die Besprechung nicht sehr lange dauern würde. Danach wollte ich mit meinem ungeborenen Kind und der wunderschönen Frau, die ihm für neun Monate Obdach gewährte, nach Ludwigshafen zum Weihnachtsmarkt fahren.

Aus der Leitzentrale, die bis gestern unser Sozialraum war, drang nach wie vor babylonisches Stimmenwirrwarr durchs Gebäude. Anscheinend gab es noch viel zu tun.

Jutta sah nicht mehr so gut aus wie vor ein paar Stunden, sie musste die Nacht durchgearbeitet haben. Sie gähnte herzhaft mit weit geöffnetem Mund, als ich ihr Büro betrat.

»Entschuldige, Reiner. Guten Morgen erstmal.«

Jetzt sah ich auch Gerhard, der bereits am Besprechungstisch saß. Vor ihm stand eine Magnumtasse Sekundentod. Mein Kollege sah ebenfalls nicht gerade erholt aus.

»Guten Morgen, ihr beiden. Alles klar mit dir, Jutta?«

Sie gähnte erneut und sah mich mit großen Augen an. »Zwei Stunden konnte ich an meinem Schreibtisch ein kleines Schläfchen halten, mehr war nicht drin.«

Ich wunderte mich, wie man nach dem Genuss von Sekundentod überhaupt schlafen konnte.

»Waren die Camper so hartnäckig? Ist die Anlage evakuiert?«

»Zweimal ja. Fast ein Dutzend mussten wir vorläufig festnehmen, weil sie randaliert haben. Man hätte meinen können, es ginge um Leben und Tod. Dabei waren es nur ihre Campingwagen, die sie retten wollten. Na ja, reden wir von etwas Unerfreulicherem. Gerhard weiß es schon.« Ihre Mundwinkel fielen nach unten, mein Lieblingskollege saß regungslos da.

»Lass mich raten. Die Kreisstraße hat's erwischt.«

Die zwei schauten mich an, als hätte ich einen Scherz gemacht.

»Dies zu erraten ist kein großes Kunststück«, meinte Jutta ironisch. »Kurz vor 4 Uhr ist das erste Wasser übergeschwappt. Die Campingplatzanlage ist gegenwärtig ziemlich feucht und das Wasser steigt und steigt. Altrip ist nur noch von Rheingönheim aus zu erreichen.«

Gerhard schaute trübsinnig in seine fast leere Tasse.

Jutta berichtete weiter. »Der Campingplatz ist aber nicht unser aktuelles Problem. Wir müssen inzwischen davon ausgehen, dass dem Deichbruch nachgeholfen wurde und das fällt eindeutig in unser Resort.«

»Die Explosionen?«, fiel ich ihr ins Wort.

Sie nickte. »Heute Nacht kam ein E-Mail rein. Hier ist eine Kopie. Wir gehen davon aus, dass es authentisch ist.« Sie überreichte mir ein Blatt Papier.

›DAS WAR ERST DER ANFANG. WENN UNSER ANGEBOT NICHT ANGENOMMEN WIRD, LÖSCHEN WIR LUDWIGSHAFEN UND MANNHEIM AUS. DAS ANGEBOT BEFINDET SICH AM ORTSSCHILD VON ALTRIP.‹

Entsetzt las ich den Text. »Ist das wirklich ernst zu nehmen? Kann man die Herkunft feststellen?«

»Das ist freilich sehr ernst zu nehmen. Das Herausfinden des Absenders dürfte nicht einfach werden.

Das E-Mail wurde über eine anonymisierte Verbindung und dazu noch über einen koreanischen Server verschickt. Wir haben das selbstredend sofort an das Landeskriminalamt weitergegeben. Doch die sind desgleichen sehr skeptisch, was die Recherche nach dem Urheber angeht.«

Ich ging das E-Mail erneut durch. »Das liest sich wie ein schlechter ›Tatort‹. Wie kommst du darauf, dass der Text echt sein soll?«

»Ganz einfach, mein lieber Reiner. Wir haben das sogenannte Angebot gefunden, so viele Altriper Ortsschilder gibt es nicht. Und der Inhalt lässt keinen Zweifel daran, dass er von den Terroristen stammt, die den Deich gesprengt haben.«

»Terroristen? Hier bei uns in der Vorderpfalz?« Ungläubig schüttelte ich den Kopf. »Wir sind nicht in Berlin, Jutta.«

»Du wirst es gleich begreifen. Das Motiv bleibt allerdings im Dunkeln. Diese Terroristen wollen 50 Millionen Euro haben. Ansonsten werden sie noch größeren Schaden in der Region anrichten. Die Sprengung gestern Abend soll nur eine kleine Kostprobe gewesen sein.«

»Eine kleine Kostprobe? Die haben an drei Stellen den Deich weggesprengt und das Leben vieler Menschen aufs Spiel gesetzt!«

»Genau!«, antwortete Jutta. »Die haben den Deich gesprengt und das ohne Probleme und ohne Zeugen.

Wir müssen davon ausgehen, dass diese Gruppe ein mächtiges Gefährdungspotenzial darstellt. Das Geld soll bereits heute Nachmittag übergeben werden, wir haben folglich einen ziemlichen Zeitdruck. Die Details zur Übergabe liegen vor. Das Original des Erpresserschreibens wird zur Stunde im LKA untersucht. Eines steht bereits fest: Die ausgeschnittenen Buchstaben des Briefes stammen aus dem ›Trierischen Volksfreund‹, insbesondere aus einem aktuellen Artikel über die Verschwendungssucht beim Nürburgringprojekt.«

Sekundentod hin, Sekundentod her. Jetzt war ich soweit, mir eine Tasse einzuschenken. Glücklicherweise stand ein Beutel Milch auf dem Besprechungstisch.

»Okay, dann kriegen wir sie halt bei der Geldübergabe. Meines Wissens hat noch nie ein Erpresser eine todsichere Möglichkeit für eine Geldübergabe gefunden.«

»Da wäre ich mir für die Zukunft nicht so sicher«, mischte sich Gerhard ein. »Die wollen, dass die 50 Millionen Euro in eine Metallkiste gesteckt und an einem Hubschrauber befestigt werden. Der Hubschrauber muss auf einer bestimmten Frequenz ständig seine Position durchgeben und der Pilot erhält auf einer anderen Frequenz seine Instruktionen. Auf ein bestimmtes Kommando hin soll die Kiste dann abgeworfen werden.«

»Das funktioniert doch niemals!«, ereiferte ich mich. »Was ist, wenn es Trittbrettfahrer sind?«

»Das ist so gut wie ausgeschlossen. Letzte Gewissheit bekommen wir nachher. In dem Erpresserschreiben wird die genaue Mischung des Sprengstoffs beschrieben. Reste davon haben die Entenbobbys inzwischen bergen können.«

Ich kannte den Spaßausdruck für die Wasserschutzpolizei und wollte gerade etwas erwidern, als die Tür aufgerissen wurde. So zornig hatte ich KPD selten erlebt. Polternd setzte er sich zu uns an den Tisch.

»Denen hab ich's aber gegeben!«, begann er ohne Begrüßung zu schelten. »Das Landeskriminalamt wird immer dreister. Nur weil wir hier einen kleinen Deichbruch haben, wollen die den Fall an sich reißen. Lächerlich, was die sich alles einbilden! Ich habe denen kräftig die Meinung gegeigt. Hier in meiner Dienststelle bewerte ich die Lage immer noch selbst. Solange ich ein guter Chef bin, können wir das allein regeln. Mit meinem Organisationsgeschick dürfte das eine leichte Übung sein.«

Fassungslos glotzten wir ihn an. Bevor einer von uns auch nur den Hauch einer Chance hatte, etwas zu sagen, fuhr er fort: »Selbstverständlich kommt kein Geld in die Kiste. Mit meiner Erfahrung schnappen wir die Spinner bei der Geldübergabe. Meine Herren –«, damit wandte er sich Gerhard und mir zu, »auf Sie warten die Kollegen von der Wasserschutzpolizei. Ich habe den Termin für Sie vereinbart. Die Beamten zeigen Ihnen die Deichbruchstellen von der Rheinseite aus. Anschließend wartet der Hubschrauber. Da wir bei uns im Hof wegen der Bäume keinen geeigneten Platz haben, wird er vor dem Gebäude der Wasserschutzpolizei landen. An diesem Ort wird auch die Metallkiste befestigt, geeignete Spezialisten sind unterwegs. Sie sehen, ich habe alles bestens organisiert. Sie brauchen fast nichts mehr selbst zu tun. Frau Wagner wird heute Abend während der Geldübergabe den Funkverkehr abhören und die Kollegen von der Schutzpolizei zum Abwurfort lotsen. Ich selbst habe leider keine Zeit. Wegen der ausgefallenen Weihnachtsfeier muss ich zu jedem Bürgermeister fahren und mich entschuldigen. Frau Wagner, Herr Steinbeißer, Herr Palzki – ich verlasse mich auf Sie!«

Mit diesen Worten war er wieder verschwunden.

»Das ist typisch KPD«, fasste Jutta zusammen. »Zuerst das Landeskriminalamt zusammenstauchen, das viel bessere Möglichkeiten hätte als wir, und danach die Fliege machen. So wie es aussieht, Reiner, bist du nun der Verantwortliche.«

Mein Rachen brannte fürchterlich, als ich die verbliebene halbe Tasse Sekundentod auf Ex hinabstürzte. »Dann wollen wir mal. Lasst uns diese Gauner schnappen, dann haben wir wenigstens einen freien Sonntag.«

»Siehst du das nicht vielleicht ein bisschen zu naiv?«, wandte Gerhard ein.

»Vielleicht. Aber zu Hause sitzt Stefanie und wartet auf mich. Los, lass uns fahren.« Als wir fast zur Tür draußen waren, fiel mir ein: »Jutta, was machst du jetzt eigentlich? Wer löst dich ab?«

»Machst du Witze? Selbstverständlich bleibe ich im Dienst. Die ganze Aktion muss koordiniert und überwacht werden. Wer sollte das übernehmen? Ich schau, dass ich da oben –«, sie zeigte mit der Hand in Richtung Sozialraum, der einen Stock höher lag, »nicht mehr gebraucht werde. Das dürften die Kollegen allein gebacken bekommen. Macht ihr euren Ausflug auf dem Rhein, bis heute Nachmittag wird der Hubschrauber startklar sein.«

Hubschrauber. Warum musste sie das nochmals erwähnen. Ich war bisher ein einziges Mal in so einem Ding gesessen und habe gekotzt wie bei meiner ersten Obduktion mit Dr. Hingstenberg. Ich versuchte, die Erinnerung daran zu verdrängen.

»Los, Gerhard, heute fahre ich.«

»Das geht auch nicht anders«, antwortete er. »Mein Wagen sieht aus wie nach der Rallye Paris–Dakar. Wenn wir damit bei der Entenpolizei auftauchen würden –«

Wir fuhren nach Ludwigshafen. Die Dienststelle der Wasserschutzpolizei befand sich seit noch nicht allzu langer Zeit in der Hafenstraße auf der Parkinsel. Die frühere Dienststelle musste der neu gebauten Rhein-Galerie weichen, einem riesigen und kontrovers diskutierten Einkaufszentrum direkt am Rhein, mit dem Ludwigshafen versuchte, die nach Mannheim flüchtende Kaufkraft in der pfälzischen Metropole zu halten. Die Dienststelle war nicht leicht zu finden. Nur ein Hinweisschild an der breiten Einfahrt eines Unternehmens zeigte uns, dass wir richtig waren. Im hinteren Bereich eines fußballfeldgroßen Parkplatz fanden wir einen freien Platz. In einer Ecke versteckte sich ein dreistöckiges Gebäude. Die Eingangstür stand offen. Anhand der Klingelschilder erkannten wir, dass neben der Dienststelle weitere Unternehmen in dem Gebäude ansässig waren. Im Treppenhaus konnten Gerhard und ich keine Hinweise auf unsere Kollegen finden. Also gingen wir nach dem Ausschlussverfahren vor. Alle vom Treppenhaus abführende Türen waren mit Firmenschildern bestückt. Die Sache war klar: Wir mussten einen Stock höher. Dort das gleiche Spiel. Als wir die Hälfte der Treppe zum dritten Stock nach oben gegangen waren, erkannten wir am Ende des Treppenaufgangs eine einzelne Tür, die wie ein Speicherzugang aussah. Verwundert blieben wir stehen.

»Haben wir etwas übersehen, Gerhard? Warst du schon einmal hier?«

Mein Kollege verneinte. »Von einem Keller habe ich auch nichts bemerkt.«

Ich schmunzelte. »Vielleicht arbeiten die Kollegen komplett auf dem Wasser? Ich habe sowieso nie ganz verstanden, was die so machen.«

Zu unserer Rettung wurde in diesem Moment die Speichertür geöffnet und ein uniformierter Kollege schaute heraus. »Wollen Sie zu uns?«, fragte er höflich.

»Wenn ich Sie so anschaue, stimmt die Richtung. Wir kommen von der Kripo Schifferstadt.«

»Ah, die Landratten. Wir warten schon eine Weile auf Sie. Kommen Sie hoch.«

Hinter der Speichertür erwartete uns eine ganz normale Dienststelle, die sich über das gesamte Stockwerk zog. Ein Mann mit mehreren Streifen auf seiner Uniform kam auf uns zu.

»Herr Palzki, Herr Steinbeißer, herzlich willkommen bei uns. Mein Name ist Heinz Strommeier. Ich bin der Dienststellenleiter der Wasserschutzpolizei Ludwigshafen. Kommen Sie bitte mit in mein Büro.«

Während wir ihm folgten, fuhr er fort: »Ich habe zwar gerade Besuch, aber das soll Sie nicht stören.«

Erstaunt blickten wir in das knabenhafte Gesicht von Dietmar Becker, dem Archäologiestudenten. Dieser Grobmotoriker mit seinem ausgeprägten Gewissen, das ihn bei der kleinsten Lüge rot werden ließ, tauchte seit Monaten stets unverhofft während meiner Ermittlungsarbeiten auf. Anfangs schien es noch zufällig zu sein, bis ich erfuhr, dass er nicht nur nebenbei als freier Journalist für Zeitungen arbeitete, sondern als Schriftsteller regionale Kriminalgeschichten schrieb. Die Verbrechen schienen ihn magisch anzuziehen. Trotzdem mochte ich ihn wegen seiner ehrlichen und offenen Art.

»Was machen Sie hier, Herr Becker? Ich habe schon fast Sehnsucht nach Ihnen bekommen.«

Herr Strommeier stand da, unfähig, etwas zu sagen.

»Hallo, Herr Palzki«, grinste mich der Student an. »Ich habe selbst erst vor ein paar Minuten erfahren, dass Sie einen Termin mit Herrn Strommeier haben.« Er schaute mich fragend an: »Hat es mit dem Deichbruch zu tun, von dem ich im Radio hörte?«

Der Chef der Wasserschutzpolizei fand seine Sprache wieder. »Oh, ich wusste nicht, dass Sie sich kennen. Herr Becker ist nur zufällig hier. Er will einen Artikel über unsere Polizeiarbeit schreiben. Viele Menschen wissen überhaupt nicht, was wir so den ganzen Tag treiben, daher habe ich ihm selbstverständlich Unterstützung zugesagt. Da wir samstags meist wenig Betrieb haben, habe ich ihn zu einer kleinen Fahrt auf dem Rhein eingeladen, um ihm unsere Aufgabengebiete plastisch vorzuführen. Dummerweise habe ich in der Hektik vergessen, den Termin zu verlegen.«

»Lassen Sie mal gut sein, Herr Strommeier. Becker und ich kennen uns ganz gut.«

Ein weiterer Beamter kam zur Tür herein.

»Darf ich vorstellen? Das ist Kollege Bernd Schliefensang, Polizeioberkommissar. Vor zwei oder drei Monaten wurde er von der Mosel an den Rhein nach Ludwigshafen versetzt.«

Wir schüttelten ihm nacheinander die Hand.

»Auf eigenen Wunsch«, ergänzte der langhaarige Schliefensang. »Ich wollte schon immer in der Stadt wohnen.«

Irgendwie sah er eigenwillig aus. Er trug Ohrringe. Gut, heutzutage musste man toleranter sein als früher. Dennoch machte er nicht gerade einen sympathischen Eindruck auf mich. Er hatte etwas Kinskimäßiges an sich.

»Chef, das Fax mit der Analyse ist da.« Er übergab Herrn Strommeier ein Blatt Papier.

»Sie wissen bestimmt Bescheid«, wandte er sich uns zu. »Letzte Nacht haben wir Reste des Sprengstoffs bergen können, eine Stange hatte nicht gezündet. Darum geht es in dieser Analyse. Ihre Kollegin, Frau Wagner, sagte mir vorhin am Telefon, dass sie mir das Ergebnis durchfaxen würde, sobald es vorliegt.« Er las den Text. »Aha, wie Herr Schliefensang nach dem Fund vermutet hatte. Es handelt sich um einen gelatinösen Sprengstoff. Gut gemacht, Herr Kollege.« Er nickte ihm anerkennend zu. »Als Sprengöl wurde Ethylenglykoldinitrat verwendet und als aromatische Nitroverbindung Trinitrotoluol und Ammoniumnitrat im Verhältnis 60:40. Das Gemisch war mit sieben Prozent Kollodiumwolle gelatiniert. Das LKA teilt ferner mit, dass dies mit den Angaben im Erpresserbrief übereinstimmt und die Herstellung keine Amateurarbeit war.«

Im Augenwinkel bekam ich mit, wie Dietmar Becker eifrig mitschrieb. »Herr Becker! Unterstehen Sie sich, die Zusammensetzung des Sprengstoffs irgendwo zu veröffentlichen. Oder wollen Sie in Ihren Romanen Anleitungen für einen Bombenbau geben?«

Der Student lief rot an. »Nein, natürlich nicht. Ist es wirklich wahr, dass der Deich absichtlich gesprengt wurde?«

Herrn Strommeier war die Situation sichtlich peinlich. »Ich glaube, wir sollten unsere Fahrt auf ein anderes Mal vertagen, Herr Becker. Sie sind leider in eine polizeiliche Ermittlung reingeraten, eine gefährliche dazu. Tut mir leid, bei der Polizei lässt sich leider der Tagesablauf nicht immer vorhersagen.«

Bei KPD schon, wollte ich antworten. Stattdessen sagte ich: »Lassen Sie mal, Herr Strommeier. Wir können den Studenten gerne auf unsere Fahrt mitnehmen. Das ist zwar auch bei der Kripo nicht üblich, doch irgendwie hat er in der Vergangenheit in manchen Dingen ein glückliches Händchen gehabt.«

Becker strahlte über beide Ohren und der Chef der Wasserschutzpolizei antwortete mit einem: »Wie Sie meinen, Herr Palzki.«

Schliefensang stand nach wie vor neben seinem Chef. »Das Boot steht bereit, Heinz.«

»Danke, Bernd. Dann wollen wir mal, meine Herren. Kollege Schliefensang wird Ihnen gleich eine Rettungsweste geben. Ohne Weste darf niemand an Bord mitfahren. Auch auf dem Wasser hat die Berufsgenossenschaft das Sagen.«

Zu fünft gingen wir nach unten. Auf der schmalen Seite des Gebäudes befand sich der künstlich angelegte Luitpoldhafen. Durch seinen Bau wurde die Parkinsel vor rund 100 Jahren zur Insel. Das knapp 20 Meter lange Polizeiboot mit dem blauen Rumpf und dem weißen Aufbau lag direkt neben der Kaimauer. WSP 17 stand am Bug.

Herr Schliefensang war kurz in der Kajüte verschwunden und hatte, als er zurückkam, drei Schwimmwesten in der Hand. Das Anlegen ging recht fix, der Tragekomfort ließ zu wünschen übrig. Verglichen mit dem einer Krawatte konnte ich aber nicht meckern. Der Motor des Bootes sorgte für eine ziemliche Geräuschkulisse. Der Schiffsführer drückte ordentlich aufs Gas.

»Die 850 PS unter der Haube machen sich deutlich bemerkbar«, meinte Herr Strommeier stolz. »Mit den beiden Turbodieselmotoren erreichen wir in der Spitze über 50 Stundenkilometer. Ich weiß, die Geschwindigkeit ist nichts im Vergleich zu Ihrem Dienstwagen, doch versuchen Sie mal mit ihm, auf dem Rhein zu fahren.«

Die Uferlinie des Luitpoldhafens zog in rasantem Tempo an uns vorbei. Die kalte Luft in der Kajüte ließ mich frieren. Strommeier entschuldigte sich, dass im Moment leider die Heizung ausgefallen sei. Dietmar Becker schien etwas grün im Gesicht zu werden. Im Nu hatten wir den Rhein erreicht und fuhren stromaufwärts. Auf Steuerbord, oder wie ich an Land sagen würde, rechter Hand, lag der überflutete Stadtpark der Parkinsel. Ganze Baumreihen standen mitten im Wasser.

»Schauen Sie sich jetzt diesen Gegensatz an«, rief mir Herr Strommeier zu. »Auf der Mannheimer Seite sehen Sie das Naturschutzgebiet der Reißinsel. Einmalig für diese dicht bebaute Region. Und wenn Sie jetzt Ihren Blick auf das Ludwigshafener Ufer lenken würden –«, er deutete mit seinem Arm nach rechts, »sehen Sie den größten europäischen Binnenumschlaghafen für Gefahrgüter. Denken Sie nicht nur an die Raffinerie, hier gibt es eine Vielzahl mittelständischer Unternehmen, die mit chemischen Gefahrgütern jeglicher Couleur handeln. Ich glaube, dass die Arbeiter nicht immer wissen, mit welchen gefährlichen Stoffen sie umgehen.«

Der Kontrast konnte nicht deutlicher sein. Eine Rheinbreite trennte ein Naturparadies von einem potenziellen Chemiegau.

Gerhard und ich fanden die Fahrt spektakulär. Aus dieser Perspektive wirkte der Rhein, zumal er Hochwasser hatte, gefährlich und unberechenbar. Nach kurzer Zeit kamen wir auch schon zu der Stelle, von wo aus normalerweise die Altriper Rheinfähre nach Mannheim ablegte. Bei dem momentanen Pegelstand musste sie aber eine Zwangspause einlegen und war am Ufer verankert.

»Jetzt passen Sie mal auf«, ertönte Strommeiers Stimme. »Auf der rechten Seite sehen Sie in wenigen Sekunden den offenen Durchgang zum Otterstadter Altrhein. Beachten Sie die starke Strömung und die

Strudel, die aufgrund des Deichbruchs noch ausgeprägter sind als sonst.«

Im gleichen Moment wurde das Boot auch schon heftig durchgeschüttelt. Der Schiffsführer bog in einer Rechtskurve in den Altrheinarm ab. Mit offenem Mund betrachteten wir die Misere. Das Restaurant Rheinblick, dort, wo Gerhard und ich letzte Nacht geparkt hatten, war das einzige sichtbare markante Bauwerk. Der Rheindeich zum Marx'schen Weiher wirkte wie ein verlorenes und lang gezogenes Häufchen Erde. Deutlich konnten wir die Ausmaße der drei Deichbrüche erkennen. Jeder Durchgang war mindestens 20 Meter breit und noch immer strömte Wasser in rasantem Tempo nach. Von dem Bagger, den wir vor ein paar Stunden halb versunken gesehen hatten, war nur noch die in die Luft gestreckte Baggerschaufel zu erkennen. Weitere technische Geräte waren nicht mehr vor Ort. Zwei oder drei Beobachter der Berufsfeuerwehr Ludwigshafen konnten wir auf den Resten des Deichs ausmachen.

Bernd Schliefensang hatte sich zu uns gesellt. »So etwas habe ich in meinem Leben noch nicht gesehen. Gut, an der Mosel hatten wir auch andere Verhältnisse. Aber trotzdem: Hier kann man deutlich sehen, wie mächtig Wasser ist. Es kann Monate dauern, bis das Hinterland wieder benutzbar sein wird.«

»Da kann ich gut verstehen, dass immer mehr Camper ihre Mietverträge kündigen«, waren die ersten Worte des blassen Studenten, seit wir auf dem Boot waren. »Die Kreisverwaltung als Eigentümer des Naherholungsgebietes prüft seit geraumer Zeit, ob sich das Gebiet noch wirtschaftlich genug betreiben lässt. Und jetzt, wo der Polder kommt, wird die Angst vor dem Wasser in den Köpfen der Leute nicht geringer.«

»Woher wissen Sie so genau Bescheid, Herr Becker?«, fragte ich ihn leicht verwundert.

»Sie lesen zu wenig Zeitung, Herr Kommissar. Ich habe über das Naherholungsgebiet Rheinauen eine Artikelserie in der Tageszeitung platzieren können. Ist noch nicht so lange her. Übrigens, der Betrieb und die Verwaltung der Campinggebiete obliegen seit den 60er-Jahren dem Verein ›Erholungsgebiet in den Rheinauen e. V.‹.«

»Mit dem Betrieb wird's wohl so schnell nichts mehr werden«, lästerte Gerhard, den der Anblick ebenso wie mich schwer beeindruckte.

»Es ist ja nicht nur die Campinganlage«, plauderte der Student weiter. »Auch die landwirtschaftlich genutzten Flächen in der ganzen Umgebung sind betroffen. Denken Sie nur an den Polder. Ich weiß aus sicherer Hand, dass sich die Grundstückspreise in der Altriper Gegend im freien Fall befinden. Es gibt zurzeit ein wesentlich höheres Angebot als Nachfrage. Die Bauern können froh sein, überhaupt noch etwas für ihr potenzielles Seegrundstück zu bekommen. Wenn der Polder kommt, vermutet man eine weitere Steigung des Grundwassers. Irgendwann wird es nicht mehr möglich sein, die Felder landwirtschaftlich zu nutzen. Für die Kreisverwaltung des Rhein-Pfalz-Kreises könnte es eine Alternative sein, die ganze Campingplatzanlage an einen Investor zu verkaufen, der dann das alleinige Risiko trägt. Das sind aber noch interne Überlegungen, da auch die kreisfreien Städte Ludwigshafen, Speyer und Mannheim Mitglieder des Vereins sind. Aber intern ist es so, dass für strategische Entscheidungen der Landkreis das alleinige Sagen hat. Schließlich liegt das Gelände auf seinem Hoheitsgebiet.«

4. EINE PERFEKTE GELDÜBERGABE

Herr Strommeier hatte die ganze Zeit fotografiert. Er zeigte uns noch ein paar Details, bevor wir zurückfuhren.

Als wir wieder an Land waren, stand der angeforderte Hubschrauber bereits auf dem Parkplatz vor dem Gebäude der Wasserschutzpolizei. Anhand der Kennung ›D-HAYI‹ wusste ich, dass er zur rheinland-pfälzischen Hubschrauberstaffel ›Sperber‹ gehörte, die in Winningen bei Koblenz an der Mosel stationiert war. Ich war jedes Mal von seiner Größe fasziniert, wenn ich vor einem Hubschrauber stand.

Während Strommeier und Schliefensang sich verabschiedeten und ins Gebäude gingen, kam ein Beamter auf mich zu.

»Guten Tag, Sie müssen Reiner Palzki und Gerhard Steinbeißer sein. Mein Name ist Conrad Bienenfels, ich bin der Pilot. Die Funkanlage wird gerade eingestellt, in einer halben Stunde wird die Metallkiste gebracht. Wenn alles montiert ist, werden wir auf dem Parkplatz einen kleinen Test machen. Nicht, dass im Einsatz etwas schiefgeht.«

Ich dankte ihm für die Informationen und ließ ihn weiterarbeiten.

Dietmar Becker stand etwas abseits, bekam aber trotzdem alles mit.

»So, und was machen Sie den Rest des Tages?«, begann ich meinen Rauswerferdialog.

Er stotterte vor sich hin, ohne einen verständlichen Satz hervorzubringen.

»Sie haben doch sicher Verständnis dafür, dass wir Sie bei unserem Einsatz nicht mitfliegen lassen dürfen?«

»Ja, ja«, kam es endlich aus seinem Mund. »Die Frequenzen dürfen Sie mir nicht sagen, oder?«

»Herr Becker, ich bin froh, dass ich halbwegs weiß, was eine Frequenz ist. Erstens habe ich keine Ahnung, welche Frequenz benutzt wird, dafür haben wir schließlich Fachleute, zum Zweiten dürfte ich Ihnen diese nicht geben. Sie werden es im Radio hören, wenn wir die Gauner geschnappt haben. Und kommen Sie ja nicht auf die Idee, über die Geschichte einen Krimi schreiben zu wollen. Das funktioniert nämlich nicht, weil wir keinen Toten haben. Einen Krimi ohne Leiche wird kein Verlag drucken wollen.«

Nach einem kurzen Zögern verließ uns der Student.

Mir fiel im gleichen Moment etwas existenziell Wichtiges ein. »Du, Gerhard, ich müsste dringend Stefanie anrufen und Hunger habe ich auch.«

Gerhard schaute mich an, als wäre ich ein kleines Kind. »Dann ruf sie doch an. Wo liegt da das Problem?«

Ohne ihm zu antworten, ging ich zu meinem Wagen. Nach kurzer Suche fand ich das Handy in meinem

Handschuhfach. Ich schaltete es ein, und – oh Wunder – es besaß noch genügend Restenergie, um eine Verbindung zustande zu bringen. Leider nahm Stefanie nicht ab. Wo sie wohl sein mochte? Ich musste sie dringend dazu überreden, sich endlich einmal ein Handy zuzulegen. Solch eine segensreiche Erfindung sollte heutzutage eigentlich jeder bei sich haben. »Was ist mit dir, Gerhard? Willst du deine Alexandra anrufen?« Ich hielt ihm stolz mein Handy hin.

»Katharina. Sie heißt Katharina. Ne, du, die ist um die Zeit arbeiten.«

»Deine Freundin arbeitet am Samstag? Wo ist sie denn beschäftigt?«

Gerhard zuckte mit den Schultern. »So genau habe ich sie das noch nicht gefragt. Was ist, wollen wir schnell etwas essen gehen? Als wir herfuhren, habe ich ein paar Meter weiter vorne an der Straße einen Imbiss gesehen.«

Dort, wo die Hafenstraße und die Parkstraße in einem spitzen Winkel aufeinandertrafen, befand sich ein einstöckiges Gebäude, das aus der Vogelperspektive wie ein niedergelegter Torbogen aussah. Das Halbrund bestand aus den für einen Kiosk typischen Fensterscheiben. Ich bestellte mir eine Currywurst, einen Cheeseburger, eine große Portion Pommes mit Mayo sowie eine Flasche Cola Light zur gesundheitlichen Abrundung meines in letzter Zeit etwas herausgewachsenen Profils. Gerhard beließ es bei kleineren Portionen.

Während wir uns schmatzend unterhielten, bremste ein Wagen. KPD stieg aus und kam auf uns zu.

»Hier finde ich Sie also, meine Herren!«, begrüßte er uns vorwurfsvoll. »Wir haben in der Vorderpfalz die vielleicht größte Krise seit dem Zweiten Weltkrieg und Sie stehen friedlich vor diesem Etablissement und essen.«

»Ohne Mampf kein Kampf«, entgegnete ich ihm mit nicht ganz leerem Mund und dabei segelten ein paar Brocken Fleisch an ihm vorbei.

»Der Helikopter wird gerade präpariert und dabei stören wir bloß«, versuchte Gerhard, eine plausible Lösung anzubieten.

Unser Chef schaute auf die Uhr. »Da fällt mir ein, dass ich heute auch noch nicht zu Mittag gegessen habe. Frau Wagner ist zu beschäftigt, um sich um meine Lachsschnittchen zu kümmern.« Er drehte sich zu der muskulösen Dame um, die im Kiosk stand. »Würden Sie mir bitte die Speisekarte bringen?«

»Hä?«, kam es aus dem Innern des Häuschens. »Guck uff die Dafel do unne, do steht alles druff.« Sie zeigte unwirsch auf eine Tafel, die vor dem Kiosk auf dem Boden stand.

Unser Vorgesetzter registrierte höchstwahrscheinlich nur die Handbewegung, die Sprache dürfte ihm fremd gewesen sein. Er blickte auf das Speisenangebot.

»Ah ja«, meinte er nach kurzer Überlegung, »haben Sie das Rindersteak auch als Entrecôte Chauteau in very rare?«

Der Dame schienen die Augäpfel aus dem Schädel zu springen. »Die Fleschbrocke liegen seit heit morsche uff'm Grill. Was willscht dezu? Pommes un ä Bier?«

Ohne auf eine Antwort zu warten, drehte sich die Dame um und knallte mit einer Plastikgabel ein Steak auf einen Pappteller. Als sie KPD das fertige Menü und die offene Flasche Bier hinstellte, wusste er nicht, dass er gemeint war.

»Was ist das?«, fragte unser Chef vorsichtig.

»Na, dei Esse«, antwortete die resolute Kioskbesitzerin und steckte sich eine Gauloises in den Mund.

Aus dem Augenwinkel heraus sah ich, wie sich Gerhard vor zurückgehaltenem Lachen fast einnässte. Auch mir erging es nicht viel besser. »Das haben Sie eben bestellt, Herr Diefenbach«, erklärte ich ihm möglichst steif. »Probieren Sie mal die knusprigen Pommes, die schmecken exzellent. Und das Bier ist immerhin Pilsner Brauart, ein Exportbier würde ich an Ihrer Stelle nicht anrühren.«

Pikiert wandte sich KPD von dem Pappteller ab. Nachdem er sichtbar mit seiner Fassung gerungen hatte, wurde er sachlich. »Ich habe heute Morgen mit dem Landrat konferiert. Er überlässt alles Weitere mir.« Stolz drückte er seine Brust heraus. »Der Landrat weiß halt um meine Fähigkeiten als Katastrophenmanager.«

Bisher hatte er immer nur seine eigenen Katastrophen gemanagt, dachte ich.

»Ich habe alles geplant. Während sich die anderen Hilfsdienste um den Deichbruch und die Camper kümmern, schnappen wir uns die Erpresser. Ich rechne mit einer deutschlandweiten Presse. Frau Wagner ist gerade dabei, diverse Fernsehanstalten und Presseagenturen anzurufen.«

Gerhard konnte das Gesülze nicht mehr ertragen. »Und wie sieht Ihr Plan nun aus, Herr Diefenbach?«

»Ach so, ja, der Plan. Herr Palzki wird nachher mit im Hubschrauber sitzen. Über die geforderte Frequenz wird ständig automatisch die per GPS gemessene Position des Hubschraubers durchgegeben. Sobald die Erpresser sich melden, wird Herr Palzki die Anordnungen auf einer anderen Frequenz an Sie und Ihre Kollegin Wagner weitergegeben, Herr Steinbeißer. Sie koordinieren dann den Einsatz unserer Fänger. Wir werden 20 Streifenwagen und 15 Zivilfahrzeuge in Rheinland-Pfalz und Baden-Württemberg zur Verfügung haben. Herr Palzki wird auch alle anderen Besonderheiten, die eventuell während des Fluges auftauchen, per Funk an Sie, Herr Steinbeißer, durchgeben. Wir können uns keine Zeitverzögerung leisten. Egal, an welchem Punkt die Kiste abgeworfen wird, das Zielgebiet muss eine Minute später unter Kontrolle sein.«

So ein Mist, jetzt war es sicher. Ich musste in das fliegende Gerät steigen. Wenn das mal gut ginge.

»Was halten Sie von meinem Plan?« Wir nickten zustimmend und synchron. »Dann werde ich gleich wieder losfahren. Ich habe noch einen Friseurtermin. Die Pressekonferenz habe ich für morgen früh um 10 Uhr angesetzt. Staatsanwalt Borgia wird auch daran teilnehmen.«

Borgia, der hatte mir gerade noch gefehlt. Zum Glück hatten wir in diesem Fall keinen Tatort, an dem mir diese Witzfigur von Staatsanwalt über den Weg laufen konnte.

»Herr Diefenbach, können Sie mich nach Schifferstadt mitnehmen, wenn es Ihnen nichts ausmacht?«

Gerhard hatte recht, ich musste hierbleiben und wir waren in einem Auto gekommen.

»Von mir aus, steigen Sie ein«, antwortete KPD. »Wir fahren gleich los. Machen Sie es gut, Herr Palzki. Ich werde den Funkverkehr zusammen mit Frau Wagner und Herrn Steinbeißer verfolgen. Wir treffen uns anschließend bei der Festnahme der Ganoven. Ach übrigens, in der Kiste sind, wie ich bereits deutlich gemacht habe, nur alte Zeitungen. Das muss aber niemand wissen, ist das klar? Wie sollten wir auch 50 Millionen Euro in 500er- Scheinen so schnell auftreiben? Es gibt rheinland-pfälzische Wirtschaftsminister, die monatelang vergeblich versucht haben, an so viel Geld ranzukommen.«

Nachdem die beiden verschwunden waren, schaute ich mir das liegen gebliebene Menü an. Bier, selbst ein Pils, kam jetzt wirklich nicht infrage und durch die herrschenden Temperaturen war das Steak inzwischen genauso kalt wie die Flasche. Dummerweise hatte KPD vergessen zu bezahlen, was ich notgedrungen für ihn übernahm.

Das Gelände der Wasserschutzpolizei war durch einen Sicherheitsdienst abgesperrt. Ich wunderte mich, dass man dafür keine Beamten der Schutzpolizei eingeteilt hatte, aber vielleicht gehörte das zu KPDs Plan. Ich zeigte flüchtig meinen Ausweis und wurde ohne weitere Fragen oder Kontrollen zum Helikopter durchgelassen. Nebenan stand ein Geldtransporter des privaten Sicherheitsdienstes.

Conrad Bienenfels kam auf mich zugelaufen. »Wir haben gerade den ersten kurzen Testflug hinter uns. Es lief alles glatt, trotz der schweren Kiste. Fünf Leute haben sie unter den Hubschrauber wuchten müssen.«

Die silberne Metallkiste hatte die Ausmaße einer Gefriertruhe und war mit breiten Gurten unter dem Hubschrauber an einem überdimensionalen Karabinerhaken befestigt.

»Das viele Geld«, sinnierte Bienenfels, »insgesamt 112 Kilogramm bestehend aus 500-Euroscheinen. Vielleicht sollte ich es riskieren. Haben Sie nicht Lust, ebenfalls auszuwandern, Herr Palzki?«

»Nein danke, Geld allein macht nicht glücklich. Was sind das eigentlich für Gummibänder, die um den Behälter gestrafft sind?«

»Das wurde bereits so angeliefert. Die Kiste ist zugeschweißt, damit sie sich in der Luft nicht versehentlich öffnet. Sonst hätten wir in der Vorderpfalz unser eigenes Konjunkturprogramm, wenn es auf einmal 100.000 Geldscheine regnen würde. Die verklebten Gummibänder sorgen dafür, dass der Kasten wasserdicht ist. Die Geldbündel selbst sind außerdem aus Platzgründen plastik-vakuumverschweißt. Es sieht zwar im Moment nicht nach Regen aus, aber man weiß ja nie, was sich da oben zusammenbraut.« Er schaute auf seine Uhr. »In einer Stunde geht es los. Sind Sie sehr nervös?«

»Nein, nicht die Spur«, log ich. »Unser Chef hat einen todsicheren Plan. Aber sagen Sie mal, haben wir heute mit vielen Luftlöchern zu rechnen?«

»Luftlöcher? Ich bitte Sie. Dafür fliegen wir viel zu langsam. Ein paar kleine Turbulenzen kann es schon mal geben, aber das ist nicht der Rede wert. Wird Ihnen beim Fliegen schlecht?«

Ich wiegelte lautstark ab. »Nein, mir doch nicht. Mich hat das nur so allgemein interessiert.«

»Glück gehabt. Im Sommer hatte ich einen dabei, der hat mir das ganze Cockpit vollgekotzt. Aber so etwas passiert nur Warmduschern.«

Die nächste Stunde verbrachte ich Kaffee trinkend bei Herrn Strommeier. Er wusste noch einiges über den Rhein und seine Deiche zu berichten. Es war alles hochinteressant, zumal es mich ein wenig von dem unmittelbar bevorstehenden Hubschrauberflug ablenkte.

Mit wackligen Knien, aber ohne mir etwas anmerken zu lassen, stieg ich zum verabredeten Zeitpunkt zu Herrn Bienenfels in das noch bodenständige Fluggerät. Das Tageslicht würde sich nicht mehr lange halten und ein kühler Wind zog auf. Zum Glück hatte es seit heute Morgen nicht mehr geregnet.

Schliefensang, Strommeier und weitere Beamte der Wasserschutzpolizei schauten zu, als Bienenfels den Helikopter einschaltete. Vorher hatte er mir noch gezeigt, wie ich mit dem Funkgerät umzugehen hatte.

»Unsere Position wird automatisch im Fünfsekundenrhythmus gefunkt, damit brauchen Sie sich nicht zu befassen. Sobald bei uns auf dem eingestellten Kanal eine Anweisung reinkommt, drücken Sie bitte auf diesen blauen Knopf und geben die Information über das Mikrofon an Ihrem Headset an Ihre Kollegen weiter. Das ist deshalb notwendig, weil wir nicht wissen, woher das Signal der Erpresser kommt und wie stark es sein wird. Daher könnte es passieren, dass Ihre Kollegen nichts mitbekommen würden. Ihr Vorgesetzter, Herr Diefenbach, fährt zweigleisig. Zum einen lässt er uns verfolgen, um die Geldübergabe zu vereiteln, zum anderen versucht ein kleines Spezialistenteam den Sender zu orten. Also denken Sie daran: Immer schön den blauen Knopf drücken, wenn Sie etwas durchgeben wollen. Das gilt auch für andere Auffälligkeiten. Aber keine Angst, ich sitze ja neben Ihnen.«

Ob dieser Plan wirklich auf KPDs Mist gewachsen war oder vielleicht doch auf Juttas? Egal, ich kannte nun meine Aufgabe und war auf das Schlimmste gefasst.

Erfreulicherweise musste der Pilot auf sein freischwebendes Gepäck aufpassen und daher langsam starten. Ein kleiner Ruck in etwa fünf Meter Höhe und der Metallbehälter pendelte frei in der Luft. Und genau dieses Pendeln übertrug sich auf den Hubschrauber.

»Hoppla, das wackelt ja ganz schön heftig«, meinte Bienenfels trocken. »Sie sind wirklich nicht anfällig für das Geschaukel?«

Ich konnte in diesem Moment unmöglich antworten. Mein Magen war kurz davor, sich aus meinem Rachen zu stülpen. Es war erfreulicherweise nur von kurzer Dauer, die Kiste stabilisierte sich aufgrund ihres Gewichtes sehr schnell. Noch nie war ich erleichterter darüber gewesen, dass Papier so schwer war.

»49,4828°N 8,4617°O«, schnarrte es ohne einen weiteren Kommentar aus dem Funkgerät. Bienenfels hatte mir bereits beim Start einen Notizblock in die Hand gedrückt.

»Schreiben Sie die Zahlen besser auf, bevor Sie die Koordinaten durchgeben«, sagte er mir, während er sie unabhängig von mir in eine Tastatur eingab. Etwas, das wie eine Landkarte aussah, leuchtete auf einem kleinen Monitor auf.

»Mannheimer Schloss«, murmelte er, während ich auf den blauen Knopf drückte und unser Ziel durchgab. Der Flug war kurz. Als wir das Ziel erreicht hatten, ließ Bienenfels den Helikopter in der Luft stehen. Unter uns befand sich die weitläufige Schlossanlage, die unter anderem die Mannheimer Universität beherbergte.

»Was soll das?«, überlegte der Pilot. »Wenn ich den Behälter an dieser Stelle loslasse, durchschlägt er das Dach des Schlosses.«

Mit »49,5496°N 8,4499°O« erschallte bereits die nächste Anweisung durch den Lautsprecher. Es schien eine männliche Stimme zu sein, doch das half uns nicht wirklich weiter.

»Es geht in den Norden von Mannheim, in den Stadtteil Sandhofen«, sagte Bienenfels, nachdem ich die Zahlen meinen Kollegen weitergefunkt hatte.

»Hoffentlich hat Ihr Vorgesetzter auch daran gedacht, die hessischen Behörden mit einzubeziehen. Nicht weit nördlich von Sandhofen beginnt Hessen.«

Da würde ich nicht drauf wetten, dachte ich mir. Inzwischen war es dunkel geworden. Den künstlich beleuchteten Stadtteil von oben zu betrachten, hatte etwas Attraktives an sich, es nahm mir sogar ein Stück meiner Flugangst. Hin und wieder konnte ich einen Streifenwagen entdecken. Wir flogen in ungefähr 50 Meter Höhe über die Häuser der Vorstadt. Direkt über einer breiten Straßenkreuzung schienen wir unseren Zielpunkt erreicht zu haben, der Hubschrauber blieb in der Luft stehen.

»Na, was ist da jetzt passiert?«, fragte Bienenfels sich selbst. »Ich kann nicht ewig in der Luft hängen bleiben. Das ist ein dämlicher Ort für die Geldübergabe, das kann doch niemals –«

»49,4059°N 8,4861°O«, lautete die nächste Botschaft. »Es geht wieder zurück in den Süden. Die bisherigen Ziele waren anscheinend nur Kontrollpunkte der Gauner. Moment mal, wissen Sie, wo der nächste Zielpunkt liegt?« Anscheinend hatte er keine Antwort von mir erwartet, denn er gab sie selbst. »Direkt am Marx'schen Weiher. Na, dann viel Spaß. Ich hoffe, dass Ihre Kollegen nicht nur Streifenwagen haben, sondern auch ein paar schnelle Boote.«

Klar, das musste die Lösung sein. Die Geldübergabe war in dem evakuierten Gebiet geplant. Wenn die Erpresser schnell genug sind und einen Ort gewählt haben, der nur schwer mit einem Wagen zu erreichen ist, würde KPD seinen Plan vergessen können.

Ich drückte den blauen Knopf. »Wir fliegen zum Marx'schen Weiher. Bitte alle Einsatzkräfte zusammenziehen. Ich denke, dass die Campingplatzanlage das Zielgebiet sein wird.«

Zu diesem Zeitpunkt wusste ich noch nicht, wie sehr ich mich täuschen sollte.

Wir flogen währenddessen wieder über den Rhein in die linksrheinische Pfalz und dann der Länge nach über Ludwigshafen. Dunkel lagen die Altriper Rheinauen unter uns. Ein leicht diffuses Licht, das sich aus einem kaum wahrnehmbaren Mondlicht und dem gestreuten Kunstlicht der Rhein-Neckar-Region zusammensetzte, zeigte uns aus der Vogelperspektive die wahren Ausmaße der Überschwemmung, während wir höchstens 20 Meter über den Baumwipfeln dahinflogen. Die Bäume und die Dächer hunderter Wohnwagen schauten wie kleine Inseln aus dem riesigen See. Noch immer schien Bewegung in dem Gewässer zu sein, wie wir deutlich an den Wellenbewegungen ausmachen konnten.

»Mit einem Boot können die den schweren Behälter bestimmt nicht fortschaffen. Da bräuchten die Gauner einen Kran. Davon abgesehen, ginge die Kiste sofort unter, wenn wir sie hier ausklinken würden.«

Nachdenklich sagte ich: »Was ist, wenn wir den Kasten auf einem Rheinschiff absetzen sollen?«

»Ja, das würde gehen. Aber wie soll so ein Schiff nach der Lösegeldübergabe auf die Schnelle verschwinden? Wir sind hier nicht im Bermudadreieck.«

»49,4370°N 8,5078°O«, kam in diesem Moment die nächste Anweisung aus dem Lautsprecher.

»Verflixt, es geht noch weiter. Hm, das muss ganz in der Nähe sein.« Während Bienenfels die Daten eingab, funkte ich diese parallel an die Einsatzleitung in Schifferstadt.

»Das gibt's doch nicht, der Punkt liegt mitten im Rhein. Vielleicht haben Sie doch recht mit Ihrer Vermutung, Herr Palzki.«

Wir flogen über Altrip hinweg zum Fluss. Als wir die Koordinaten erreicht hatten, befanden wir uns ein Drittel der Rheinbreite vom Mannheimer Ufer entfernt direkt über dem Wasser. Ich achtete besonders auf dort schwimmende Frachter oder andere Schiffe. Ich konnte keine sehen, obwohl es durch die Beleuchtung des Mannheimer Großkraftwerks an dieser Stelle etwas heller war.

Bienenfels hielt sein Spielzeug wieder in der Luft und wir warteten ab, wohin die Reise als Nächstes ging.

»Kiste ausklinken und sofort entfernen«, schallte es uns entgegen. Bienenfels sah mich fragend an. Auch ich wusste nicht, wie wir uns verhalten sollten. Gab es bei der Eingabe der Koordinaten vielleicht einen Fehler, einen Zahlendreher oder so etwas?

»Na los, ausklinken, wir beobachten euch.«

»Okay, lassen Sie die Kiste ab.«

Bienenfels drückte einen Hebel und wir machten einen Satz nach oben. Eine Sekunde später hörten wir das Aufklatschen des Behälters auf dem Wasser. Er ging sofort unter.

Ich drückte den blauen Knopf. »Wir haben eben die Kiste abgelassen, sie ist sofort im Rhein versunken. Schiffe oder andere verdächtige Dinge befinden sich nicht in der Nähe. Wir drehen ab und fliegen zum Landeplatz zurück.«

5. EIN NEUER NIBELUNGENSCHATZ

Stumm drehten wir ab. Bienenfels sah mich fragend an, doch mir war nicht nach Unterhaltung. Zu tief war ich in meinen Gedanken versunken. Was wollten die Erpresser mit ihrer Aktion bezwecken? Ging es bei dieser Geschichte eventuell nicht um die Erpressung an sich, um das Reichwerden? Waren es militante Weltverbesserer, die dem Staat schaden wollten? Dafür sprach, dass es bisher keine Toten oder Verletzten gab. Dagegen sprach der riesige Aufwand der Erpresser und das fehlende Motiv. Solche gestörten Personen legten immer größten Wert darauf, dass ihre Organisation und ihre Ziele in der Öffentlichkeit publik gemacht wurden. Hier war es anders. Vermeintliche 50 Millionen Euro lagen auf dem Grund des Rheins. Nachdem Bienenfels mich abgesetzt und ich mich von ihm verabschiedet hatte, fuhr ich in meinem Wagen nach Schifferstadt. Es war ein gutes Gefühl, wieder festen Boden unter den Füßen zu haben. Dabei fiel mir gleich meine schwangere Frau ein. Während des Fluges hatte ich auch an sie gedacht. Doch in dieser Situation hatte ich schlecht das Funkgerät zweckentfremden können, um Jutta den Auftrag zu erteilen, Stefanie anzurufen. Meine Kollegen hätten noch in Jahren über mich gelacht.

Ich hätte anhalten und mein Handy benutzen können.

Ich hätte kurz daheim vorbeifahren und ihr alles berichten können.

Ich hätte, ich hätte, ich hätte …

Ich musste persönlich mit ihr reden. Aber zuerst wollte ich die Ergebnisse unserer Aktion in Erfahrung bringen. Gerhard fand ich in Juttas Büro. Jutta sah nicht gut aus, ich würde sie gleich heimschicken. Notfalls in meiner Funktion als Vorgesetzter.

»Hallo, ihr beiden«, begrüßte ich sie. »Habt ihr noch einen Kaffee für mich?«

»Alles leer, Reiner. Wir haben nur noch auf dich gewartet, dann wollten wir heim. Das heißt, wenn ich den Weg noch finde.«

»Ich rufe Jürgen an, der bringt dich nach Hause«, lästerte Gerhard. Jürgen war ein junger Beamter, der heimlich auf seine ältere Kollegin Jutta stand. Natürlich wussten wir das alle, und jedes Mal, wenn Jürgen ihr imponieren wollte, ging etwas schief.

»Hör bloß auf, sonst flute ich morgen dein Grundstück! Ich habe da nämlich Beziehungen.«

Ich setzte mich zu ihnen an den Tisch. »Jetzt sagt mal, hat alles geklappt? Kann KPD morgen auf seiner Pressekonferenz glänzen?«

»Oh Mann, hat der getobt«, erzählte Gerhard. »Wir dachten schon, wir müssen ihn in eine Zelle stecken. Jutta meinte, sie hätte sogar Schaum vor seinem Mund gesehen.«

»Das heißt, es war alles Fehlanzeige?«

Jutta nickte. »Und dabei fing es so gut an. Nach dem zweiten Funkspruch hatten wir bereits den Sender geortet. Leider hat uns das nicht weiter geholfen. Es war nur eine Relaisstation.«

»Kannst du mir das in Laiensprache erklären?«

»Der Sender befand sich in Mannheim in der Hütte eines Schrebergartens. Er war automatisch mit einem Empfänger auf einer anderen Frequenz gekoppelt.«

Ich war baff. »Das heißt, der wirkliche Sender war woanders?«

»100 Punkte für dich, Reiner. Unsere Spezialisten waren sehr schnell, so konnten wir in dieser Hütte über den Empfänger den dritten und den vierten Funkspruch orten. Dummerweise kamen sie aus verschiedenen Richtungen. Wahrscheinlich aus einem Auto heraus.«

»Auf gut deutsch: Ihr habt keine Spur. Was ist mit dem Besitzer des Schrebergartens?«

»Ein Ehepaar weit in den 80ern. Der Mann lebt seit dem Frühjahr in einem Pflegeheim. Die Hütte des Schrebergartens war mehr als ein Jahr unbenutzt. Tut mir leid, wir haben es mit absoluten Profis zu tun. Vielleicht hätte KPD doch lieber das Landeskriminalamt einschalten sollen.«

»Das sage ihm lieber nicht«, empfahl ich ihr. »Der wird dich als Frauenbeauftragte nach Kamtschatka strafversetzen.« Suchend blickte ich mich um.

»Kekse sind auch leer«, meinte Gerhard regungslos.

»Was ist mit der Metallkiste? Seid ihr da wenigstens weitergekommen?«

»Das war eine noch größere Pleite. Damit konnte niemand rechnen. Zuerst haben wir alle Einsatzkräfte am Marx'schen Weiher zusammengezogen, ganz wie du es durchgegeben hast. Blöderweise sind die meisten von Waldsee, also von Süden her gekommen. Als ihr dann weiter über Altrip zum Rhein geflogen seid, konnten die euch nicht folgen, da die Kreisstraße überflutet ist. Die Streifenwagen mussten umkehren und über Waldsee, Neuhofen und Rheingönheim nach Altrip fahren. Das dauerte rund eine Viertelstunde.«

»Wahnsinn, die Abwurfstelle war also eine Viertelstunde lang unbeobachtet?«

»Du hörst nicht richtig zu, Kollege. Ein paar Streifenwagen waren bereits vorher in Altrip. Außerdem haben wir noch die Mannheimer Kollegen. Ihr wurdet sogar mit Infrarot gefilmt, als ihr die Kiste abgeworfen habt.«

»Na ja, dann hat sich wenigstens das Rasieren gelohnt. Wie haben die Ganoven die Kiste geborgen? Ihr habt sie doch hoffentlich erwischt, oder?«

»Würde dann KPD so getobt haben? Nein, Reiner, wir wissen nichts über den Verbleib des Behälters. Er ist im Rhein versunken, fertig. Es war seitdem niemand in der Nähe.«

»Vielleicht ein U-Boot?«

»Gut, dass du danach fragst. Auch dies können wir ausschließen. Es gibt zwar eine Reihe kleinerer militärischer und auch ziviler U-Boote und sogar unbemannte Tauchroboter. Aber alle haben eines gemeinsam: Sie können keine schwere Last bergen, ohne dass es über der Wasserlinie auffallen würde. Wir sind hier am Rhein und nicht auf dem offenen Meer.«

»Wie gehen wir weiter vor? Die alten Zeitungen bergen oder einfach alles vergessen?«

»Selbstverständlich muss die Kiste geborgen werden. Die Öffentlichkeit ist inzwischen informiert. Irgendjemand muss bei der Presse getratscht haben. Unser kleines lokales Problem, wie sich KPD ausdrückte, ist mittlerweile deutschlandweit bekannt. Alle gehen davon aus, dass tatsächlich Geld in der Kiste liegt. Morgen früh nach Sonnenaufgang werden Taucher eines Bergungsunternehmens den Behälter suchen und ihn an Land bringen. Die Wasserschutzpolizei kommt auch. KPD meinte, du würdest bestimmt gerne dabei sein wollen.«

»Um wie viel Uhr?« Ich wusste, Widerstand war zwecklos.

»Nicht so früh, erst um 8 Uhr. Morgen ist schließlich Sonntag. Treffpunkt ist die Dienststelle der Wasserschutzpolizei.«

Jutta berichtete mir noch über die Situation bei den Deichbrüchen. Nach ihren Angaben konnte frühestens am Montag mit der Reparatur begonnen werden.

Anschließend stellte ich für uns alle zusammen fest, dass wir Feierabend machen. Jutta meinte, dass sie morgen gegen Mittag ins Büro kommen würde, um nach dem Rechten zu schauen.

*

Es war nach 20 Uhr, als ich zu Hause ankam. Mit einem mulmigen Gefühl schloss ich die Haustür auf. Stefanie saß im Wohnzimmer und las eine ihrer Frauenzeitschriften.

»Hallo, Stefanie, ich wollte, äh, ich will –«

Verflixt, warum musste ich gerade jetzt das Becker'sche Syndrom bekommen und rumstottern? Ich hatte ja schließlich nichts zu verbergen.

»Komm, setz dich her, Reiner. Jutta hat mich angerufen und mir alles gesagt. Du brauchst also keine Angst vor dem Nudelholz zu haben. Falls du so etwas überhaupt besitzt.«

Gott sei Dank, ich war gerettet. Jutta hatte auch ohne einen Hinweis daran gedacht. Ich nahm mir vor, mich bei meiner Kollegin angemessen zu revanchieren.

»Eins verstehe ich nicht: Ich habe sogar dein Handy geladen, warum hast du nicht angerufen?«

»Ach, du warst das mit dem Handy? Ich hatte mich schon gewundert, warum der Akku voll war. Selbstverständlich habe ich angerufen, du bist aber nicht drangegangen.«

Stefanie legte ihre Zeitschrift weg und sah mich fragend an. »Ich war heute Mittag einmal kurz im Keller an der Waschmaschine. Vielleicht habe ich das Klingeln nicht gehört?«

»Ja, ja, das war bestimmt so. Später konnte ich mich nicht mehr melden, da saß ich im Hubschrauber.«

»Okay, lassen wir das Thema. Du hast bestimmt Hunger? Ich mache dir schnell ein paar Brote. Zum Kochen ist es zu spät, außerdem bin ich mächtig müde. Die Schwangerschaft ist diesmal sehr anstrengend.«

Ich hatte verstanden. Nach dem Essen durfte ich wieder mit dem glitschigen Massageöl hantieren. Zeit genug, meiner Frau vom heutigen Tag zu erzählen und dass ich morgen früh wieder zum Dienst musste. Ihre Begeisterung hielt sich in Grenzen.

»Jetzt haben wir endlich mal ein Wochenende für uns allein und dazu ohne Kinder, und ausgerechnet dann muss so etwas passieren. Warum bist du nicht einfach Elektriker geworden?«

»Auch Elektriker haben bisweilen Schichtdienst«, antwortete ich. »Sobald wir im Lotto gewinnen, kündige ich meinen Job. Versprochen.«

»Und wer gibt für uns einen Lottoschein ab?«

*

Um 7 Uhr wütete der Wecker. Ich ließ Stefanie schlafen und machte mir ein Frühstück, wie ich es normalerweise immer zu mir nahm. Das Vollkornbrot und die anderen Sachen, die meine Frau gekauft hatte, ließ ich links liegen. Bisher hatte Stefanie mein Süßigkeitenversteck noch nicht gefunden und auch die kleine Flasche Cola, die ich im Kühlschrank ganz hinten hinter den Joghurtbechern deponiert hatte, lag noch da. Wie üblich wurde ich mit heftigem Sodbrennen belohnt. Nachdem ich mich von meiner halb schlafenden Frau verabschiedet hatte, fuhr ich nach Ludwigshafen.

Seit Monaten hing das übergroße Hinweisschild neben der B 9, um auf die Umleitung wegen des Baus der neuen Rhein-Galerie aufmerksam zu machen. ›Aufbau am Rhein‹ stand als Werbeslogan darüber. In Altrip hieß es zurzeit eher ›Abbau am Rhein‹, fiel mir ein und ich musste ironisch schmunzeln.

Der Leiter der Wasserschutzpolizei, Heinz Strommeier, erwartete mich bereits ungeduldig mit einem versteckten Blick auf seine Uhr. Seinen Kollegen, diesen Schliefensang oder wie er hieß, konnte ich nicht entdecken.

»Guten Morgen, Herr Palzki«, begrüßte er mich dennoch freundlich lächelnd. »So schnell sieht man sich wieder. Wer konnte auch damit rechnen, dass die Kiste ausgerechnet im Rhein landen wird.«

Er überreichte mir eine Rettungsweste, während er vor mir in Richtung Boot ging.

»Wissen Sie, wo wir genau hinmüssen?«

Er schaute mich über die Schulter an. »Wir haben die exakten Koordinaten, die haben Sie selbst durchgegeben. Die Filmaufnahmen, die vom Hubschrauber gemacht wurden, haben diese bestätigt. Mit unserem GPS können wir die Abwurfstelle auf wenige Meter genau orten.«

Kalte Luft strömte mir entgegen, als der Schiffsführer ablegte und den Hafen entlangbrauste. Zusammen mit Herrn Strommeier ging ich in die Kajüte. »Prima, dann wird es bestimmt nicht lange dauern, um die Kiste zu bergen. Wie bekommen wir die wieder hoch?«

»Das Hochbekommen wird nicht das Problem sein, Herr Palzki. Sobald wir dort sind, wird ein Bergungsboot mit Tauchern bei uns anlegen. Die Frage dürfte eher sein, ob wir den Behälter finden.«

»Warum denn das? Sie haben selbst gesagt, dass Sie die Stelle auf den Punkt genau festlegen können. So ein Riesending muss doch im Rhein zu finden sein, wir sind schließlich nicht auf dem offenen Meer.« Den Spruch hatte ich mir von Jutta gemerkt.

»Sie haben keine Ahnung, was sich unter Wasser abspielt. Die Kiste liegt an der tiefsten Stelle in der Fahrrinne. Das wäre noch nicht das Problem. Aber der Rhein drückt ständig unvorstellbare Mengen Kies vor sich her. Nach spätestens zwei bis drei Tagen ist die Kiste versandet. Dann finden Sie überhaupt nichts mehr. Wir haben mal einen Pkw bei Speyer gesucht, der ins Wasser gefahren wurde. Den haben wir bis heute nicht finden können, obwohl die Stelle, wo er unterging, genauestens bekannt ist. Ich möchte Ihnen keine Angst wegen der 50 Millionen machen, die Kiste liegt erst ein paar Stunden im Wasser. Trotz allem wird es kein Kinderspiel werden.«

Inzwischen fuhren wir an dem beeindruckenden Mannheimer Großkraftwerk vorbei. Gegenüber auf der pfälzischen Seite sahen wir Dächer und den Kirchturm von Altrip.

Strommeier zeigte auf die badische Seite. »Dort mündet das Becken 1 des Mannheimer Hafens. Und wenig weiter das Becken 2. Zwischen diesen Abschnitten liegt die Kiste, wir sind gleich am Ziel. Die Schifffahrt wurde für die nächsten drei Stunden gestoppt, also wundern Sie sich nicht, wenn keine Schiffe vorbeikommen.«

Ein Bergungsschiff mit einem alten, verrosteten Heckkran lag bereit. Unser Bootsführer fuhr Backbord an das Bergungsschiff und ein weiterer Beamter vertäute die beiden zu einer Einheit.

Herr Strommeier sprang mit einem beherzten Satz auf das andere Schiff. Es war nur ein guter Meter und die Höhendifferenz fast unmerklich, doch ich zögerte, ihm nachzuspringen. Durch die Wellenbewegung erschien mir der kleine Sprung alles andere als kinderleicht. Doch was sollte ich machen? Einfach stehen bleiben und abwarten? Das ging nicht, der Chef der Wasserschutzpolizei gab mir im gleichen Augenblick durch ein Winken zu verstehen, dass ich ihm folgen sollte. Gerhard würde sich totlachen, wenn er mich jetzt erleben würde, sogar mein Sohn Paul würde es amüsant finden.

»Na, was haben Sie, Herr Palzki?«, riss mich Herr Strommeier aus meinen Gedanken. »Sagen Sie bloß, Sie werden flusskrank. Das bisschen Schaukeln ist doch viel harmloser als jeder Hubschrauberflug. Kommen Sie, geben Sie mir die Hand.«

Dankbar schlug ich ein. Auf der anderen Seite angekommen, stellte er mich Markus Drexler vor. Er war der Geschäftsführer des Bergungsunternehmens, das bereits in der Vergangenheit öfter mit der Wasserschutzpolizei zusammengearbeitet hatte. Dieser Mann, Typ Reinhold Messner mit Bierbauch und den buschigsten Nasenhaaren, die ich je gesehen hatte, schaute verschämt zur Seite. Ich wusste, er war kurz davor, wegen meiner Kapriolen laut herauszulachen. Endlich sah er mich mit seinem knallroten Kopf an. Wir würden nie Freunde werden.

»Sie sind also der verantwortliche Beamte?«, brachte er mühsam gequetscht hervor, immer noch um ein Nichtlachen bemüht. Am liebsten hätte ich ihn ins Wasser gestoßen.

»Die Taucher kommen gleich aus der Kajüte und dann geht's los. Der erste Tauchgang dient zur Orientierung, im zweiten wird dann systematisch die Fahrrinne abgesucht.«

Jetzt konnte ich endlich meine Frage loswerden, die mir seit gestern auf der Zunge lag. »Wir ankern im

Moment nur wenige Meter vom Mannheimer Ufer entfernt, die Fahrrinne ist doch bestimmt in der Mitte des Rheins. Meine Vermutung ist, dass die Kiste überhaupt nicht in der Fahrrinne liegt. Im Hubschrauber hab ich's auch deutlich gesehen, die Kiste haben wir nicht in der Mitte des Flusses abgelassen, sondern so, wie wir hier ankern, fast auf badischer Seite.«

Jetzt grölte der Reinhold-Messner-Verschnitt lauthals heraus. Er hatte ein Wahnsinnsglück, dass er mich in einem demokratischen Land kennengelernt hatte.

»Sagen Sie es ihm«, bat er den Chef der Wasserschutzpolizei. »Klären Sie die Landratte auf.«

Herr Strommeier war von einem anderen Schlag und um ein Vielfaches sympathischer. »Sie dürfen den Rhein nicht mit einer Autobahn verwechseln, Herr Palzki«, begann er seine Aufklärung. »Die Fahrrinne ist ein Bereich, in dem für die Schifffahrt eine bestimmte Wassertiefe vorgehalten wird. Und diese Rinne liegt nicht immer in der Mitte. Gerade in einer Kurve, so wie sie der Rhein hier beschreibt, wäre eine mittige Fahrrinne unpraktisch. Sehen Sie, Altrip liegt im engen Teil der Kurve, auf der Mannheimer Seite verläuft der weite Teil der Kurve. Das Wasser hat folglich an der Außenkurve einen viel weiteren Weg zurückzulegen als an der Innenseite. Können Sie mir folgen?«

So hatte ich das noch nie betrachtet. Der gute Mann hatte recht. Vom Physikunterricht ist bei mir aber noch mehr hängen geblieben. »Das würde bedeuten, dass das Wasser in der Außenkurve schneller fließt als an der Innenseite, oder?«

Herr Strommeier klatschte in die Hände. »Bravo, Sie haben es verstanden. Nicht schlecht für eine Landratte. Aber es geht noch weiter. Wenn ein Schiff talwärts fährt, möchte es möglichst schnell vorankommen. Das heißt, wenn es an der Außenkurve fahren könnte, würde es von der starken Strömung profitieren. Umgekehrt ist es bei einem Schiff, das bergwärts fährt. Es muss gegen die Strömung ankämpfen und möchte daher gerne dort fahren, wo die Strömungsgeschwindigkeit am Geringsten ist, also an der Innenseite der Kurve.«

»Dann hätten wir ja zwei Fahrrinnen«, schloss ich aus seinen Ausführungen. »In der Innenkurve für die bergwärts fahrenden und in der Außenkurve für die talwärts fahrenden Schiffe. Überkreuzen sich die Fahrrinnen, wenn die nächste Kurve in die andere Richtung geht?«

Herr Strommeier war in seinem Element. Im Hintergrund kamen zwei Taucher aus der Kajüte, die er allerdings nicht beachtete. »Sie kommen der Sache immer näher, aber ganz haben Sie es noch nicht getroffen. Es gibt fast immer nur eine Fahrrinne, die stets möglichst weit in der Außenkurve liegt, wobei die talwärts fahrenden Schiffe immer außen fahren dürfen. Daher gibt es auf dem Fluss nicht so etwas wie einen Rechtsverkehr, das wechselt je nach Kurvenlage. Mal Rechts-, mal Linksverkehr. Die Innenkurven können für die Fahrrinnen nicht gebraucht werden. Da befinden sich meistens die Buhnen.«

»Die Buhnen?«, fragte ich, während die beiden Taucher in den Rhein sprangen.

»Das sind kleine Bauwerke, die senkrecht zum Ufer in den Rhein reichen. So etwa wie Stege. Nur unter Wasser und geschlossen. Bei Niedrigwasser kann man die manchmal sehen.«

»Und für was sind die gut?«

»Da setzt sich der Kiessand ab, den der Strom mit sich reißt. Mit dieser Konstruktion bleibt die Fahrrinne länger frei.«

Ich verstand. »Jetzt ist mir klar, warum dieser Kasper gelacht hat. Wir befinden uns also tatsächlich über der Fahrrinne. Bleibt diese durch die Buhnen komplett frei von dem Kies? Dann könnte die Metallkiste ja nicht versanden.«

»Nein, so leicht macht es uns der Strom nicht. Die Fahrrinne wird regelmäßig kontrolliert, und wenn es nötig ist, wieder freigebaggert. Sobald nämlich ein etwas größerer Fremdkörper in der Rinne liegt, sammelt sich dort ruckzuck der Kies. Ich kann nur hoffen, dass wir nicht schon zu spät dran sind.«

Ein Platschen ließ uns aufhorchen. Die beiden Taucher waren wieder da. Über eine kleine Metallleiter, die am Bootsrand befestigt war, kletterten sie nach oben. Angesichts der eisigen Temperatur trugen sie dicke Taucheranzüge. Markus Drexler half ihnen, die Gesichtsmasken abzunehmen.

»Die Fahrrinne sieht sauber aus«, meinte der größere der beiden. »Die Sicht ist einigermaßen befriedigend. Im nächsten Tauchgang werden wir es definitiv schaffen, 50 Meter in beide Richtungen abzusuchen.«

Ihr Chef unterhielt sich mit seinen Tauchern in einem dermaßen komplizierten Fachchinesisch, dass ich den Sinn keines einzigen Satzes verstand. Der richtige Zeitpunkt, mich als Fachmann ein weiteres Mal einzubringen.

»Herr Drexler«, ich sprach das ›Drexler‹ so schnell und dazu pfälzisch verfärbt aus, dass es nach ›Drecksack‹ klang, »mir ist gestern im Hubschrauber der Deckel meiner Thermoskanne aus dem offenen Fenster gefallen. Meinen Sie, dass Ihre Männer danach Ausschau halten können? Es war so ein kleiner runder, ganz in Weiß.«

Herr Strommeier, der schräg hinter meinem neuen Feind stand, verkniff sich ein Grinsen.

Drexler stierte mich an und wusste nicht, ob er meinen Spruch für bare Münze nehmen sollte.

»Unser Stundensatz liegt bei 450 Euro netto«, meinte er schließlich. »Aufträge nehmen wir nur schriftlich an.«

Auf den Mund gefallen war er anscheinend nicht.

Die Taucher machten sich für den nächsten Tauchgang bereit. Diesmal nahmen sie ein beträchtliches Equipment mit nach unten.

Drexler ging in die Kajüte, als die Taucher im Wasser verschwunden waren. Das war mir nur recht, auf weitere Kommunikation mit ihm war ich nicht aus. Strommeier setzte sich auf eine Kiste und schien nachzudenken. Das würde mir auch gut tun. Besonders über den Sinn und Zweck der Erpressung. Mit enormem Aufwand und technischer Finesse wurde der Deich gesprengt und die Lösegeldübergabe abgewickelt. Und für welches Ergebnis? Schon seit gestern Abend war mir klar, dass da noch etwas nachkommen würde. Diese Schurken waren uns wenigstens einen Schritt voraus. Das Motiv, ja, das müssten wir in Erfahrung bringen. Gleich nachher würde ich mit Jutta und Gerhard darüber reden müssen.

Inzwischen hatte ich mich an das leichte Schaukeln auf dem Wasser gewöhnt. Nur ein- oder zweimal, als ein Sportboot trotz Verbot an uns vorbeiraste, spürte ich den anschließenden Wellengang im Magen und in der Speiseröhre. Ich beobachtete eine Weile den dahinfließenden Strom, bis mir langweilig wurde. Dann drehte ich mich zu Herrn Strommeier um, der in ein Taschenbuch vertieft war. Er las tatsächlich einen Krimi von Dietmar Becker. Wahrscheinlich hatte er das Buch von ihm bei seinem letzten Treffen geschenkt bekommen. Ich hatte Beckers Romane bereits gelesen und fand sie sehr wirklichkeitsfremd. Solch einen Kommissar, wie der Student ihn beschrieb, und auch die anderen skurrilen Gestalten, nein, so etwas gab's im wirklichen Leben nicht.

»Herr Strommeier? Entschuldigen Sie bitte, ich hätte da noch eine Frage.«

Er klappte das Buch zu. »Nur zu. Es wird zwar gerade spannend, also ich meine im Buch, aber stellen Sie nur Ihre Frage.«

»Wo ist denn Ihr Kollege Schliefensang? Ich hätte vermutet, dass er sich die Suche nach der Kiste nicht entgehen lässt.«

Der Chef der Wasserschutzpolizei steckte das Buch in seine Umhängetasche. »Das wüsste ich auch zu gerne, Herr Palzki. Wir hatten fest vereinbart, dass er mitkommt. Als er nicht kam, versuchte ich, ihn telefonisch zu erreichen. Er nahm aber nicht ab. Ich kenne ihn zwar erst wenige Wochen, doch bisher war er immer sehr zuverlässig gewesen. Warten wir erstmal ab, vielleicht gibt es eine einleuchtende Erklärung.«

Meine Rettungsweste fing an, zu zwicken. Außerdem wurde es allmählich kälter, was vermutlich an dem Wind lag, der uns inzwischen deutlich stärker um die Ohren pfiff.

Strommeier griff in seine Tasche. »Das hätte ich fast vergessen, diese Liste soll ich Ihnen geben.«

Er reichte mir ein Blatt Papier, auf dem ungefähr 20 Vornamen, in der Mehrheit weibliche, standen. Hinter jedem Namen war eine Uhrzeit vermerkt.

Stirnrunzelnd fragte ich: »Ist das das Geburtsregister der letzten Nacht?«

Er scherzte. »Na ja, so viele aktuelle Modenamen stehen nicht auf dieser Liste.«

Das war mir ebenfalls aufgefallen. Walburga, Brunhilde oder Wilhelmine, wer würde heutzutage sein Kind auf diese Namen taufen?

»Seien Sie froh, dass Drexler Ihre Frage nicht gehört hat. Die Tabelle verzeichnet die Namen aller Frachter und Schiffe, die seit dem Abwurf der Metallkiste hier vorbeigekommen sind. Ihr Chef, Herr Diefenbach, bat uns, das Dokument anzufertigen. Meine Mitarbeiter haben die ganze Nacht patrouilliert und die Namen aufgeschrieben. Die meisten Schiffe werden auf weibliche Namen getauft, das soll angeblich Glück bringen.«

Ich steckte die Liste ein und hatte keine Ahnung, was KPD damit bezwecken wollte. Vielleicht vermutete er, dass einer dieser Frachter ein Mini-U-Boot an Bord hatte? Ich wusste bereits, dass dies nicht möglich war.

Die Kajütentür ging auf und Drexler kam heraus. »Sie kommen jetzt hoch«, meinte er und schaute über den Rand des Schiffes. Keine fünf Sekunden später kamen die beiden Taucher fast zeitgleich zum Vorschein. Ihr Chef ließ ein dickes Seil ab, an das sie einen Teil ihres Equipments banden. Kurz darauf standen sie an Bord und nahmen ihre Masken ab.

»Da unten ist nichts außer Kies, Chef«, sagte einer der Taucher mit einem fülligen Freddie-Mercury-Schnauzer. »Wir fanden nicht den kleinsten Hinweis auf die Kiste. Nicht einmal ein Abdruck im Kies, wo sie gelandet sein könnte. Ist es sicher, dass wir an der richtigen Stelle sind?«

»Spinn nicht herum, Joe«, fuhr ihn Drexler an. »Natürlich sind wir hier richtig. Habt ihr auch die Ränder abgesucht?«

»Klar doch, Chef«, antwortete der Kleinere und Schmächtigere, der keinen Schnauzer trug. »Wir haben sogar neben der Fahrrinne nachgeschaut. Da ist wirklich nichts. Es gibt auch keinen Hinweis, wo diese verdammte Kiste versandet sein könnte.«

Markus Drexler schaute erst Strommeier, dann mir in die Augen. »Sie haben es gehört, der Rhein hat einen neuen Nibelungenschatz. Wenn Sie nicht aufpassen, werden bald die ersten Schatzsucher hier sein.«

Strommeier besprach sich noch ein paar Minuten mit Drexler, bevor er das Polizeiboot losband und seinem Bootsführer ein Zeichen gab, zurückzufahren. Nachdenklich schaute ich vom Heck des Bootes zurück zu dem kleiner werdenden Bergungsschiff. Ich hatte ein komisches Gefühl in der Magengegend, das ich nicht deuten konnte und höchstwahrscheinlich nichts mit dem Wellengang zu tun hatte.

6. ENDLICH EIN MORD

Nach unserer Rückkehr ließ ich mich von Herrn Strommeier zu einer Tasse Kaffee in seinem Büro überreden.

»Es dauert aber ein paar Minuten, Herr Palzki.« Strommeier schwenkte eine Glaskanne mit Segelschiffmotiv in der Luft. »Ich muss die alte Kaffeemaschine füttern, die eigentlich schon in Rente ist. Normalerweise könnte ich zu unserem neuen Kaffeeautomaten im Pausenraum gehen, doch irgendein Kollege hat seinen Frust daran ausgelassen, was ich sogar verstehen kann. Nie spuckt der Automat das aus, was man trinken will. Ich habe noch nie so einen widerspenstigen Kaffeeautomaten erlebt.«

Er sprach mir aus der Seele. Bisher dachte ich, die Schifferstadter Kriminalinspektion wäre die einzige auf dieser Welt mit solchen Problemen.

Während wir den durchaus genießbaren und sehr bekömmlichen Kaffee tranken, erfuhr ich, dass spätestens übermorgen die betreffende Rheinstelle mit modernster Sonartechnik und einem Metalldetektor abgesucht werden soll. Der Chef der Wasserschutzpolizei spekulierte, dass die Kiste durch den Wasserdruck trotz ihres Gewichts schon mehrere 100 Meter talwärts weitergedrückt worden sein könnte.

*

Eine knappe Stunde später fuhr ich in den Waldspitzweg in Schifferstadt. Für einen Sonntag war der Parkplatz im Hof der Kriminalinspektion gut gefüllt. Die Leute in der Einsatzzentrale schienen nicht unter zu wenig Arbeit zu leiden.

Juttas Büro war leer, was sehr ungewöhnlich war, da ich ihren Dienstwagen im Hof geortet hatte. Ich ging zur Zentrale, um sie ausrufen zu lassen. Der wachhabende Beamte wusste Bescheid, er schickte mich in KPDs Büro.

Es war etwas Besonderes, das Büro des Dienststellenleiters zu betreten. Kein einziger Aktenordner störte die Ästhetik. Auf einem Bücherregal standen Restaurantführer zwischen klassischer Literatur. Ob KPD das alles gelesen hatte? Ich dagegen wusste nicht einmal, ob ›Das Lied von der Glocke‹ von Schiller oder Goethe war. Oder auch von Shakespeare, was mich nicht im Entferntesten störte. Solches Wissen brachte mich im Leben nicht weiter. Daher blendete ich es aus. Die restlichen Wände wirkten wie eine Gemäldeausstellung. Zwei Kandinsky-Drucke erkannte ich sofort, es stand schließlich groß genug darunter. Wie es unser Vorgesetzter geschafft hatte, auf legalem Weg ein zweisitziges Plüschsofa in sein Büro zu bringen, war mir unerklärlich. Ich konnte mir nicht vorstellen, dass er dafür eine Genehmigung des Präsidiums hatte. Der Chefsessel hinter dem Mahagoni-Schreibtisch war opulent. Bei Gelegenheit würde ich ihm sagen, dass in diesem Zimmer ein Thron fehlte.

KPD saß mit Gerhard und einer erholt aussehenden Jutta an einem Besprechungstisch, der um ein Mehrfaches größer war als die in unserer Inspektion üblichen. Zwischen zwei Kannen Kaffee stand eine Platte mit belegten Brötchen.

»Wo haben Sie sich so lange herumgetrieben?«, begrüßte mich mein Vorgesetzter nuschelnd, während er mit einem Zahnstocher in seinem Gebiss hantierte. »Der Chef des Bergungstrupps hat bereits vor über einer Stunde angerufen. Er hat mich ernsthaft gefragt, ob wir das nächste Mal keinen fähigeren Beamten schicken könnten. Was ist passiert?«

Gerhard goss sich eine Tasse Kaffee ein. Ich merkte mir die Kanne, um mir auf keinen Fall aus ihr einzuschenken. »Wir haben nur einen kleinen verbalen Machtkampf zwischen zwei erwachsenen Männern ausgetragen, also nichts Ungewöhnliches.«

»Diese verdammte Kiste ist wirklich nicht aufgetaucht?«

»Ich habe sie nicht gesehen. Ich war nur über dem Wasser, Herr Diefenbach.«

KPD hatte sich gerade ein größeres Stück Lachsbrötchen in den Mund geschoben, daher dauerte es eine Weile, bis er antworten konnte. Jutta schaute mich interessiert an, Gerhard wirkte gelangweilt.

»Vielleicht hätte ich selbst mitkommen sollen«, warf

sich unser Vorgesetzter in die Brust. »Vor zwei Jahren war ich im Roten Meer schnorcheln. Da lernt man, wie es unter Wasser aussieht.«

Gerhard schaute missmutig zu Boden, so, als hätte er diese Geschichte schon hundertmal gehört und warte jetzt darauf, dass KPD seinen Diaprojektor auspackte und die 5.000 besten Dias seines Schnorchelurlaubs vorführte.

»Herr Diefenbach«, Jutta versuchte, das Gespräch in die richtigen Bahnen zu lenken, »Sie wollten etwas ganz Wichtiges vorschlagen, bevor Herr Palzki zur Tür reinkam.«

»Ach so, ja, richtig, Frau Wagner. Das LKA hat angerufen. Sie wollen einen Profiler schicken, der eine operative Fallanalyse durchführen soll. Das habe ich selbstverständlich sofort abgelehnt. Der würde sowieso bloß in der Ecke sitzen und nachdenken. Diese Typen haben keine Ahnung, wie es bei der Polizei wirklich zugeht. Was die können, können wir schon lange und dazu viel besser.«

Den ungewollten Fauxpas, den er gerade losgelassen hatte, bemerkte er nicht.

Unser Chef schielte auf die Brötchenplatte, konnte sich jedoch nicht entscheiden. »Wir machen jetzt zusammen ein Brainstorming. Das habe ich auf der Polizeischule gelernt. Jeder darf Ansichten zu dem Fall äußern, egal, wie redundant sie scheinen mögen. Am Schluss diskutieren wir über die Aussagen und Sie werden sehen: Wir kommen der Lösung auf die Spur. Auf der Polizeischule hat das jedes Mal funktioniert. Lassen Sie uns beginnen. Frau Wagner, wären Sie so freundlich, alles zu notieren?«

Jutta nickte und blätterte ihren Notizblock auf, den sie meistens dabei hatte.

»Also los. Wer will anfangen? Derjenige, der den Fall löst, bekommt von mir einen Restaurantgutschein.«

Hoch motiviert, wie ich durch die Auslobung des Preises war, lehnte ich mich zurück und wartete ab.

»Ich denke, die Erpresser haben bemerkt oder vermutet, dass in der Kiste kein Geld ist«, sagte Gerhard. Es waren die ersten Worte, die ich heute von ihm hörte.

KPD nickte anerkennend. »Das ist ein guter Anfang. Die Menge der eingeweihten Personen ist begrenzt und daher leicht zu überprüfen. Machen wir weiter. Wer hat noch eine Idee?«

Jutta wollte gerade beginnen, stoppte jedoch nach der ersten Silbe.

»Nur Mut, Frau Wagner, nur Mut. Denken Sie an den Gutschein.«

»Es ist nur ein dummer Gedanke. Vielleicht geht es denen gar nicht um das Geld.«

KPD hatte sich aus der gleichen Kaffeekanne wie Gerhard bedient und japste nach dem ersten Schluck nach Luft. Sekundentod, hätte ich ihm vorher sagen können.

»Wenn nicht wegen des Geldes, weshalb denn dann?«

»Hass auf die Campingplätze, Hass auf Altrip oder Waldsee, was weiß ich. Ein krankes Hirn kommt auf die abscheulichsten Ideen.«

»Das müsste dann ein ganzes Rudel kranker Hirne sein«, warf ich ein. »Das war nicht die Tat eines Einzelnen.«

»Ich sagte ja, es war nur ein dummer Gedanke. Du hast bestimmt eine bessere Idee, Reiner, stimmt's?«

Bumm, jetzt saß ich in der Falle. Alle sahen mich hoffnungsvoll an, so als könnte nur ich die Lösung des Falles präsentieren. Spontanität will wohlüberlegt sein, war normalerweise mein Leitspruch, doch Zeit zum Überlegen hatte ich nicht in ausreichendem Maße. Genüsslich grinsend schnappte ich mir ein mit Eierscheiben belegtes Brötchen und biss hinein. Die Spannung stieg ins Unermessliche, würde Dietmar Becker in seinen Kriminalromanen schreiben.

KPD rutschte nervös auf seinem Sitz herum. »Sie wissen wirklich, wer der Täter ist, Herr Palzki?«

Das war mal wieder ein Musterbeispiel für das Entstehen von Gerüchten. Jutta setzte eine unverbindliche These in die Welt und die Zuhörer nahmen diese sofort als unumstößliche Tatsache an.

»Wie man es nimmt, man macht sich halt so seine Gedanken«, schraubte ich die Spannung noch etwas hoch. »Für mich stehen die Übeltäter längst fest.«

Unser Chef ließ vor Aufregung fast seine Brötchenhälfte fallen. »Ja? Sagen Sie doch endlich!«

»Zuerst muss ich mich absichern. Wir sind uns darüber im Klaren, dass wir im Moment nur ein Brainstorming machen. Alles, was hier gesagt wird, entspricht folglich nicht dem Tatbestand einer falschen Beschuldigung. Stimmen Sie mit mir darin überein?«

»Ja, ja, natürlich. Ich drehe Ihnen keinen Strick daraus, wenn Ihre Vermutung nicht stimmen sollte. Legen Sie doch endlich los, Herr Palzki«, bettelte er.

»Im Grunde genommen hätten Sie selbst drauf kommen können. Wer kommt denn alles in Betracht, in den letzten Stunden bis zur Kiste vorgedrungen sein zu können?« Mit dieser Frage dehnte ich den Spannungsbogen. Dietmar Becker könnte von mir noch einiges lernen.

»U-Boot? Taucher? Was weiß ich!« KPDs Stimme schien sich fast zu überschlagen. Jetzt war der richtige Zeitpunkt, meine Lösung zu präsentieren.

»Was halten Sie von dem Bergungsunternehmen? Dieser Drexler und seine beiden Taucher hatten und haben alle Möglichkeiten, um an die Kiste zu kommen.«

»Aber, aber«, stotterte unser Chef, »die Taucher haben doch nichts gefunden!«

»Das haben sie zumindest gesagt. Vielleicht ist es ganz anders und diese Kerle sind unsere Erpresser. Während wir hier sitzen, bergen sie das vermeintliche Geld.«

»Das dürfte nicht so einfach werden, Reiner«, meinte Jutta. »Die Stelle wird nach wie vor permanent überwacht. Aber grundsätzlich muss ich dir recht geben, wir werden uns diesen Drexler und das Unternehmen ganz genau ansehen. Ich werde das gleich veranlassen.«

KPD strahlte und blätterte dabei in seinem Terminkalender. »Ich wusste, dass meine Idee, ein Brainstorming abzuhalten, zum Erfolg führen würde. Sie können sich auf ein gediegenes Abendessen in meiner Begleitung freuen, Herr Palzki. Selbstverständlich dürfen Sie Ihre Frau Gemahlin mitbringen. Sie sind doch verheiratet, oder?« Er wandte sich an Jutta, ohne eine Antwort abzuwarten. »Ich habe noch ein paar wichtige Telefonate zu führen. Danach würde ich mit Ihnen gerne den Termin und die Texte für die Pressekonferenz abstimmen. Sind Sie noch eine Weile im Haus?«

Gerhard und ich gingen mit Jutta in ihr Büro.

»Was ist eigentlich der Stand der Dinge in Altrip?«, fragte ich Jutta.

»Die meisten Katastrophendienste ziehen bis morgen ab. Das Gebiet bleibt vorläufig gesperrt. Eine Handvoll Spinner hat heute Morgen versucht, mit einem Ruderboot ein paar Habseligkeiten zu retten. Das Problem ist, dass sie auch Plünderer sein könnten. Deswegen wird vor Ort rigoros durchgegriffen. Der Sachschaden dürfte insgesamt mehrere Millionen Euro betragen. Viele der Campingwagen sind zwar versichert, aber nicht alle. Stell dir mal vor: Für fast 800 Personen müssen Notunterkünfte gesucht werden. Die haben tatsächlich auf dem Campingplatz dauerhaft gewohnt. Natürlich ohne gemeldeten Hauptwohnsitz, was dort ja gar nicht zulässig wäre.«

Ich dachte an Doktor Metzger und konnte mir das gut vorstellen.

Jutta öffnete ihr Fenster und augenblicklich blies uns ein kalter Luftzug entgegen.

»Bereits morgen, früher als geplant, werden die ersten Reparaturversuche am Deich unternommen. Das Gelände hat inzwischen den gleichen Wasserstand wie der Rhein erreicht. Dummerweise steigt das Hochwasser weiter. Demnächst wird der Hochwasserpegel 2 erwartet, dann wird die Schifffahrt auf dem Rhein eingestellt.«

Ich schloss meine Jacke, dabei bemerkte ich Strommeiers Liste. Jutta verstand meinen Wink mit dem Zaunpfahl und schloss das Fenster.

»Kollege Strommeier von der Wasserschutzpolizei hat mir dieses Papier mit den vielen Frauennamen mitgegeben.« Ich überreichte es meiner verwirrt dreinschauenden Kollegin.

»Ach, das meinst du. Das mit der Schiffsliste war eine Idee von mir, die KPD sofort als die Seinige ausgegeben hat.«

»Und was sollen wir mit den Namen?«

»Für die Akten!«, antwortete sie schlagfertig. Sie schaute auf die Uhr. »Es ist kurz nach zwölf. Ich denke, ihr könnt Feierabend machen, eure Frauen werden froh darüber sein. Wenn ich mein Date mit KPD hinter mich gebracht habe, mache ich es euch nach. Vorher organisiere ich ein paar Kollegen, die das Drexler-Unternehmen observieren. Vielleicht wissen wir bis morgen mehr.«

Nachdem ich mich von Gerhard und Jutta verabschiedet hatte, stand ich wenige Minuten später vor meinem Haus. Der Zeitpunkt war denkbar ungünstig. Meine Nachbarin, die ewig tratschende Frau Ackermann, hatte mich erspäht. Ihr Mitteilungsbedürfnis war durch nichts auf dieser Welt zu bremsen.

»Guten Tag, Herr Palzki. Nett, Sie mal wieder zu sehen. Seit ich mich noch mehr um meinen Mann kümmern muss, komme ich nicht mehr so oft vors Haus. Mein Mann hat sich jetzt so einen dieser neumodischen Kopfhörer gekauft, mit dem man über Funk den Ton des Fernsehers hören kann. Da liegt er den ganzen Tag auf der Couch und guckt in die Glotze und merkt es nicht, wenn ich mit ihm rede. Und dann kann er sich natürlich an nichts mehr erinnern. Es ist immer das Gleiche mit diesen Männern. Erst heiratet man sie, damit man finanziell abgesichert ist und bald danach lassen sie sich frühverrenten und hocken daheim den ganzen Tag im Weg herum. Oh Gott, als Hausfrau hat man schon ein schweres Los, Herr Palzki. Zu allem Überdruss tut mir seit ein paar Tagen auch noch der Unterkiefer weh, ich habe keine Ahnung, was das sein könnte.«

»Ich kenne einen guten Arzt, der macht auf Wunsch Hausbesuche und ist überhaupt nicht teuer.« Ich glühte innerlich vor Sarkasmus. Es wird mir ein Vergnügen sein, die Werbeprämie von Doktor Metzger zu kassieren. Selbst wenn es nur ein gebrauchter Nasenhaartrimmer sein sollte.

Bevor die Wortschleuder wieder heiß lief, hörte ich Stefanie rufen: »Reiner, gut, dass du da bist, das Essen ist fertig. Hallo, Frau Ackermann, darf ich Ihnen meinen Mann entführen?«

Während ich zu meiner Frau ging, verabschiedete ich mich von der Plaudertasche: »Ich werfe Ihnen später die Telefonnummer ein. Vielleicht habe ich sogar noch einen Werbeprospekt. Auf Wiedersehen!« Doch darauf war ich im Grunde nicht wirklich scharf.

»Hallo, Reiner«, begrüßte mich Stefanie und schüttelte ihre langen Haare, während ich die Eingangstür schloss. »Wie lange standest du schon bei deiner schrecklichen Nachbarin? Ich habe dich erst eben zufällig durchs Fenster entdeckt.«

Ich tat so, als würde ich nachrechnen und ließ mir dabei Zeit. »Na, so vier oder fünf Tage werden es schon gewesen sein.«

Stefanie gab mir zuerst einen Ellenbogenrempler und anschließend einen Kuss. »Jetzt ist unser gemeinsames Wochenende so gut wie vorbei und wir haben fast keine Zeit für uns gehabt. In vier Stunden kommt meine Mutter und bringt die Kinder.« Sie seufzte. »Ist bei dir alles glattgegangen? Konntet ihr die Kiste bergen und die Ganoven festnehmen?«

Ich nahm sie in den Arm und zog sie behutsam in Richtung Couch. Während ich ihr berichtete, fing mein Magen an zu knurren. Zuerst ganz leise, dann immer lauter, bis meine Frau das Gegrummel schließlich unterbrach.

»Das ist ja nicht auszuhalten. Hast du einen Basslautsprecher verschluckt? Ich denke, ich werde uns etwas kochen, bevor du verhungerst.« Sie schaute mich treuherzig an und fügte hinzu: »Hast du danach eventuell noch ein klein wenig Zeit für eine Massage? So langsam macht mir unser Nachwuchs ziemlich zu schaffen.«

Ich streichelte Stefanies Bauch und lächelte. Hoffentlich würde die Zubereitung des Essens nicht zu lange dauern.

Meine Frau förderte Töpfe und andere Utensilien aus Schränken zutage, die ich bisher noch nie wahrgenommen hatte, und zauberte ein Essen auf den Tisch, das wahrscheinlich sogar den strengen Qualitätskriterien von KPD gerecht werden würde. Stefanie erlaubte mir, zum Essen eine Flasche Bier zu öffnen. Ich hatte sie gerade aufgemacht, da klingelte das Telefon. »Oh no, not now«, schüttelte ich den Kopf und blieb sitzen. Das Telefon klingelte weiter.

Meine Frau sah mich an, als wäre ich ein Außerirdischer.

»Was ist mit dir?«, fragte ich. »Ich möchte mit dir das Essen genießen und keine Telefonate führen.«

Sie benötigte einen weiteren Moment, um aus ihrer Sprachlosigkeit aufzuwachen. »Du sprichst ja Englisch!«

Entrüstet antwortete ich: »Falls es dich interessiert: Ich habe eine fundierte Schulausbildung genossen, wie übrigens die meisten Polizeibeamten. Dazu gehörte auch das Erlernen einer Fremdsprache.«

Stefanie war amüsiert. »Ich dachte immer, für einen Pfälzer ist Deutsch schon Fremdsprache genug.«
Ich nahm einen großen Schluck Bier, denn dazu fiel mir nichts ein. Das Telefon war längst verstummt.

Es duftete herrlich. Das Essen, meine ich, nicht das Telefon oder das Bier. Nach dem zweiten Bissen klingelte es an unserer Haustür Sturm. Ich wollte es nicht wahrhaben und blieb sitzen. Schließlich war es Stefanie, die sich bequemte und zur Tür ging.

Keine zehn Sekunden später ertönte ihre Stimme: »Reiner, kommst du bitte mal?«

Ich gönnte mir noch einen Schluck Bier und folgte dem Ruf meiner Gattin. Jutta stand aufgelöst im Flur.

»Warum bist du nicht ans Telefon gegangen?«, fragte sie mich und es klang nicht sehr freundlich.

»Es ist Sonntag, meine liebe Jutta. Da gönne ich mir regelmäßig eine telefonfreie Zeit. Was gibt es denn so Dringendes? Hat KPD seine Pressekonferenz vorverlegt?«

»Hör mir bloß mit dem auf. Komm, wir müssen los!«

Jutta sah in Stefanies fragendes Gesicht. »Tut mir leid für dich, Stefanie, ich muss leider deinen Mann mitnehmen. Aus Ludwigshafen wurde uns ein Todesfall gemeldet. Nach der ersten Leichenschau ist es eindeutig ein Fall für uns.«

»Für uns?« Ich widersprach. »Das soll der Kriminaldauerdienst des Polizeipräsidiums in Ludwigshafen machen. Wir aus Schifferstadt sind da überhaupt nicht zuständig.«

Jutta klemmte sich eine Haarsträhne hinters Ohr. »Doch, das sind wir. Auf KPDs ausdrücklichen Wunsch. Er will seinen Ex-Kollegen aus Ludwigshafen zeigen, welchen tollen Haufen er befiehlt. Dummerweise hat KPD die Sache mitbekommen, als die Meldung in der Zentrale reinkam. Er hat sofort im Präsidium angerufen und erklärt, dass der Todesfall mit unseren Ermittlungen zu tun hat und daher von uns bearbeitet wird. Das Beste dabei ist, die Leute vom Präsidium haben nicht einmal widersprochen. Wie KPD erfahren hat, haben die gestern Abend eine Weihnachtsparty veranstaltet, bei der es hoch hergegangen sein muss. Der halbe Bereitschaftsdienst scheint im Delirium zu liegen. Und die andere Hälfte war gestern helfend bei unserer Hubschraubergeschichte dabei und hat heute Freizeitausgleich.«

Ich war verwirrt. Ein Todesfall in Ludwigshafen und wir sollten dafür zuständig sein? »Langsam, Jutta, ich verstehe das nicht. Erkläre mir mal den Zusammenhang.«

»Ja, klar, aber mach dich dabei fertig, wir haben es eilig.«

Während ich meine Siebensachen zusammensuchte, präzisierte meine Kollegin: »Wir müssen zur Firma Rheingüter in den Kaiserwörthhafen, der Tote soll Schiffsführer eines Frachters gewesen sein.«

Das war in der Tat ein böser Zufall. »Kommen Gerhard und KPD auch zum Tatort?«

»Unser Chef doch nicht«, entgegnete sie entrüstet. »Sonntags hat der Besseres zu tun. Und bei Kollege Steinbeißer war ich gerade, leider ist er nicht zu Hause.«

»Oder er hat nicht aufgemacht«, setzte ich nach.

»Dafür hast du die Tür geöffnet.«

»Stefanie war's.« Ich schaute in das nicht gerade wohlwollende Gesicht meiner Frau und wusste, dass ich besser die Klappe gehalten hätte. »So war es nicht gemeint«, versuchte ich sie zu beruhigen. »Ich komme so schnell es geht zurück.«

Sie nickte. »Gegen 20 Uhr fahre ich mit den Kindern heim nach Ludwigshafen. Falls es bei dir ausnahmsweise etwas später werden sollte.«

»Paul und Melanie haben nur noch bis Mittwoch Schule. Ihr kommt doch über die Ferien wie ausgemacht nach Schifferstadt, oder?«

»Jetzt krieg nicht gleich wieder Panik, Reiner. Kümmere du dich um deinen Toten. Selbstverständlich werden wir über die Ferien bei dir wohnen, Paul redet seit Wochen davon, dass du mit ihm im Wald einen Weihnachtsbaum fällen wirst. Das hättest du ihm versprochen.«

Verlegen räusperte ich mich. »Das geht klar, ich werde vorher mit dem Förster telefonieren.«

Mit einem Kuss verabschiedete ich mich von ihr und stieg zu der bereits im Auto sitzenden Jutta.

»Wann hast du das letzte Mal deinen Dienstwagen eingesetzt?«, fragte ich sie. »Ich meine, außer von zu Hause ins Büro zu fahren und wieder zurück.«

»Nerv nicht, Reiner. Außerdem stinkst du auffällig nach Bier. Ich bin mir nicht mehr so sicher, ob ich dich überhaupt mitnehmen soll.«

7. WALBURGA

Der Kaiserwörthhafen lag im Stadtteil Mundenheim, nicht weit von der Parkinsel und dem Luitpoldhafen entfernt. Über den Kaiserwörthdamm, so hieß an dieser Stelle die vierspurig ausgebaute B 44, gelangten wir über die Shellstraße und die Inselstraße zur Firma Rheingüter. In dem Hafengebiet tummelten sich zahlreiche mittelständische Unternehmen, die allesamt irgendetwas mit dem Transport von Gefahrgütern auf dem Rhein zu tun hatten. Das Unternehmen Rheingüter bestand aus einem nicht allzu großen, komplett eingezäunten Gelände, auf dem ein einstöckiges Bürogebäude und eine Halle standen. Auf der Wasserseite des Betriebsgeländes ankerte ein Frachter. Das Eingangstor stand weit offen und wir parkten in der Nähe des Bürogebäudes. Nachdem wir ausgestiegen waren, konnten wir vor der Halle ein paar Spurensicherer und andere Einsatzkräfte bei der Arbeit erkennen. Ein spindeldürrer Mann kam uns entgegen. Sein schlaksiger Körper verbog sich bei jedem Schritt in alle möglichen Richtungen, so, als besäße er keine Knochen. Dazu kam, dass er seinen linken Fuß nachzog. Das schlangenmenschliche Wesen schien gut 50 Jahre alt zu sein.

Er lief auf uns zu, sein Arme ruderten wie Fahnen bei Windstärke zwölf. »Hallo, Sie müssen Frau Wagner und

Herr Palzki sein. Herr Diefenbach hat Sie telefonisch angekündigt und sich entschuldigt. Leider hätte er zurzeit keine besseren Mitarbeiter.«

Jutta und ich waren von den Socken. »Was hat KPD – äh, Herr Diefenbach gesagt?«

»Ja gut, so direkt hat sich Ihr Vorgesetzter nicht ausgedrückt. Er hat es mehr umschrieben. Übrigens, mein Name ist Norbert Linde. Ich bin der Geschäftsführer der Rheingüter GmbH. Lassen Sie uns doch auf einen Sprung in mein Büro gehen.«

Er drehte sich um und torkelte ins Gebäude. Das Büro und das Inventar hatten schon bessere Zeiten gesehen. Die Raufasertapeten waren vergilbt und verschmiert, das Mobiliar speckig und die Fenster ließen schätzungsweise nur noch jeden siebten Lichtstrahl durch. Er bot uns Stühle an, doch angesichts der herrschenden Zustände verzichteten wir darauf, uns zu setzen.

»Ben war mein bester Mann«, begann Linde und stopfte sich dabei eine Pfeife. »So einen Schiffsführer findet man nicht alle Tage. Er konnte einfach alles. Wenn –«

Das Telefon unterbrach seine Klagen. Nach dem ersten Klingeln hatte Linde den Hörer am Ohr.

»Nein, Bernd. Ich habe keine Zeit, ich bin in einem Meeting. Wenn ich fertig bin, rufe ich zurück, okay?« Er legte das Telefon zurück in die Ladeschale. »Entschuldigen Sie bitte. Aber für mich gibt es keinen Sonntag. Als Chef muss ich am Wochenende die Aufträge für die kommende Woche einteilen. Die Rendite im Rheingüterverkehr ist verdammt niedrig. Da kann ich mir nicht viel Personal leisten. Es gibt einfach zu viel Konkurrenz.« Er seufzte. »Und wenn jetzt wegen des Hochwassers noch die Schifffahrt eingestellt wird, dann kann ich bald stempeln gehen. Außerdem habe ich keine Ahnung, woher ich auf die Schnelle einen Ersatz für Ben bekommen soll.«

»Ben ist der Tote? Hat er auch einen Nachnamen?«

Er schaute mich an. »Ach so, Sie sind ja eben erst angekommen.« Er machte eine Pause und ich war mir sicher, dass er über KPDs Worte nachdachte. »Ben Kocinsky war einer meiner beiden Schiffsführer. Wir sind nur ein kleines Unternehmen mit zwei Tankmotorschiffen. Gestern hat er mit seiner Mannschaft in Karlsruhe abgeladen und abends bei Worms die Ladung wieder gelöscht. Anschließend ist er mit dem leeren Tanker zurück in den Kaiserwörthhafen gefahren. Gegen 21 Uhr haben wir zusammen als Letzte das Betriebsgelände verlassen. Als mich heute vor gut zwei Stunden der Steuermann angerufen hat, dachte ich zunächst an einen üblen Scherz, als er sagte, dass Ben erschlagen in der Halle liegt.«

Norbert Linde zog an seiner Pfeife, sodass ich eine weitere Frage stellen konnte. »Befanden sich außer Ihrem Steuermann noch weitere Mitarbeiter auf dem Gelände?«

Befriedigt nahm ich zur Kenntnis, dass Jutta mitschrieb.

»Nein, nicht dass ich wüsste. Ich habe keine Ahnung, warum Ben überhaupt hier war. Seine nächste Tour hätte er erst morgen früh gehabt.«

»Wahrscheinlich haben Sie auch keine Ahnung, warum der Steuermann im Unternehmen war?«

»Nein, das muss ich auch nicht. Er hat, genau wie Ben, einen eigenen Schlüssel für das Gelände. Wahrscheinlich musste er etwas reparieren, das kommt öfter vor. Sie müssen verstehen, er ist auch als Maschinist ausgebildet und in dem Job gibt es keine regelmäßigen Arbeitszeiten. Wenn etwas kaputt geht, muss es repariert werden. Und zwar schnellstmöglich.«

Jutta, die nach wie vor im Stehen mitschrieb, stellte ihre erste Frage: »Wie viele Mitarbeiter benötigen Sie für den Betrieb eines Frachters?«

»Das wird immer überschätzt, Frau Wagner. Trotz der Größe der Frachter braucht man nur einen Schiffsführer, einen oder zwei Matrosen und einen Steuermann, der idealerweise gleichzeitig Motorenwart ist. Bei größeren Schiffen gibt's dann noch einen Bootsmann, einen Decksmann und mehr Matrosen. Das ist auf dem Rhein und bei unserer Frachtergröße freilich nicht nötig.«

»Das heißt, so ein 100 Meter langes Ding wird nur von drei oder vier Personen gesteuert?«

»Gesteuert wird der Frachter sogar nur von einer Person, Frau Wagner.«

»Was transportieren Sie in Ihren Frachtern? Handelt es sich um Gefahrgut?«

»Selbstverständlich. Tankmotorschiffe sind schließlich nicht dazu da, um Limonade spazieren zu fahren. Der Kaiserwörthhafen ist der größte europäische Binnen-Gefahrgut-Umschlagshafen. Hier werden nicht nur Öl und Benzin umgeladen, sondern auch Chemikalien aller Art.«

»Auch Ethylenglykoldinitrat?«, unterbrach Jutta und ich wunderte mich, wie man solch einen Ausdruck auswendig lernen konnte. Ich hatte den Eindruck, dass Linde für eine Zehntelsekunde erschrocken zusammenzuckte.

»Ich habe keine Ahnung, was Sie damit meinen. Wenn dieser Stoff gefährlich ist, ist es wahrscheinlich, dass Sie davon bei irgendeinem Unternehmen in diesem Hafen etwas finden.«

Während Jutta schrieb, hatte ich schon die nächste Frage parat.

»Haben Sie eine Liste aller Güter, die Sie, sagen wir mal, im letzten halben Jahr transportiert haben?«

Linde legte seine Pfeife auf den Rand eines Aschenbechers, der schon lange nicht mehr geleert worden war.

»Selbstverständlich könnte ich in meiner Buchführung nachschauen, was wir alles befördert haben. Dazu brauche ich von Ihnen aber einen richterlichen Beschluss. Manche Güter sind heikle Geschäftsgeheimnisse, deren Namen oder Zusammensetzung nicht in falsche Hände geraten dürfen. Wenn bei mir etwas durchsickert, kann ich meinen Laden sofort zumachen. Die Vertragsstrafen sind drakonisch.«

»Kein Problem, den Beschluss werden Sie bekommen. Sie können mit der Liste gerne bereits anfangen, meine Kollegin und ich werden jetzt rüber zur Halle gehen. Falls unser Vorgesetzter bei Ihnen anrufen sollte: Wir haben alles im Griff, der Geschäftsführer ist momentan der Verdächtige Nummer eins.«

Lindes Körper verdrehte sich so merkwürdig, als würde sein Skelett ein Eigenleben besitzen und mit dem Rest des Körpers in Konkurrenz stehen. Mit offenem Mund versuchte er, sich selbst in den Griff zu bekommen, doch bis dahin waren wir aus seinem Büro verschwunden.

Die große Halle stand weit offen. Die erste Person, der wir über den Weg liefen, war ausgerechnet Staatsanwalt Borgia.

Provozierend, wie es sein Lebensinhalt zu sein schien, schaute er auf seine Armbanduhr und begann, ebenfalls nicht ungewohnt, ohne Begrüßung zu meckern: »Ich muss unbedingt einmal mit Ihrem Vorgesetzten sprechen, Herr Palzki. Bis Sie an einem Tatort auftauchen, ist der Täter bereits an Altersschwäche gestorben.« Er erkannte Jutta und ergänzte vorwurfsvoll: »Frau Wagner, nehmen Sie doch bitte in Zukunft positiv Einfluss auf Ihren Kollegen. Ich kenne keine zweite Dienststelle, in der solch ein Lotterleben herrscht.«

Er kam nun einen Schritt näher auf mich zu. Im gleichen Moment zog er seinen Kopf zur Seite, während er deutlich hörbar seine gesamte Atemluft ausstieß. »Das gibt's ja nicht, jetzt riechen Sie sogar nach Alkohol. Ihre Fahne stinkt rekordverdächtig. Gleich nachher werde ich Herrn Diefenbach konsultieren.«

Ich versuchte, die Situation zu entspannen. »Das riecht nur nach meinem Erkältungsmittel.« Doch Borgia hatte sich bereits anderen Dingen zugewandt.

Die Halle wirkte von innen beträchtlich größer als von außen. Beide Längsseiten waren mit gigantischen Schwerlastregalen bestückt, auf denen alles Mögliche lag. Einige Teile sahen aus wie Motorteile, den großen Rest konnte ich nicht zuordnen. Am hinteren Ende der Halle befand sich ein durch Mauerwerk abgetrennter Bereich, zu dem mehrere Türen führten. Der große Mittelteil der Halle war leer. Zwei Gabelstapler parkten an der Seite und unter der Decke war ein Lastkran montiert, der auf einem Schienensystem entlanglaufen konnte. Vor einem Regal lag ein weißes Laken auf dem Boden, durch das sich deutlich menschliche Extremitäten abbildeten. Die Spurensicherer waren noch unermüdlich am Werk. Es waren alles Schifferstadter Kollegen. Zu allem Überfluss entdeckte ich in diesem Moment Dr. Metzger, der sich lachend mit einem der Beamten unterhielt. Als er mich erkannte, brach er das Gespräch ab und drehte sich mit seinem schmutzgrauen Kittel grimmig dreinblickend zu mir, während sein Mundwinkel heftig zuckte. »Da sind Sie ja endlich, Herr Palzki. Herr Borgia hat schon vor einer Stunde gemeint, dass Sie jeden Moment hier sein werden. Ich habe schließlich noch andere Dinge zu tun, auch sonntags ist mein Terminkalender voll. Gerade vorhin habe ich ein paar walnussgroße Hämorrhoiden verödet.« Angewidert drehte er sich von mir weg. Anscheinend hatte ich zu stark ausgeatmet. Ich musste dringend Jutta fragen, ob sie vielleicht einen Kaugummi für mich hat.

»Aha«, sagte er, ohne seine Feststellung näher zu begründen. »So ist das also. Na ja, meinetwegen, jeder wie er will. Machen wir's kurz: Der Tote heißt Ben Kocinsky und ist Schiffsführer des Frachters Walburga.« Er zog seine obligatorische Banane aus dem Kittel und entfernte die Schale von der deutlich angematschten Frucht.

Walburga? Den Namen hatte ich erst kürzlich gehört. Auch Jutta schien aufgehorcht zu haben und im gleichen Moment fiel es mir wieder ein.

»Der Tote ist verheiratet, seine Frau weiß bis jetzt nicht Bescheid. Borgia meinte, Sie würden den Job gerne übernehmen.«

»Ja ja«, winkte ich ab. »Sagen Sie mir lieber etwas zur Todesursache.«

»So wie es aussieht, wurde er mit einer Eisenstange niedergestreckt. Seine Schädeldecke ist im Stirnbereich aufgeplatzt. Ein paar Meter entfernt lag die vermeintliche blutverschmierte Tatwaffe auf dem Boden, sie ist inzwischen sichergestellt. Der Schlag wurde frontal ausgeübt, vermutlich war Kocinsky sofort tot. Der Täter muss einiges an Körperflüssigkeiten abbekommen haben, bis in zwei Metern Umkreis fanden wir zahlreiche Blutspritzer.« Metzger begann sein übliches Frankensteinlachen.

»Gibt es weitere Besonderheiten? Wo treibt sich der Steuermann herum, der ihn gefunden haben will?«

Dr. Metzger hatte das Leintuch von der Leiche gezogen, so als wollte er uns damit eine Bestätigung geben, dass darunter tatsächlich ein Toter lag. Auch wenn ich mir immer vornahm, nicht so genau hinzuschauen und lieber den Obduktionsbericht zu lesen, erkannte ich trotzdem die kreuzförmige Narbe auf seinem rechten Handgelenk.

»Welcher Steuermann?«, riss mich der skurrile Notarzt aus meinen Gedanken. »Meines Wissens hat ihn ein gewisser Norbert Linde gefunden, er ist Geschäftsführer dieses Unternehmens. Sonst habe ich hier keine fremden Personen gesehen.«

»Die Narbe«, fragte ich, während er die Leiche wieder abdeckte, »haben Sie die bemerkt?«

»Herr Palzki, ich bitte Sie! Ich bin Arzt mit jahrelanger Erfahrung! Natürlich habe ich die Narbe gesehen. Dem Hautkolorit nach ist sie schon mindestens ein paar Jahre alt. Ich kann keinen Bezug zu dieser Tat erkennen. Oder sehen Sie das anders?«

»Nein, nein«, wiegelte ich ab. »Ich meinte ja bloß.«

»Dann ist es ja gut, alles Weitere entnehmen Sie dem Obduktionsbericht. Wenn Sie möchten, mache ich das gerne für Sie.«

Ich winkte ab. »Danke, das wird Dr. Hingstenberg schon allein hinkriegen.«

Der Arzt bückte sich, schnappte sein Köfferchen und ging.

Jutta sah ihm nach. »Von Höflichkeit hat Metzger auch noch nichts gehört.«

»Lass mal, Jutta, es ist Sonntag. Ich bin auch nicht erfreut, hier sein zu müssen und dann auch noch Borgia ständig über den Weg zu laufen.«

»Den zumindest bist du los«, erwiderte sie und lächelte. »Er ist vor einer Minute weggefahren. Hast du nicht das Getriebe seines Cabriolets knirschen hören?«

Nachdem wir uns ein paar Minuten mit dem Einsatzleiter der Spurensucher unterhalten hatten, verließen wir die Halle.

»Okay, Jutta.« Ich fasste unsere Erkenntnisse zusammen. »Wir wissen nun, wer der Tote ist und wie er starb. Ansonsten gibt es bis jetzt keine verwertbaren Spuren. Dann gibt es noch einen mysteriösen Steuermann ohne Namen, den bis jetzt noch niemand gesehen hat.«

Meine Kollegin nickte. »Das alles könnte normalerweise auf einen gewöhnlichen Streit hindeuten, der eskaliert ist. Wenn –« Sie machte eine kleine Pause. »Wenn da nicht der Name wäre.« Sie zeigte auf den Tankfrachter mit der Aufschrift Walburga, der in nicht einmal zehn Meter Entfernung zur Halle vor Anker lag.

»Dieser seltsame Schlangenmensch hat uns ja bereits bestätigt, dass der Frachter gestern bei Altrip gefahren ist. Das könnte zwar Zufall sein, aber so richtig glaube ich nicht daran. Komm, Jutta, dieses Schiff schauen wir uns genauer an. Du wirst doch hoffentlich nicht seekrank?«

Das Tankmotorschiff hatte wesentlich voluminösere Dimensionen als das mir bereits vertraute Polizeiboot. Ich schätzte seine Länge auf knapp 100 Meter. Am Heck erkannten wir auf dem ansonst relativ flachen Schiff einen Aufbau, der aussah wie ein Container mit Fenster. In dieser Kajüte dürfte sich während der Fahrt die Mannschaft aufhalten. Oben drüber befand sich ein eingeglaster Raum für den Schiffsführer. Auf dem Deck des restlichen Schiffes waren mittig im gleichen Abstand fünf große Luken im Boden eingelassen.

Der Frachter lag mit dem Heck ein gutes Stück tiefer im Wasser als mit seinem Bug. Eine Metallleiter führte an Deck. Auch hier war alles schmierig und ölig. Glücklicherweise schwankte der Frachter nicht. Die Bodenluken machten uns neugierig. Die hinterste war geschlossen, alle anderen standen weit offen. Unsere Neugier wurde jedoch nicht befriedigt. Wir schauten von oben in leere Tanks, in denen Pfützen von Restöl oder andere stark riechende Flüssigkeiten standen.

Wir waren gerade im Begriff, die Kajüte zu betreten, als uns vom Ufer die laute Stimme des Geschäftsführers entgegenschallte.

»He, was machen Sie da auf dem Frachter? Da können Sie nicht so einfach drauf rumlaufen, das ist lebensgefährlich. Bleiben Sie stehen, ich komme zu Ihnen hoch.«

Linde kam mit seinem unnatürlich aussehenden Gang zu uns an Bord. Beinahe wäre er in den schmalen Spalt zwischen Kaimauer und Schiffswand gefallen, jedenfalls sah es so aus.

»Was machen Sie hier?«, wiederholte er, als er vor uns stand. »Ben wurde in der Halle ermordet, das habe ich Ihnen doch vorhin gesagt.«

»Sie haben uns auch erzählt, dass Ihr Steuermann den Schiffsführer gefunden hat. Wieso ist er dann nicht da und wie heißt er überhaupt?«

»Ach, hatte ich das nicht erwähnt? Sein Name ist Alexander von Welchingen. Ich muss gestehen, ich habe ihn heute selbst noch nicht gesehen. Er hat mich zu Hause angerufen und mir von der Ermordung Bens erzählt. Als ich hier ankam, war Alexander verschwunden. Dafür fand ich den toten Ben und habe sofort die Polizei verständigt.«

Jutta notierte eifrig seine Aussage. »Von diesem von Welchingen brauchen wir die Anschrift. Am besten gleich von allen Ihren Mitarbeitern.«

»Mann oh Mann«, erwiderte Linde ironisch. »Sie arbeiten aber gründlich. Meine Mitarbeiter werden erfreut sein, in einen Mordfall hineingezogen zu werden.«

»Darauf können wir leider keine Rücksicht nehmen, Herr Linde. Wir verdächtigen im Moment auch nicht Ihre Mitarbeiter, es geht uns bloß um wichtige Zeugenaussagen. Ihre Leute können uns bestimmt sagen, was Kocinsky in letzter Zeit so alles gemacht hat.«

»Ja sicher«, nickte der Geschäftsführer. »Ich gebe Ihnen nachher gleich die Adressen mit. Es sind ja nicht so viele.«

8. EINE KLEINE ÜBERRASCHUNG

Jutta zeigte auf die geschlossene Luke. »Warum ist da zu?«

Linde schaute verstört. »Das ist in der Tat seltsam. Die leeren Tanks bleiben normalerweise geöffnet, damit sich keine Gase in gefährlichen Konzentrationen bilden können. Es gibt zwar Entlüftungsanlagen, die offenen Luken sind aber zusätzlich vorgeschrieben. Lassen Sie mich mal dran.«

Wie ein Korkenzieher schraubte er sich Richtung Boden und drehte ein tellergroßes Handrad. Nach einigen Umdrehungen öffnete er mit ein wenig Kraftanstrengung die Luke und schaute in das Loch.

»Seltsam«, sagte er. »Der Tank ist zu etwa einem Fünftel mit Diesel gefüllt. Das kann doch gar nicht sein. Diesel hatten wir schon seit Wochen nicht mehr geladen.« Er schaute uns an. »Haben Sie schon in die anderen Tanks geschaut?«

»Die sind leer, Herr Linde«, antwortete meine Kollegin. »Was kann das bedeuten?«

»Ich weiß es nicht. Ich kann mir nicht vorstellen, dass Ben nebenbei eigene Geschäfte machte. Das geht gar nicht. Für Kraftstoffe gibt es keinen freien Markt. Außerdem würde so etwas sehr schnell auffallen.«

Ich ging in Richtung Kajüte. »Dürfen wir da mal reinschauen?« Ohne auf eine Antwort zu warten, öffnete ich die Tür. Erschrocken blieb ich stehen. Durch Lindes Büro hätte ich vorgewarnt sein müssen. Hier sah es aus wie nach einem Bombenangriff und das lag nicht an dem versifften Mobiliar. Rund zwei Dutzend Aktenordner lagen verstreut auf dem Boden, ein vermutlich ehemals überquellender Mülleimer sah aus, als hätte ihn jemand wie einen Fußball durch den Raum gekickt. Zwei Glasbilder lagen zerbrochen auf einem Tisch.

Norbert Linde schaute mir von hinten über die Schulter. »Das gibt's ja nicht!«, donnerte er. »Da hat jemand die Kajüte durchsucht. Lassen Sie mich mal durch.«

»Langsam, Herr Linde«, intervenierte Jutta. »Da müssen zuerst die Spezialisten rein. Was könnte jemand in diesem Raum gesucht haben?«

»Nichts«, war die sofortige Antwort. »Hier gibt es nichts, für das sich ein Einbruch lohnen würde. In den Ordnern sind die Zulassungspapiere für den Frachter, das Schiffsführerpatent und Informationen zu den jeweils aktuell geladenen Gütern abgeheftet.«

Wir beließen die Kajüte, wie sie war, und gingen zum Heck des Frachters. Dort führte eine schmale Wendeltreppe aus Gusseisen nach unten.

»Wo geht's da hin?«

»In den Maschinenraum und zu den Revisionsräumen. Passen Sie auf, wenn Sie runtergehen. Dort ist es etwas schmutzig.«

Wenn Linde von ›etwas schmutzig‹ sprach, dann mussten da unten katastrophale Bedingungen herrschen. Doch es half alles nichts. Mein Bauchgefühl hatte mal wieder wie eine Wünschelrute im Ozean ausgeschlagen. Ich musste da runter. Vorsichtig bemüht, ja nicht mit meiner Jacke an den Wänden oder am Geländer anzustoßen, stieg ich hinab. Linde und Jutta folgten mir. Es wurde recht schnell dunkel, und der Geschäftsführer betätigte einen Lichtschalter. Eine ganze Reihe Leuchtstofflampen flammte auf. Nach gut zwei Umdrehungen hatten wir den Boden des Frachters erreicht. Ein gewaltiger Schiffsmotor nahm den zentralen Teil des Raums in Anspruch. Direkt am Heck befand sich ein mehrere 1.000 Liter fassender Tank. Als Linde kurz nach Jutta den Boden erreichte, bemerkte ich, dass er für einen winzigen Augenblick stutzte. Er ging zum großen Schiffsmotor.

»Hier sehen Sie das Herz des Frachters. Ich könnte Ihnen ein paar Daten runterrattern, die würden Sie aber sowieso nicht behalten können. Im Heck sehen Sie den schiffseigenen Tank für den Antrieb. Der Diesel ist steuerbegünstigt, daher muss der Verbrauch genau nachgewiesen werden. Das sind unheimlich komplizierte Regelungen für ein paar EU-Subventionen. Das meiste an dem EU-Geld versickert in der Verwaltung der, wie es korrekt heißt, ›Steuerbegünstigung für die Binnenschifffahrt im EU-Verkehr für Gefahrguttransporte ab der Gefahrgutklasse VII nach Paragraf 2b Absatz 5-8 des GGT-Gesetzes‹.«

Das klang beeindruckend. Aber Linde wollte von etwas ablenken, das bemerkte ich deutlich. Wie ein Fuchs, der die Fährte aufnimmt, schaute ich mich um. Die Situation erinnerte mich an die Wimmelbilder von Hans-Jürgen Press, die mich als Kind faszinierten. Die Bilder, auf denen man irgendetwas Ungewöhnliches entdecken musste, wimmelten von Menschen und Gegenständen. Im Maschinenraum wuselte es im Moment nicht von Menschen, die Funktionen der meisten Gegenstände, die hier zahlreich vorhanden waren, waren mir unbekannt. Während Jutta sich mit Linde unterhielt, bemerkte ich den irritierten Blick des Geschäftsführers. Und dann machte es bei mir Klick.

»Wollen Sie umschulen, Herr Palzki?«

»Nicht notwendig, Herr Linde«, antwortete ich lässig. »Ein bisschen kenne ich mich mit den Maschinen aus. Meinen Benzinrasenmäher repariere ich auch selbst. Kommen Sie doch bitte einmal her.«

Linde war, so schien es, etwas blass um die Nase geworden.

»Was ist das?«, fragte ich und deutete auf ein mannhohes Monstrum aus Metall.

»Ein Dieselaggregat«, kam es wie aus der Pistole geschossen.

»Genau, das habe ich auch bemerkt. Und wo kommt die Spritleitung her?«

Linde wusste, dass ich sein Geheimnis erraten hatte.

»Aus dem hintersten der fünf Tanks«, flüsterte er beinahe.

»Das habe ich mir gedacht. Können Sie mir dafür eine Erklärung geben?«

Linde konnte nicht und stotterte nur unzusammenhängendes Zeug. Ich hatte den Eindruck, dass er es wirklich nicht wusste. »Herr Linde, mir ist noch mehr aufgefallen. Das hier ist kein Motor, der irgendetwas Mechanisches antreibt, sondern ein Aggregat, das Strom erzeugt.«

Das, was ich zu dem Geschäftsführer sagte, war hoch spekulativ. Ich konnte einen Haufen Leitungen am Aggregat erkennen und auch ein armdickes Stromkabel, das im Schiffsboden verschwand. Der Zweck war für mich jedoch nicht ersichtlich.

»Natürlich erzeugt dieses Gerät Strom und vermutlich nicht so wenig«, stammelte Linde. »Sie glauben mir ja doch nicht, wenn ich Ihnen sage, dass ich keine Ahnung habe, was das hier sein soll. Das Aggregat jedenfalls gehört nicht in diesen Raum. Da müssen Sie Alexander von Welchingen fragen.«

»Der ist leider im Moment nicht greifbar«, erwiderte ich. »Können Sie mir wenigstens sagen, wo das dicke Kabel hinführt?«

Linde kam näher und betrachtete das schwarze Kabel, das aus dem Generator kommend einen Meter weiter im Boden verschwand.

»Das ist äußerst seltsam, Herr Palzki. Hier im Maschinenraum gibt es keine doppelten Böden wie vorne bei den Tanks. Sehen Sie diese Dichtungsmanschette? Das kann nur eines bedeuten: Das Kabel führt nach draußen.«

»Nach draußen? Sie meinen, ins Wasser?«

Jutta unterbrach meine Unterhaltung mit Linde. »Ich gehe mal rüber in die Halle einen Spezialisten holen.«

»Warte, Jutta, wir gehen mit hoch. Kommen Sie auch, Herr Linde?«

Kurz darauf waren die ersten Beamten an Bord. Die Spurensicherer begannen ihre Arbeit in der Kajüte, während ein Kollege, der von Jutta instruiert wurde, in den Maschinenraum ging.

Langsam begann ich zu frieren. Nach Möglichkeit vermied ich es im Winter stets, mich länger als nötig im Freien aufzuhalten. Ich musste schauen, dass ich wieder ins Warme kam.

Der Beamte war höchstens zwei Minuten im Maschinenraum verschwunden. Seine ursprünglich weißen Handschuhe waren rußgeschwärzt.

»So etwas habe ich noch nie gesehen«, berichtete er. »Das Ding hat eine Generatorleistung von 50 Kilowatt. Für eine Unterwasserweihnachtsbeleuchtung sollte das dicke reichen.«

»Und welchen Zweck hat das alles?«

»Woher soll ich das wissen? Wir brauchen einen Taucher, dann sehen wir weiter.«

Ich drehte mich zu Jutta. »Könnte es vielleicht doch ein kleines U-Boot sein?«

Der Beamte hatte meine an Jutta gerichtete Frage mitbekommen. »Wohl zu viel James Bond geschaut? Vergessen Sie es. In einer Stunde wissen wir mehr, dann sollte der Taucher bereit sein.«

Noch eine Stunde in der Kälte warten? Ich hatte die rettende Idee.

»Jutta, was hältst du davon, wenn ich in der Zwischenzeit zu Frau Kocinsky fahre? Du kannst dich so lange mit Herrn Linde in seinem Büro unterhalten. Vielleicht hat er sogar erste Unterlagen für uns zur Hand?«

9. BESUCH BEIM DRACHEN

Da auch der Geschäftsführer einverstanden war, gingen wir wieder in sein Büro. Bevor ich mich vorläufig verabschiedete, ließ ich mir von Jutta den Autoschlüssel und von Herrn Linde die Adresse Frau Kocinskys geben.

»Viel Spaß, Herr Palzki«, wünschte er mir zum Abschluss. »Bens Frau ist ein richtiger Drache, passen Sie auf, dass Sie sich nicht verbrennen, wenn sie Feuer spuckt.«

Jutta wirkte etwas nachdenklich, als sie mich mit ihrem Autoschlüssel verschwinden sah. Ich machte mir keinerlei Gedanken darüber, was der Grund dafür gewesen sein konnte.

Vielleicht lag es daran, dass sie mir nicht zutraute, ihren Wagen zu fahren? Nein, ich fuhr ja den gleichen Typ. Und meine Fahrweise war stets angepasst und vorsichtig. Es musste einen anderen Grund für ihre Nachdenklichkeit geben. Doch so sehr ich auch überlegte, ich kam nicht darauf.

Inzwischen wurde es dunkel und leichter Nieselregen setzte ein. Ich hasste es, im Dunkeln und bei Regen Auto fahren zu müssen. Verschärfend kamen um die Weihnachtszeit die Lichterketten hinzu, die alle naselang an Bäumen, Geschäften und sonst wo hingen.

Zusammen mit dem Regen blendete mich das ganze Zeug so richtig unangenehm. Doch es half nichts, ich musste über die Konrad-Adenauer-Brücke nach Mannheim in die Innenstadt. Glücklicherweise war Sonntag und die Geschäfte hatten geschlossen, sodass ich ohne Stau zur Tiefgarage am Paradeplatz gelangte.

Ben und Johanna Kocinsky wohnten im Quadrat D1 direkt am Paradeplatz. Die Hausnummer fand ich an einem Eingang neben der Sparkasse. ›Kocinsky‹ las ich und eine Zeile darüber stand an dem gleichen Klingelknopf in doppelt so großer Schrift ›Metropolregion Immobilien‹. Ich betätigte die Klingel, bis mir der Türsummer Eintritt verschaffte. Einer Hinweistafel im Flur entnahm ich, dass sich ›Metropolregion Immobilien‹ im ersten Obergeschoss befand. Die Frau, die in der Tür stand, hatte nicht die geringste Ähnlichkeit mit einem Drachen. Sie sah aus wie ein Mannequin und war auch so angezogen. Ihre langen braunen Haare hatte sie zu einem strengen Pferdeschwanz zusammengebunden, der ihr bis zur Taille reichte. Ich schätzte sie auf höchstens 30 Jahre. Sie schaute freundlich, ja fast erwartungsvoll zu mir, was mich im ersten Moment irritierte.

»Da sind Sie ja endlich«, begrüßte sie mich mit einer zuckersüßen Stimme, bei der wohl so mancher Mann hinwegschmelzen würde. »Kommen Sie rein, ich bin schon sehr gespannt.«

Bevor ich den offensichtlichen Irrtum aufklären konnte, war sie durch die Tür verschwunden. Ich folgte ihr und stand nun im Flur einer gehobenen, repräsentativ eingerichteten Wohnung. Hier würde ich mit Sicherheit keine Ikea-Regale finden, dachte ich mir, und schaute mich um. Auch wenn ich kein Fachmann war, es schien kein Möbelstück jünger als 100 Jahre zu sein. Trotzdem roch es frisch und nicht nach Museum.

»Kommen Sie doch ins Büro durch«, flötete die Dame des Hauses durch eine offene Tür aus dem Nachbarzimmer. Ich folgte ihrer Stimme. Im Gegensatz zum Flur war hier alles topmodern und mit sauteuren Designerstücken eingerichtet. Frau Kocinsky stand vor einem Tisch, auf dem ein großer Plan lag.

»Möchten Sie einen Prosecco, bevor wir anfangen?«

Ich wollte gerade zu einer Antwort ansetzen, als ein Mann in der Tür auftauchte. Im ersten Moment dachte ich, Karl Lagerfeld zu erkennen, doch er war um das eine oder andere Jahrzehnt jünger. Auch seine Aussprache war nicht so pikiert, sondern eher klar und sachlich.

»Hanna, Liebes, weißt du, wo meine Manschettenknöpfe sind?« Jetzt erst hatte er mich wahrgenommen. »Oh Verzeihung, du hast ja Besuch.«

»Ich habe dir doch gesagt, dass ich einen Termin wegen unseres neuen Immobilienprojektes habe. Du musst dich noch ein bisschen gedulden, bis ich Zeit für dich habe.«

Nachdem der Manschettenknopfsucher wieder verschwunden war, konnte ich endlich zu Wort kommen.

Allerdings hatte ich meine Aufklärungskampagne spontan geändert.

»Wer war das?«, fragte ich und hoffte, dass es möglichst vorwurfsvoll klang.

Sie ging darauf ein. »Das ist nur ein Freund von mir. Sie brauchen keine Bedenken zu haben, er ist diskret.«

»Okay, wie Sie meinen. Dann erklären Sie mir bitte mal das Projekt.«

Sie stutzte. »Wie soll ich das verstehen, Herr Bauer? Sie wollten doch die Unterlagen mitbringen!«

Dumm gelaufen, jetzt konnte ich meine wahre Identität nicht länger verschleiern. »Ich bin nicht Herr Bauer, Frau Kocinsky. Mein Name ist Palzki. Reiner Palzki.«

Erschrocken zuckte sie zusammen. Sie faltete den Plan, der auf dem Tisch lag, rasch zusammen. »Um Himmels willen, wer sind Sie dann? Unser Geschäft hat sonntags geschlossen.«

»Ich komme nicht wegen Ihres Immobiliengeschäftes. Ich komme wegen Ihres Mannes.«

Sie steckte den Plan in einen Schrank und schloss ihn ab. »Sie kommen wegen Ben? Was hat er diesmal ausgefressen?«

»Ihr Mann ist tot.«

»Tot?« Sie suchte an der Stuhllehne Halt und ließ einen spitzen Schrei los. »Wie meinen Sie das? Wer sind Sie überhaupt?«

»Ich bin von der Polizei. Tut mir leid, aber ihr Mann wurde eiskalt abgemurkst.«

In jeder Kriminalinspektion gab es Beamte, die für die Überbringung von Todesnachrichten psychologisch besonders geschult waren. Doch was wollte man machen, wenn solch ein Beamter gerade nicht verfügbar war? Zum Glück war ich durch meine jahrelangen Erfahrungen mit diesen Dingen dennoch für solche Botschaften sensibilisiert. Ich konnte sie den Hinterbliebenen feinfühlig übermitteln.

Der Manschettenknopfsucher kam herbeigestürmt. »Ist was, Schatz? Ich habe dich schreien hören.«

Die Dame des Hauses zitterte am ganzen Körper. Ihr Freund half ihr auf einen Stuhl. Dabei ließ er mich nicht einen Augenblick aus den Augen.

»Was haben Sie mit ihr gemacht?«, fauchte er mich an und wollte auf mich losgehen.

»Lass ihn in Ruhe«, flüsterte sie. »Er ist Polizist. Ben ist tot!«

Er hielt inne. »Dein Mann ist tot?«

Sie nickte fast unmerklich.

»Wie ist das passiert?«

»Beruhigen Sie sich, ich werde Ihnen alles erzählen. Hätten Sie vorher die Freundlichkeit, sich vorzustellen? So ganz komme ich im Moment nicht mit.«

Johanna Kocinsky stand auf, ging mit wackligen Beinen zu einer Kommode und schenkte sich ein Glas Wasser aus der bereitstehenden Karaffe ein. »Sein Name ist

Hieronymus Windler, Herr Palzki. Er ist mein Freund. Bevor Sie jetzt auf falsche Gedanken kommen: Ben und ich führen – Verzeihung, führten eine offene Partnerschaft. Vor einem halben Jahr ist er ausgezogen. Das hatte nicht zwangsläufig endgültigen Charakter, er hatte schon öfter für eine Zeit lang woanders gewohnt. Gewöhnlich, wenn er ein neues Flittchen aufgegabelt hatte. Da ich aber so gutmütig bin, habe ich ihm jedes Mal verziehen. Ich bin ja selbst nicht die Treue in Person.«

Hieronymus Windler ging zu ihr und streichelte ihren Kopf.

»Lass das«, bügelte sie ihn ab. »Ich hatte eine Schwäche für Ben. Schon seit wir Klassenkameraden waren.«

Jetzt wirkte sie nachdenklich. »Wie ist er denn gestorben?«

»In der Halle seines Arbeitgebers hat ihm jemand eine Eisenstange übergezogen. Wir wissen noch nichts Näheres. Vielleicht haben Sie eine Ahnung?«

»In der Firma? Was wollte er dort? Meines Wissens ist er seinen Frachter niemals an einem Sonntag gefahren. Das war so eine Marotte von ihm. Fragen Sie mal diesen Norbert Linde, der war sein Chef. Das ist vielleicht ein schräger Vogel. Allein schon wie er sich fortbewegt. Im letzten Jahr bei der Weihnachtsfeier hat er mich gegen meinen Willen angebaggert, als er voll war. Ben hatte ihm daraufhin kräftig die Meinung gegeigt.

Da fällt mir etwas ein. Irgendwann einmal hat Ben zu mir gesagt, dass der Norbert ihm aus der Hand frisst. Er hätte da einiges über ein paar Geschäfte erfahren, die nicht so ganz hasenrein gewesen sein mussten. Genaueres kann ich Ihnen dazu nicht sagen.«

Ich wandte mich Hieronymus Windler zu. »Kannten Sie den Mann Ihrer Freundin persönlich?«

»Sind Sie verrückt? Natürlich nicht! Er selbst hurte überall in der Gegend herum, seiner Frau dagegen gönnte er nicht die kleinste Freude. Johanna kann froh sein, dass er ausgezogen ist.« Im selben Moment bemerkte er seinen Fauxpas. »Tut mir leid, Johanna, das habe ich nicht so gemeint.« Und zu mir sagte er: »Ich kenne von Ben nur die Fotos, die da vorne auf dem Regal stehen.«

Ich schaute mir flüchtig die Bilder an, die den Toten zusammen mit seiner Frau während eines Strandurlaubes zeigten. Auf einem anderen Foto lachte er an der Seite von Norbert Linde auf irgendeinem Fest.

»Ihr Mann schien sich mit seinem Chef gut verstanden zu haben.«

Johanna Kocinsky kam zu mir und legte das gerahmte Foto mit der Bildseite nach unten aufs Regal. »Das war kurz vor der Weihnachtsfeier. Entschuldigen Sie bitte, Herr Palzki, wenn ich nicht die Trauernde spiele. Auf der einen Seite berührt mich der Tod von Ben zwar ziemlich stark, gerade weil ich ihn schon so lange kannte. Auf der anderen Seite habe ich ihn seit Monaten nicht mehr gesehen. Ein- oder zweimal hat er angerufen, das war alles. Und wie Sie sehen, habe ich bereits Ersatz. Ich weiß auch nicht, wie ich Ihnen weiterhelfen kann. Nicht einmal die aktuelle Adresse von Ben habe ich. Wenn Sie –«

Die Türglocke unterbrach sie mit den ersten Tönen von ›Für Elise‹.

»Oh, mein Besuch kommt. Hieronymus, würdest du Herrn Bauer bitte aufmachen? Ich bin gleich für ihn zu sprechen.«

Nachdem der Lagerfeld-Jünger aus dem Büro war, entschuldigte sie sich: »Tut mir leid, Herr Palzki. Ich habe jetzt einen unaufschiebbaren Termin. Da ich von Ben keinerlei finanzielle Unterstützung erhielt, muss ich selbst sehen, wie ich über die Runden komme. Wenn Sie mich für weitere Fragen benötigen, stehe ich Ihnen selbstverständlich gerne zur Verfügung.« Sie überreichte mir eine Visitenkarte. »Ich kümmere mich um die Beerdigung von Ben. Das bin ich ihm wohl schuldig.« Es hatte lange gedauert, doch jetzt kullerten die ersten Tränen, die sie sofort mit einem Taschentuch abwischte.

Nun wurde es Zeit, mich zu verabschieden. Ich verließ sie mit der Bemerkung, dass sich morgen ein Kollege melden würde.

Im Flur verlor ich fast die Fassung. Herr Windler nahm gerade seinem Gast den Mantel ab und sagte zu ihm: »Gehen Sie bitte gleich durch ins Büro, Herr Bauer. Frau Kocinsky erwartet Sie sehnsüchtig.«

Den angeblichen Herrn Bauer kannte ich nur zu gut. Es war Becker, Dietmar Becker. Ich musste mich mit aller Gewalt zusammenreißen. Der Freizeit-Schriftsteller ging an mir vorbei, ohne auch nur mit einer Wimper zu zucken. Ich verstand die Welt nicht mehr. Was lief hier ab? Hatte dieser Archäologiestudent schon eine Spur, von der wir nichts wussten? Das war das Resultat, wenn sich ein Schreiberling mit blühender Fantasie in reale Kriminalfälle einmischte, statt seinen Einfallsreichtum selbst zu bemühen und einen Kriminalfall auf dem Papier zu konstruieren. Während ich das Treppenhaus hinabging, nahm ich mir vor, draußen auf Becker zu warten. Vor der Tür bemerkte ich, dass wir Winter hatten und änderte spontan meine Meinung. Ich würde ihn morgen in die Inspektion zitieren.

10. PHYSIKALISCHE KRÄFTE

Der Luitpoldhafen lag an diesem Sonntagabend verlassen da. Selbst die Anzahl der Einsatzfahrzeuge auf dem Gelände der Rheingüter GmbH war inzwischen überschaubar. Nachdem ich Juttas Wagen schrammenlos geparkt hatte, lief ich in Richtung Frachter, als mich eine Stimme aus der nach wie vor offenstehenden Halle rief.

»Herr Palzki, da sind Sie ja endlich!«

Ich schaute in die Halle. Jutta, die mit dem Rücken zu mir gestanden hatte, drehte sich um und eilte zu mir. »Du hast sehr lange gebraucht. Alles in Ordnung?« Dabei versuchte sie, unauffällig zu ihrem Wagen zu spähen.

»Ja, es ist alles bestens. Deinem Wagen ist nichts passiert, wenn man von der Karosserie absieht.« Lachend klärte ich meine erschrockene Kollegin auf: »War nur Spaß! Was machen die Ermittlungen? War der Taucher schon unten? Wieso seid ihr wieder in der Halle? Da war doch schon alles fertig.«

»Dann komme mal mit, mein Rennfahrer.«

Sie stellte mich der einzigen Person vor, die ich nicht vom Sehen her kannte.

»Das ist Herr Tuner. Er ist Berufstaucher und glücklicherweise gleichzeitig Maschinenbauingenieur.«

»Guten Tag, Herr Palzki«, begrüße mich der Hüne

und ich wunderte mich, dass es für Menschen weit jenseits der Zweimetergrenze Taucheranzüge gab. So stellte ich mir einen Basketballprofi vor, aber bestimmt keinen Taucher.

»Ich habe das Kabel an der Außenwand des Frachters gefunden. Sie werden es nicht glauben, wenn ich Ihnen sage, was dort sonst noch ist.«

»Ein kleines U-Boot?«

»Ein U-Boot? Hä, wie kommen Sie darauf? Kann es sein, dass Sie zu viele Krimis schauen? Wir befinden uns in der Realität. Nein, Herr Palzki, ich habe etwas viel Interessanteres gefunden. Wenn es nicht um so eine schreckliche Geschichte ginge, würde ich es schlichtweg als genial bezeichnen.«

»Na, dann erzählen Sie mal, Sie haben mich jetzt ein klein wenig neugierig gemacht.«

»Ich habe einen Wechselspannungshubmagneten gefunden, der am Rumpf des Frachters befestigt ist. Na, was sagen Sie dazu?«

»Aha, toll. Und was soll ich mit dieser Information anfangen?«

Herr Tuner rastete fast aus. »Wie bitte? Verstehen Sie nicht die Brisanz? Das ist der größte Knüller seit – was weiß ich!«

Ich verstand immer noch nicht. »Was soll an einem kleinen Magneten schon auffällig sein?«

»Ein kleiner Magnet? Spinnen Sie? Solche Dinger werden in der Schrottverwertung und in Stahlwerken eingesetzt. Dieser kleine Magnet, wie Sie ihn eben bezeichnet haben, hat einen Durchmesser von 150 Zentimetern und besitzt in Verbindung mit dem Generator eine Tragfähigkeit von mindestens zwei Tonnen!«

Langsam verstand ich. »Wurde damit die Kiste mit dem Geld abgeschleppt?«

Er nickte. »Ich habe es gleich nach dem Tauchgang berechnet. Anhand der gestrigen Beladung des Frachters konnte ich auf den Tiefgang schließen. Der Pegelstand des Rheins bei Altrip ist für Samstagabend ebenfalls bekannt. Aus dem Pegelstand habe ich die mittlere Wassertiefe in der Fahrrinne berechnet. Und was soll ich sagen? Der Frachter war in vier Tanks voll beladen. Zusammen mit dem Generator- und dem Magnetgewicht lag er sehr tief im Wasser.« Stolz blähte er sich auf, unserem Chef in diesem Moment nicht unähnlich. »Meine Berechnung ergab zwischen Oberkante Metallkiste und Unterkante Magnet gerade mal einen Abstand von etwas über 100 Zentimeter. Für solch einen dimensionierten Magneten ein Kinderspiel.«

»Da staunst du, Reiner, was«, warf Jutta ein. »Doch wir sind sogar noch fleißiger gewesen.«

Sie zeigte in eine Ecke der Halle. »Schau dir das da hinten mal näher an. Das haben wir unter einem riesigen Berg alter Netze gefunden.«

Zwischen schweren Schiffsteilen und den achtlos hingeworfenen Netzen erkannte ich die mir bekannte Kiste. Der Verschluss war aufgeschweißt und die Gummibänder entfernt. Ohne mir Handschuhe überzuziehen, öffnete ich den mit Zeitungen gefüllten Behälter und erhielt dafür von Jutta einen strafenden Blick.

»Wie wurde die Kiste hier reingebracht?«

Herr Tuner zeigte erst auf einen Gabelstapler und danach auf einen mobilen Kran. »Damit werden auch die Schiffsteile transportiert. Sie sehen: Alles passt zusammen.«

Ich nickte. »Und nach der Bergung der Kiste sind die Gauner wegen des Altpapiers in Streit geraten. Jutta, läuft die Fahndung nach dem Steuermann und dem Rest der Besatzung? Was ist mit dem Geschäftsführer?«

»Wir sind keine Anfänger, Reiner. Borgia war übrigens noch mal hier. Er hat Norbert Linde vorläufig festgenommen. KPD hat auch angerufen. Morgen früh soll seine mehrfach verschobene Pressekonferenz stattfinden. Wir sollen nur noch schnell die Besatzungsmitglieder finden. Ich weiß auch nicht, was der Kerl sich dabei dachte.«

»Na ja, wenigstens ist dieses Abenteuer überstanden und wir brauchen uns keine Gedanken über neue Anschläge zu machen. Was ist mit Lindes Büro?«

Jutta zog den Taucher zur Seite, der sich gerade eine Zeitung aus der Kiste angeln wollte, und schloss diese. »Das haben wir versiegelt. Morgen früh wird es im Detail durchsucht. Dieser Linde hat einen Riesenaufstand gemacht und ständig gebrüllt, dass er von dieser Sache nichts wusste. Er sei von seinen Mitarbeitern hintergangen worden, sie hätten seine Gutmütigkeit ausgenutzt und auf eigene Rechnung gehandelt. Und wenn wir ihn jetzt mitnehmen würden, wäre sein Unternehmen pleite.«

»Das wird sich bald zeigen«, sagte ich. »Habt ihr die Adressen der Besatzung? Bei dem Toten ist es nämlich so, dass er unbekannt verzogen ist.«

»Unbekannt verzogen?« Jutta hob eine Augenbraue. »Was soll das jetzt wieder heißen?«

Ich fasste das Gespräch mit Johanna Kocinsky zusammen. Details wie den Auftritt Dietmar Beckers erwähnte ich zunächst nicht.

»Das ist ja hochinteressant. Wir fahren am besten gleich zur Dienststelle zurück, damit wir die Suche nach seinem letzten Wohnort einleiten können.«

Auch das noch. Ich war todmüde, Stefanie war mit den Kindern bestimmt längst zu Hause in ihrer Ludwigshafener Wohnung und auf uns wartete noch Arbeit. Dem nicht genug, plante unser Vorgesetzter bis morgen früh die Festnahme der beteiligten Gangster.

Wir verabschiedeten uns von dem tauchenden Riesen und den verbliebenen Beamten. Jutta lief wie zufällig prüfend um ihren Wagen, bevor sie einstieg.

»Wie hast du so schnell die Reparatur hingekriegt?«, meinte sie scherzhaft und gleichzeitig sichtlich erleichtert.

»Tja, alles eine Frage der Organisation. Das Bremspedal solltest du vielleicht nicht allzu fest drücken, da scheint eine Kleinigkeit nicht in Ordnung zu sein.«

Jutta schmunzelte, sie kannte meine Scherze zur Genüge.

Im Hof unserer Kriminalinspektion standen nur noch wenige fremde Einsatzfahrzeuge der Hilfsdienste. Ohne uns um die Situation im Sozialraum zu kümmern, was sowieso nicht mehr in unserer Verantwortung lag, gingen wir in Juttas Büro. Dabei fiel mir ein, dass ich schon seit Tagen mein eigenes Reich nicht betreten hatte. Vielleicht hatte ich gar keins mehr und KPD lagerte dort die Reste des Weihnachtsbuffets?

Jutta setzte sich an ihren Schreibtisch und schaltete den Computer ein. Ich besaß seit geraumer Zeit ebenfalls solch ein Monstrum. Die Grundbegriffe hatte ich mir inzwischen selbst beigebracht, worüber ich sehr stolz war. Doch mit den einzelnen Programmen war ich meist überfordert. Ständig wurden irgendwelche neue Versionen aufgespielt, die jedes Mal anders aussahen. Für spezielle Computerkurse, die uns Beamten ständig zur Weiterbildung angeboten wurden, hatte ich weder die Zeit noch das Interesse. Ich konnte mich glücklich schätzen, für PC-Arbeiten auf Jutta und unseren Jungkollegen Jürgen zurückgreifen zu können. Gerade Jürgen war in meinen Augen der ›Sherlock Holmes‹ der Computerrecherchen.

»Alexander von Welchingen«, unterbrach Jutta meine Gedankengänge. »Das ist der Steuermann der Walburga. Wohnhaft in Bad Dürkheim. Dann gibt es noch einen Matrosen aus Speyer. Bei beiden läuft die

Fahndung, bis jetzt habe ich noch keine Erfolgsmeldung vorliegen.« Jutta drückte wie wild irgendwelche Tasten. »Du hast wirklich keine Hinweise, wo sich dieser Ben Kocinsky aufgehalten haben könnte?«

»Seine Frau meinte, er wäre bei einem Flittchen untergekommen, wie schon öfter in der Vergangenheit.«

»Okay«, Jutta tippte wieder. »Flittchen habe ich notiert, kennst du auch ihren Vornamen?« Nachdem sie ein paar Sekunden meine Mimik betrachtet hatte, lachte sie. »Siehst du, ich kann auch einen Scherz machen. Selbst wenn ich todmüde bin.« Hemmungslos gähnte sie und ich schloss mich an.

»Ich glaube, viel bringt das Herumgestochere nicht. Wir sollten besser bis morgen früh warten, ob uns bis dahin einer der beiden Fische ins Netz geht. Auch auf die Gefahr hin, dass sich KPD mit seiner Pressekonferenz noch etwas gedulden muss.«

»Vielleicht packt auch dieser Linde aus. Komisch, dass er mir die Adresse von Kocinskys Frau gegeben hat. Entweder wusste er selbst nicht, dass die beiden getrennt lebten oder es war ein geschickter Schachzug.«

»He, da kommt gerade eine Nachricht rein«, rief Jutta, als wäre ich schwerhörig. Sie überflog die Meldung an ihrem PC. »Fehlanzeige. Markus Drexler, der Geschäftsführer des Bergungsunternehmens, ist seit heute Mittag im Urlaub. Die Überprüfung ergab, dass er für eine längere Zeit nach Florida geflogen ist.«

»Mein lieber Schwan, der hat ja eine Arbeitsauffassung. Arbeitet bis zur letzten Minute und fliegt danach sofort in Urlaub. Hat er Familie? Seine Frau dürfte davon bestimmt nicht begeistert sein.«

Jutta schaute mich eindringlich an. »Andere Menschen arbeiten auch am Wochenende bis spätabends und haben eine Familie, gell, Reiner?«

Das saß. Aber immerhin hatte ich die Gewissheit, dass Stefanie dieses Mal von allem wusste.

»Ach lass mal, dieser Drexler ist sowieso aus dem Schneider. Wir haben unsere Gauner gefunden. Was für eine Rolle sollte das Bergungsunternehmen dabei spielen?«

»Das klang während unseres Brainstormings aber anders. Da warst du felsenfest von seiner Schuld überzeugt.«

»KPD hat meine Idee glücklich gemacht. Wer konnte zu dem Zeitpunkt auch auf solche abstrusen Gedanken wie einen Magneten kommen?«

Jutta schaltete ihren Computer aus. »Niemand, ich weiß. Wir haben nur über realistische Möglichkeiten wie U-Boote nachgedacht.«

»Machst du dich über mich lustig, Jutta?«

»Niemand macht sich über dich lustig.«

»Ja, ja«, schob ich nach. »Jedenfalls, solange dieser Student kein Buch über diese Geschichte schreibt.«

»Beckers Krimis scheinen dich ganz schön zu ärgern. Was hast du daran auszusetzen? Ich finde sie ziemlich gut.«

»Pah, lies doch auch mal zwischen den Zeilen. Immer kriegt der ermittelnde Kommissar eins auf den Deckel. Und manchmal wirkt er wie eine Witzfigur.«

»Witzfiguren gibt es überall, denk nur an KPD!«

»Ja, ich weiß. Unseren KPD gibt es aber leider wirklich. Egal, lass uns Feierabend machen, ich kann nicht mehr klar denken.«

11. EIN MONTAGMORGEN VOLLER ÜBERRASCHUNGEN

Heute brachte mich Jutta nach Hause. Stefanie musste schon länger nach Ludwigshafen gefahren sein, denn die Kinder hatten am nächsten Tag Schule. Auch für die Tratsch-Ikone Ackermann war es viel zu spät und außerdem zu kalt.

Der Anrufbeantworter blinkte. Ich hasste blinkende Anrufbeantworter. Meistens waren sie mit Arbeit verbunden. Meine Neugierde gewann jedoch, ich drückte auf den Knopf.

›Becker hier, Herr Palzki. Bitte denken Sie nichts Falsches von mir. Ich werde Ihnen alles erklären und morgen versuchen, Sie in der Dienststelle zu erreichen. Keine Angst, ich werde nicht so früh zu Ihnen kommen. Bis morgen dann.‹

Von mir aus, dachte ich und nahm ein ungesundes und kurzes Abendessen zu mir. Eine halbe Stunde später war ich eingeschlafen.

*

Meine Armbanduhr zeigte 8.30 Uhr, als ich mitten in der Nacht schlaftrunken zum Telefon torkelte. Jutta war dran.

»Mensch, Reiner, wo bleibst du nur so lange? Wir dachten schon, dir sei etwas passiert. KPD hat schlimme Depressionen und will nachher mit uns ein ernstes Wörtchen reden. Und eben ist dein spezieller Freund Dietmar Becker gekommen. Er sagte, er hätte einen Termin bei dir. Was ist da los, Kollege?«

Ich weiß nicht mehr, ob ich in meiner Verschlafenheit auch nur einen einzigen verständlichen Satz von mir gegeben hatte. Jedenfalls schien Jutta zufrieden, als ich kurz danach wieder auflegte. Ich fror. Schnell stieg ich unter die Dusche, um meinen Körper aufzuwärmen. Eiskaltes Wasser war das Einzige, was sie zu bieten hatte. Nackt rannte ich in den noch kälteren Keller zur Gastherme. Bereits von der Tür aus konnte ich die rote Lampe mit dem Hinweis ›Störung‹ sehen. Mist, warum musste die Heizung immer im Winter kaputt gehen, wenn man sie am dringendsten benötigte? Ich schaltete die Heizung und die Warmwasseraufbereitung aus und eine Minute später wieder ein. Die rote Lampe schien das nicht zu stören. In meiner Wut drückte ich alle Knöpfe, die ich finden konnte. Das rote Licht provozierte mich weiterhin, und schließlich gab ich mich der Technik geschlagen. Eingepackt in dicke Skiunterwäsche, die mir Stefanie mal zu Weihnachten schenkte, obwohl ich noch nie Skifahren war, telefonierte ich mit dem Notdienst eines Heizungsfachbetriebes. So ein Tag gehörte aus dem Kalender gestrichen. Ein Tag, der für mich ohne heiße Dusche begann, war ein miserabler Tag. Daran konnte auch mein süßes Lieblingsfrühstück nichts ändern. Bevor ich zum Dienst fuhr, musste ich zu allem Überfluss noch freiwillig in der Hölle vorbeischauen.

»Hallo, guten Morgen, Herr Palzki«, begrüßte mich die Teufelin persönlich. »Mein Mann und ich sind gerade mit dem Frühstück fertig. Jetzt hat er sich auf die Couch gelegt. Immer diese Männer! Der Haushalt würde zusammenbrechen, wenn ich es ihm nachmachen würde. Nein, nein, das passt nicht zu meinem Naturell.«

»Äh, Frau Ackermann?«

»Jetzt mag er auf einmal nicht mehr die leckeren Vollkornbrötchen. Übrigens eine Empfehlung von Ihrer Frau, Herr Palzki. Nur noch Weißbrot möchte er haben. Man muss aber auch berücksichtigen, dass seine Zähne nicht mehr die Besten sind. Und dann war er ja in Kur! Ich weiß nicht, was die dort mit ihm angestellt haben. Er hört mir gar nicht mehr richtig zu. Wenn ich ihm Vorwürfe mache, schaut er mich nur an und grinst.«

»Frau Ackermann!«

»Ja, Herr Palzki? Ach, da fällt mir ein, mein Mann will dieses Jahr keinen Weihnachtsbaum haben. Wir hätten zu wenig Platz. Lächerlich, sage ich da nur. Wenn ich meine Kakteensammlung etwas zusammenrücke, passt so ein Bäumchen locker ins Wohnzimmer.«

Nun passierte etwas, auf das ich den Rest meines Lebens stolz sein kann: »Frau Ackermann, hier ist mein Wohnungsschlüssel. Nachher kommt der Heizungsnotdienst. Vielen Dank für Ihr Verständnis, auf Wiedersehen.«

Ein Traum! Ich hatte meine Nachbarin mit Erfolg unterbrechen und mein Anliegen vortragen können. Und dem nicht genug, konnte ich die Hölle ohne Konsequenzen verlassen, da das Stimmenwunder das erste Mal in seinem Leben sprachlos war.

Mit reichlicher Verspätung kam ich im Waldspitzweg an. Entweder lag es daran, dass in der Dienststelle heute mehr geheizt wurde als sonst oder an meiner dicken und vielschichtigen Kleidung: Ich schwitzte so richtig unangenehm. Ohne mir darüber Gedanken zu machen, ging ich direkt in Juttas Büro. Meine beiden Kollegen saßen zusammen mit Dietmar Becker am Besprechungstisch.

»Guten Morgen, Herr Bauer«, begrüßte ich den Gast. Gerhard und Jutta schauten verwirrt. Ich setzte mich neben meine Kollegin. Diese rümpfte die Nase und rückte etwas von mir ab.

»Gestern Bier und heute Schweiß. Könntest du bei Gelegenheit mal wieder duschen?«

Ohne darauf einzugehen, schaute ich auf den Studenten. »Ich bin gespannt, was Sie zu berichten haben.« Zu meinen Kollegen sagte ich: »Herr Becker ist zurzeit inkognito mit Pseudonym unterwegs. Gestern traf ich ihn als Herrn Bauer bei Johanna Kocinsky.«

»Davon hast du mir gar nichts gesagt«, meinte Jutta.

»Das hatte auch nichts mit meinen Ermittlungen zu tun«, wiegelte ich ab. »Was gibt's Neues von der Front?«

»Wir haben Besuch, Reiner. Willst du nicht erst einmal wissen, warum er hier ist?«

Ohne mir über den Inhalt Gedanken zu machen, goss ich mir ein tiefschwarzes und zähflüssiges Heißgetränk aus der auf dem Tisch stehenden Kanne ein. »Von mir aus. Herr Becker, ich glaube, der Name ist Ihnen lieber als Bauer, wieso waren Sie gestern bei Frau Kocinsky?«

Der verlegen wirkende Student setzte sich gerade und antwortete: »Es tut mir leid, dass wir uns dort über den Weg gelaufen sind. Ich wollte Ihnen nicht nachspionieren. Woher sollte ich wissen, dass Sie im Zusammenhang mit dem Immobilienunternehmen ermitteln?«

»Im Zusammenhang mit was? Herr Becker, auch wenn ich es Ihnen nicht sagen darf, ich war wegen Frau Kocinsky dort und nicht bezüglich ihrer Immobiliengeschäfte. Ihr Mann wurde gestern ermordet.«

Das schien für den Studenten neu zu sein. Er stotterte ein wenig hilflos herum, bis er sich wieder unter Kontrolle hatte.

»Das wusste ich nicht. Sie hat mir davon nichts gesagt. Und ehrlich gesagt, sie wirkte auf mich keineswegs wie eine trauernde Witwe. Sie machte sogar ein paar Späße.«

»Dann schießen Sie mal los, Herr Becker«, grunzte der bisher schweigsame Gerhard.

»Also, das war so«, begann der Student. »Mir hat der Campingplatz ›Auf der Au‹ und dessen Umgebung keine Ruhe gelassen. Ich habe Ihnen, Herr Palzki, bereits gesagt, dass viele Eigentümer ihre Grundstücke rund um Altrip verkaufen wollen, bevor der Polder gebaut wird. Selbst die Kreisverwaltung beziehungsweise der Verein als Eigentümer der Campingplatzanlage prüft seit einiger Zeit, ob sie das Gelände mangels Rentabilität verkaufen soll. Meine Recherchen ergaben, dass Frau Kocinskys Unternehmen ›Metropolregion Immobilien‹ wahrscheinlich den Zuschlag für die Anlage erhält. Und wegen des Deichbruchs zu einem sagenhaft günstigen Preis. Es gibt zwar einen sogenannten Besserungsschein, das heißt, dass Gewinne, die in den nächsten Jahren durch die Vermietung der Parzellen entstehen, zum Teil an den Verkäufer fließen, aber das kann man leicht umgehen.«

Jutta unterbrach ihn. »Auf gut Deutsch, wenn es keinen Gewinn gibt, dann schauen die ehemaligen Eigentümer in die Röhre.«

Becker nickte. »Das Geschäft baut auf gegenseitiges Vertrauen auf. Wenn Johanna Kocinsky in den nächsten Jahren in die Anlage investiert, vielleicht einen Abwasserkanal legen lässt, dann bleibt kein Gewinn übrig. Auf der anderen Seite schrieb der Campingplatz auch so in den letzten Jahren ständig rote Zahlen. Immer mehr Camper geben ihre Parzelle auf und die Wiedervermietung gelingt meist nur zu einem niedrigeren Mietzins.«

Mir klang das alles suspekt. »Welche Schlüsse ziehen Sie daraus, Herr Becker? Ich denke nicht, dass die Immobiliengesellschaft für den Deichbruch verantwortlich ist. Frau Kocinsky würde sich dadurch ins eigene Fleisch schneiden, wenn sie das Gelände nach dem Kauf nicht mehr vermieten könnte.«

»Ja, ja«, fuhr mir Becker ins Wort. »Darum geht es bei meiner Recherche auch nicht. Mit dem Anschlag hat das bestimmt nichts zu tun. Ich bin einer ganz anderen Sauerei auf der Spur.«

Gerhard schenkte sich, seit ich hier war, bereits die dritte Tasse Kaffee ein.

Der Student redete weiter. »Neben den Verhandlungen zwischen der Kreisverwaltung und der ›Metropolregion Immobilien‹ gibt es noch die anderen Grundstücksgeschäfte. Die Preise für die Äcker und überhaupt alle Grundstücke rund um Altrip fallen zurzeit ins Bodenlose. In diesem Zusammenhang ist mir aufgefallen, dass es eine Person gibt, die mit ziemlicher Hartnäckigkeit alles aufkauft, was ihr angeboten wird. Bis zu zehn Notartermine pro Woche konnte ich nachvollziehen. Ich vermute, dass dieser Hieronymus Windler in den kommenden Wochen noch mehr Angebote erhält.«

Ich sprang auf. »Sagten Sie Hieronymus Windler? Das ist der Liebhaber von Johanna Kocinsky.«

Während Jutta und Gerhard Bauklötze staunten, ließ Becker diese Erkenntnis kalt.

»Ich weiß, Herr Palzki. Er hat nämlich einen Fehler gemacht. Ich habe mich in einem Internetportal als potenzieller Verkäufer geoutet und kurz darauf hat er sich mit Namen und Telefonnummer gemeldet. Dummerweise war es die gleiche Nummer wie Johanna Kocinskys Immobilienunternehmen.«

»Donnerwetter«, entfuhr es Gerhard. »Die beiden wollen anscheinend die ganze Gegend aufkaufen. Was wollen die damit bezwecken?«

»Das ist doch ganz einfach, Herr Steinbeißer. Grundstückspekulationen, was soll denn sonst dahinterstecken? In ein paar Jahren, wenn der Polder fertig ist, kräht kein Hahn mehr danach. Man muss nämlich wissen, dass der Polder nur für den Notfall gebaut wird. Vielleicht wird er nie geflutet oder erst in 50 Jahren oder so.«

Ich verstand. »Das heißt, die beiden haben dann nicht nur günstig einen überraschenderweise gutgehenden Campingplatz erworben, sondern auch genügend Erweiterungsmöglichkeiten im Umland.«

»Sie haben es erfasst, Herr Palzki. Um mehr zu erfahren, habe ich mich bei diesem Windler gemeldet und so getan, als gehörten mir größere Grundstücke rund um den Kiefweiher. Der liegt westlich von Altrip und hat eine direkte Verbindung zum Rhein. Ich habe ihn zusätzlich damit geködert, dass ich Pläne für einen Jachthafen und andere Dinge hätte, die man dort verwirklichen könnte.«

Jutta hatte sich längst einen Notizblock geschnappt und schrieb mit.

»Ist er darauf eingegangen?«

»Ja, aber anders, als ich gedacht hatte. Bei unserem zweiten Telefonat sagte er mir, dass die angebotenen Liegenschaften für ihn zu groß seien. Doch er kenne ein Unternehmen, das Interesse an meinen Grundstücken hätte und Höchstpreise zahlen würde. Er fragte, ob er meine Telefonnummer weitergeben dürfte.«

»Was Sie natürlich erlaubt haben.«

»Klar, Herr Kommissar. Keine Stunde später rief mich Frau Kocinsky über eine mir unbekannte Handynummer an und wollte Details wissen. Ich vereinbarte mit ihr einen Termin, um das Projekt vorzustellen. Und deshalb haben wir uns gestern getroffen, Herr Palzki. Übrigens, Hieronymus Windler hat sich mir in der Wohnung nicht mit Namen vorgestellt und Frau Kocinsky erwähnte ihren Freund ebenfalls nicht. Ein Außenstehender hätte von der Verbindung zwischen Frau Kocinsky und Windler nichts bemerkt.«

»Wie gut, dass wir Sie haben«, meinte Gerhard sarkastisch. »Wie hat die Dame reagiert? Hat sie Ihnen Ihre Geschichte abgekauft?«

»Aber Herr Steinbeißer! Das war ein Klacks.«

Ein Klacks?, fragte ich mich. Normalerweise begann Becker bereits zu stottern, wenn er nur an eine Lüge dachte.

»Frau Kocinsky zeigte großes Interesse an den Liegenschaften. Auch für die Pläne des Jachthafens konnte sie sich begeistern. Dass es dafür noch keine Genehmigung gab, schien ihr egal zu sein. Sie sagte, dass sie sowieso mit der Kreisverwaltung in Verhandlungen stehen würde, da könnte sie dies gleich mit abklären. Ansonsten konnte ich leider nichts rausfinden.«

»Tja, besser als gar nichts«, sagte ich. »Leider weiß ich immer noch nicht, wie wir diese Erkenntnisse mit unserem Fall zusammenbringen könnten.«

»Das weiß ich auch nicht, Herr Palzki. Vielleicht erzählen Sie mir etwas von Ihren Ermittlungen?«

Darauf würde ich nicht reinfallen. »Herr Becker, Sie wissen genau, dass ich Ihnen keine Informationen über laufende Ermittlungen geben darf. Wenn da –«

Weiter kam ich nicht. Die Tür ging auf und ein wütender KPD trat ein.

»Da sind Sie ja! Draußen laufen Terroristen herum und Sie sitzen beisammen und trinken Kaffee!«

In diesem Moment entdeckte er Becker. »Wer sind Sie?«, fragte er überrascht.

Der Student stand auf und gab unserem Chef höflich die Hand. »Guten Tag, Herr Diefenbach. Mein Name ist Dietmar Becker. Ich vertrete die regionale Presse.«

KPDs Miene erhellte sich. »Warum hat mir niemand gesagt, dass die Presse im Haus ist? Man muss sich doch anständig um Sie kümmern. Tut mir leid, Herr Becker, aber meine Mitarbeiter können manchmal nicht das Wichtige vom Unwichtigen unterscheiden. Das positive Bild, das die Öffentlichkeit durch die Presse von der Polizei erhält, muss allererste Priorität haben. Nur damit ist gute Polizeiarbeit zu erzielen. Gerade jetzt, wo ich dabei bin, mit meinen Untergebenen diese Erpresser zu schnappen, ist das sehr wichtig. Kommen Sie doch bitte mit in mein Büro, Herr Becker. Ich werde Ihnen den aktuellen Stand der Ermittlungen erläutern.«

KPD richtete seinen Blick auf Jutta. »Würden Sie bitte veranlassen, dass wir belegte Brötchen bekommen? Und die nächsten zwei Stunden möchte ich nicht gestört werden.«

Zusammen mit dem vor sich hin grinsenden Becker verschwand er.

»Das ist ja unglaublich!«, meckerte Jutta und knallte ihren Notizblock auf den Tisch.

»Mir ist das egal«, entgegnete ich. »Hauptsache, KPD ist beschäftigt und lässt uns in Ruhe arbeiten.«

»Wo du recht hast, hast du recht. Was ist eigentlich mit dir los, Gerhard? Du schaust heute richtig malträtiert aus der Wäsche. Hat dir der freie Sonntagmittag nicht gut getan?«

Das Zählen der von ihm getrunkenen Kaffeetassen hatte ich längst aufgegeben.

»Katharina will an Weihnachten ihre Familie zu mir nach Hause einladen«, erzählte er gequält und verzog dabei sein Gesicht.

»Dann freue dich doch, dass du ihre Familie kennenlernen darfst! Was ist daran so schlimm?«, fragte ich.

Gerhard sah mich verächtlich an. »Du mit deinen beiden Kindern hast da leicht reden. Katharina hat sieben Geschwister und 15 Nichten und Neffen, alles minderjährige Pupsbacken. Weißt du, was das für meine Wohnung und meine Nerven bedeutet? Vermutlich hat sie auch senile Eltern, die sollen ja schon fast 50 Jahre alt sein.«

»Na, jetzt mach mal halblang. Nicht jeder ist mit 50 Jahren senil.«

»Ach, nein? Und was mache ich mit den vielen Windelrockern?«

»Ich kann dir helfen, Gerhard. Ich habe eine sensible Nachbarin, die leihst du dir über Weihnachten aus. Sie wird den Kiddies viele interessante Geschichten aus ihrem Leben erzählen. Du wirst von den Schreihälsen keinen Ton hören.«

Vielleicht war das meine Chance. Frau Ackermann sprang als Nachwuchsbelustigung bei Gerhard ein und ich konnte mit Stefanie und meinen Kindern ein unbeschwertes Weihnachtsfest genießen.

Jutta klatschte in die Hände. »Könnten wir ganz kurz dienstlich werden? Wir hätten nämlich noch eine Kleinigkeit zu tun.«

Während Gerhard und ich uns kerzengerade hinsetzten und spaßeshalber salutierten, schnappte sie sich ihren Notizblock.

»Das Salutieren könnt ihr euch in Zukunft sparen, ihr Kindsköpfe. Es reicht, wenn ihr mir morgens die Füße küsst.«

»Zu Befehl, Frau General!«

»In der Rheingüter GmbH wurde in der letzten Nacht eingebrochen. Das Gelände war zwar versiegelt, mit einem Einbruch hatte aber niemand gerechnet. Ziel des Einbruchs schien ausschließlich das Bürogebäude gewesen zu sein. Nach der ersten oberflächlichen Begutachtung scheint eine Reihe Aktenordner zu fehlen. Ohne diesen Linde wird es schwer werden, festzustellen, was entwendet wurde. Er hatte nämlich kein angestelltes Büropersonal. Der letzten Dame hatte er vor fast einem Jahr gekündigt. Anscheinend liefen die Geschäfte nicht sehr gut.«

»Das kannst du an Borgia weitergeben. Wenn er mit dem Geschäftsführer fertig ist, kann er ihn fragen, ob er uns weiterhilft.«

»Dann hätte ich noch eine kleine Randinfo: Markus Drexler, der Geschäftsführer des Bergungsunternehmens, hat letzte Woche seine Firma gewerberechtlich abgemeldet. Er hätte folglich den Auftrag gestern früh gar nicht mehr durchführen dürfen. Die beiden Taucher konnten wir zu der Sache noch nicht befragen. Mich würde es nicht wundern, wenn seine Mitarbeiter von nichts wissen.«

»Ach ja, unser Brainstormingverdächtiger«, meinte Gerhard. »Darum kann sich Jürgen kümmern. Er soll die Hintergründe recherchieren und die Daten von Drexler und seinen Mitarbeitern abfragen. Was gibt es Neues von unserem Steuermann?«

»Gut, dass du danach fragst. Du kannst dich mit Reiner gleich auf den Weg machen. Alexander von Welchingen lebt ja in Bad Dürkheim. Anschließend dürft ihr einen Umweg über Speyer machen, dort wohnt der Matrose, der auf der Walburga war.«

»Endlich mal wieder Außendienst.« Gerhard stand auf und streckte sich. »Ich bin gleich bereit, Reiner, muss nur noch schnell die Toilette aufsuchen.«

»Okay«, beschloss Jutta unser Gespräch. »Weitere Informationen habe ich im Moment nicht vorliegen. Die Rechercheaufgaben leite ich an Jürgen weiter, ich selbst werde unserem geliebten Chef etwas zu essen organisieren, doch zunächst muss ich noch etwas Wichtigeres tun.«

Sie ging zum Fenster und riss es auf.

Ich tat so, als würde ich die Anspielung nicht verstehen. Jutta gab mir zum Abschied die Adressen und meinte ironisch: »Soll leicht zu finden sein, habe ich mir von Kollegen sagen lassen.«

Gerhard wartete bereits vor meinem Wagen. »Wo ist eigentlich deiner?«, fragte ich ihn, da er normalerweise immer neben meinem parkte.

»Den habe ich Katharina geliehen«, meinte er recht einsilbig.

»Du hast was? Du kannst doch nicht einfach deinen Dienstwagen verleihen! Wenn das KPD mitbekommt, gibt's Ärger.«

»Der braucht ja nicht alles zu wissen. Katharina will heute Weihnachtseinkäufe machen und da hat sie auf das Auto bestanden. Sie selbst hat keins.«

»Ach so, das erklärt natürlich alles. Steig ein, du Kraftfahrzeugverleiher.«

Die Fahrt über die A 61, A 650 und die B 37 verging wie im Fluge. Gerhard schwieg, ich schwieg. Kurz vor Bad Dürkheim zog ich Juttas Zettel aus der Tasche und las ›Hammelstalstraße‹. Das hörte sich nicht nach Durchgangsstraße an. Da ich einer der letzten Autofahrer ohne Navi war, fuhr ich einfach in Richtung Stadtmitte. Möglicherweise sollte ich bei Gelegenheit KPD darauf aufmerksam machen, dass ich noch mit Steinzeithilfsmitteln Auto fuhr. Mein in Ehren gehaltener ADAC-Atlas von 1981 lag seit Pkw-Generationen zerfleddert im Kofferraum. Ich hielt an. Gerhard schaute misstrauisch zu mir rüber.

»Sind wir schon da? Ich sehe bloß eine Bäckerei.«

»Mach schon. Geh rein und frag nach der ›Hammelstalstraße‹.«

»Wie bitte? Nur weil du kein Navi hast, soll ich mich blamieren? Mensch, Reiner, die Dinger gibt's bereits ab 100 Euro. Da kannst du dir sogar eine passende Stimme wählen. Gerade neulich habe ich gelesen, dass es auch eine Variante für Masochisten gibt. Aus dem Lautsprecher kommt dann ein Peitschenknall und der Befehl ›Rechts, du Sau!‹ Kriegt man aber erst ab 18.«

Ich stellte den Motor ab und ging selbst in die Bäckerei. Niemand machte sich über mich lustig, jedenfalls in der Zeit, als ich im Laden war. Die Bäckereifachverkäuferin erklärte mir den Weg und zwei besserwisserische ältere Männer halfen ihr dabei nach Kräften. Die einzige verwertbare Information dieser Teamarbeit war, dass es irgendwann hoch ginge. Ich fuhr etwa einen Kilometer weiter, bis ich bemerkte, dass es mehrere Möglichkeiten gab, in Bad Dürkheim hochzufahren. Während ich wieder anhielt, ließ Gerhard seine Scheibe herab und pfiff nach einem jungen Kerl, Typ ›langhaariger Bombenleger‹.

»He, wo geht's hier zur Hammelstalstraße?«

Der Halbstarke zeigte mit dem Daumen nach rechts und ging weiter, ohne auch nur ein Wort zu verlieren.

»Na also, geht doch«, war Gerhards Kommentar. Ich bog rechts ab und folgte der Straße einen knappen Kilometer. Langsam zweifelte ich, ob wir den richtigen Weg gezeigt bekommen hatten, da fuchtelte Gerhard mit seiner Hand. »Da vorne ist das Straßenschild, wir haben's geschafft.«

Kurz darauf standen wir vor dem Haus von Alexander von Welchingen. Das Domizil war nur sehr schwer einem gewöhnlichen Steuermann zuzuordnen. Es handelte sich um eine Jugendstilvilla, die am hinteren Ende eines fußballfeldgroßen Terrains stand. Allein für die Gartenanlage würde man mehrere Gärtner beschäftigen müssen. Doch diese Zeiten schienen vorbei zu sein. Der Garten war verwildert, riesige Brombeerbüsche machten sich breit. Auch die Fassade der Villa begann zu bröckeln. Der Asphalt der breiten Zufahrt war mit Schlaglöchern übersät. Wir konnten auf dem Gelände weder eine Menschenseele noch ein parkendes Auto ausmachen.

»Das sieht ziemlich verlassen aus«, äußerte mein Kollege. »Bist du dir sicher, dass wir an der richtigen Adresse sind?«

Wir stiegen aus und gingen eine repräsentative Steintreppe hoch zum Eingang. Ein kleines Türschild mit dem Schriftzug ›von Welchingen‹ zeigte uns, dass Juttas Angaben stimmten. Ein Türklopfer ersetzte die in heutigen Tagen übliche Türklingel. Den dumpfen Knall des Eisenrings hörte man sicherlich im ganzen Gebäude. Auch nach mehrfachem Betätigen des Klopfers gab es keinerlei Anzeichen auf anwesende Bewohner. Gerhard schlug vor, um das Haus herumzulaufen, was ich mangels Alternative guthieß. Während wir die Treppe hinuntergingen, sahen wir eine grauhaarige Frau in die Einfahrt radeln. Sie hielt Kurs direkt auf uns.

»Hallo, was machen Sie da?«, fragte sie außer Atem, als sie uns erreicht hatte. Ihr Fahrrad könnte in etwa das gleiche Alter wie die Villa haben.

»Guten Tag, mein Name ist Reiner Palzki«, stellte ich mich vor. »Wir sind von der Kriminalpolizei. Sind Sie Frau von Welchingen?«

Sie stutzte. »Ob ich Frau von … nein«, antwortete sie erschrocken. »Wie kommen Sie darauf?«

Ich zeigte nach oben. »Na ja, hier wohnt die Familie von Welchingen, und als Sie eben mit dem Fahrrad ankamen, dachte ich natürlich, dass Sie hier wohnen.«

»Ach so. Nein, Frau von Welchingen lebt nicht mehr. Haben Sie mich jetzt erschreckt. Was wollen Sie hier?«

»Wir sind von der Polizei und suchen Herrn Alexander von Welchingen. Können Sie uns weiterhelfen?«

»Polizei? Um Himmels willen! Hoffentlich ist nicht schon wieder etwas passiert.«

»Wieso schon wieder?«, unterbrach ich sie harsch.

»Ich meine das mit seiner Frau. Sie starb doch bei diesem mysteriösen Unfall. Damals hatte die Polizei das ganze Haus auf den Kopf gestellt. Am Schluss hat sich dann aber herausgestellt, dass ihr Mann unschuldig war.«

Ich schielte zu Gerhard und er verstand. Er zückte seinen Block und begann mitzuschreiben.

»Wann war das mit dem Unfall?«

Sie überlegte. »Das liegt um die zwei Jahre zurück. Es war furchtbar tragisch. Frau von Welchingen wurde von ihrem Mann eines Morgens tot in der Badewanne gefunden. Erst hat die Polizei einen Mord vermutet, Experten haben dann aber festgestellt, dass es eine Kohlenstoffmonoxidvergiftung war. Schuld war ein Vogelnest im Kamin.«

Gerhard sah von seinem Block auf. »Haben die beiden Kinder?«

Die Radfahrerin schüttelte den Kopf. »Nein, sie sind ungewollt kinderlos geblieben. Frau von Welchingen wurde im Übrigen von ihrer Familie verstoßen, weil sie nicht standesgemäß geheiratet hatte. Ihre Eltern haben es ihr sehr übel genommen, dass sie mit einem normalen Arbeiter die Ehe einging, der sogar ihren Namen annahm. Glücklicherweise hatte sie bereits vor ihrer Heirat ein verbrieftes Wohnrecht für diese Villa. Allerdings bekam sie von ihren Eltern keinerlei finanzielle Unterstützung. Sie sehen ja, was aus dem Haus geworden ist. Herr von Welchingen arbeitet auf irgendeinem Rheinfrachter, sein Einkommen reicht hinten und vorne nicht, um das große Haus zu unterhalten. Seit seine Frau gestorben ist, lebt er ziemlich zurückgezogen. Es gibt Wochen, da sehe ich ihn kaum.«

Mir wurde kalt, es ging ein unangenehm böiger Wind. »Verraten Sie mir bitte, wer Sie sind? Woher kennen Sie die Familie von Welchingen?«

»Mein Name ist Gerlinde Buchner. Ich wohne gegenüber auf der anderen Straßenseite. Das sind von hier aus ein paar Meter. Deswegen nehme ich immer das Rad, wenn ich rüberkomme. Ein- bis zweimal in der Woche helfe ich Herrn von Welchingen im Haushalt. Er zahlt mir zwar nur ein kleines Taschengeld, aber ich bin Witwe und habe Zeit.«

»Wann haben Sie ihn das letzte Mal gesehen, Frau Buchner?«

»Lassen Sie mich überlegen. Mittwoch, nein, Dienstag letzte Woche, da war ich bei ihm. Er war richtig fröhlich, so hatte ich ihn seit dem Tod seiner Frau nicht mehr erlebt. ›Jetzt wird alles bald wieder besser‹, sagte er zu mir und nahm mich sogar kurz in den Arm. Als ich ging, habe ich ihm gesagt, dass ich am Freitag wieder kommen könnte. Da hat er nur gelacht und gesagt, er werde ein paar Tage Urlaub machen. Wenn er zurückkäme, hätte er eine Überraschung für mich.«

Wir waren auf der richtigen Fährte.

»Sonst hat er Ihnen nichts gesagt? Denken Sie bitte ganz genau nach.«

Gerlinde Buchner lehnte ihr Fahrrad, das sie die ganze Zeit festgehalten hatte, an die Hauswand. »Nein, ich kann mich nicht erinnern. Er ist kein sehr gesprächiger Mensch.«

»Hat er etwas über das Haus gesagt? Für eine Person erscheint es mir ein paar Nummern zu groß.«

»Was meinen Sie mit dem Haus? Es gehört nicht

ihm, sondern der Familie seiner Frau. Er hat über seine Frau das Wohnrecht geerbt, mehr nicht. Seine Schwiegereltern sind schon recht betagt und leben bei Paderborn. Sie sind nicht einmal zur Beerdigung ihrer Tochter gekommen. Alexander von Welchingen bewohnt nur wenige Zimmer des Gebäudes im unteren Stock, um Geld zu sparen. Ich habe einmal eine Heizungsabrechnung herumliegen sehen, da würde glatt meine ganze Rente draufgehen.«

»Liebe Frau Buchner«, begann ich meine einschmeichelnde Taktik. »Sie haben bestimmt einen Schlüssel. Es wäre sehr hilfreich, wenn Sie uns die Wohnung von Alexander von Welchingen zeigen würden.«

»Aber … aber …«, stotterte sie hilflos, »ich weiß ja nicht einmal, ob Sie wirklich Polizisten sind.«

Gerhard hielt ihr seinen Ausweis entgegen, während ich das Totschlagargument auspackte. »Wie Sie wollen, Frau Buchner. Dann werde ich jetzt telefonisch den Staatsanwalt um eine Durchsuchungsgenehmigung bitten und mein Kollege, Herr Steinbeißer, wird später mit dem Auto nach Frankenthal fahren und diese holen.«

Frau Buchner gaffte ungläubig. »Das dauert doch Stunden!«

»Ja«, bestätigte ich. »Und wir werden gemeinsam vor dem Haus so lange warten müssen. Tut mir leid, Frau Buchner, daran kann ich nichts ändern.«

Sie stand da und kämpfte mit sich selbst. Mit dieser Situation, die ihr geregeltes Leben durcheinanderbrachte, war sie hoffnungslos überfordert. »Na, dann kommen Sie mal mit. Wenn Herr von Welchingen das erfährt, werde ich einen Riesenärger bekommen.«

»Eher wird der feine Herr Ärger kriegen«, raunzte Gerhard.

Die Witwe griff in ihre Jackentasche und zog neben mehreren gebrauchten Papiertaschentüchern und einem Döschen mit Hörgerätbatterien einen Schlüsselbund aus der Tasche. Sofort nachdem wir das Haus betreten hatten, schloss sie die Eingangstür. »Es muss nicht jeder wissen, dass wir da sind«, begründete sie ihr Tun.

Wir standen in einem Flur, der definitiv größer war als mein Wohnzimmer. Die ehemals geweißelten Wände waren schmutzig grau, nicht ein einziges Bild oder Accessoire schmückte sie. An der geringstenfalls vier Meter hohen Decke hing ein Kronleuchter, der erbärmlich verdreckt war.

Frau Buchner zeigte der Reihe nach auf verschiedene Türen. »Küche, Wohnzimmer, Schlafzimmer, Bad mit Wanne, Hobbyraum. Ansonsten nutzte er nur den Keller. Der steht voll mit Gerümpel. Ich habe ihm mehr als einmal gesagt, er solle die Sperrmüllabfuhr bestellen, doch er antwortete stets, dass ihm das Haus, und folglich das Gerümpel, egal sei.«

Gerhard und ich teilten uns auf. Die Durchsuchung würden wir, wie bei uns in solchen Fällen üblich, zunächst nur grob und oberflächlich durchführen. Die

Details würden heute Mittag unsere Kollegen nachholen. Das Wohnzimmer war minimalistisch ausgestattet. Tisch, Couch, kleiner Schrank und ein alter Röhrenfernseher. Ich öffnete den Schrank und fand nichts von Interesse. Gerhard kam kurze Zeit später aus dem Schlafzimmer und hielt einen Packen Kontoauszüge in den Händen.

»Dreimal darfst du raten, was ich hier habe!«, forderte er mich stolz auf.

»Kontoauszüge?«, riet ich, weil mir gerade kein dummer Spruch einfiel.

»Klar doch, Kollege. Alle Einnahmen und Ausgaben der letzten Jahre.«

»Vorausgesetzt, er besitzt nur dieses eine Konto«, mahnte ich.

»Das wird sich ja wohl feststellen lassen. Schau dir mal den Endsaldo an.«

»Soll 16.089,69 Euro«, las ich. »Ganz schön viel für einen Steuermann.«

»Und ein verdammt gutes Motiv für eine Erpressungsgeschichte!«

»Langsam mit den Verdächtigungen. Du weißt, das kann in die Hosen gehen. Nicht jeder mit Schulden ist ein Verbrecher. Denk mal nach, die Erpresser haben in Vorleistung gehen müssen für die Zutaten des Sprengstoffs und so weiter. Schau mal in den Kontoauszügen, ob er eine Rechnung für Ethylglikosetrat, oder wie das Zeug heißt, bezahlt hat.«

»Da hätte ich zwei Stunden zu tun, außerdem steht uns nach § 110 StPO die Durchsicht von Papieren zunächst nicht zu. Nein, so dumm wird er nicht gewesen sein«, maulte Gerhard. »Das lassen wir unsere Spezialisten überprüfen. Wir wollen uns nur einen Überblick verschaffen. Apropos, den Hobbyraum und das Bad hätten wir noch, Reiner.«

»Wahrscheinlich gibt es in seinem Hobbyraum nur Dieselmotoren und so Zeug.«

»Oder er sammelt Briefmarken oder Bierdeckel als Ausgleich zum Beruf«, konterte mein Kollege, ohne ernsthaft davon überzeugt zu sein.

Als wir den Hobbyraum betraten, überraschte es uns völlig, dass Alexander von Welchingens liebste Freizeitbeschäftigung ausgerechnet der Amateurfunk war.

»Aufgrund der erdrückenden Beweislage wird Borgia nicht drum herumkommen, einen Haftbefehl zu beantragen«, meinte Gerhard mit Blick auf die diversen Funkgeräte und das viele Zubehör, das auf einem Regal und einem Tisch stand.

»Du fängst schon wieder an, voreilige Schlüsse zu ziehen. Das sind alles nur Indizien, aber keine Beweise. Die Fahndung nach ihm läuft ja bereits. Ob Borgia beim Ermittlungsrichter mit diesen Indizien einen Haftantrag durchbringt, steht auf einem anderen Blatt.«

»Was willst du noch für Beweise? Nur die drei Herren waren an Bord der Walburga. Und es dürfte doch unzweifelhaft feststehen, dass dieser Frachter die Kiste mit dem Magneten abgeschleppt hat. Ben Kocinsky ist tot, bleiben nur noch der Matrose und unser eingeheirateter Adliger.«

»Gerhard, du kommst mir vor wie jemand, der einen Krimi liest und dabei versucht, den Mörder zu erraten, bevor ihm der Kommissar auf die Spur kommt. Das klappt nur in den seltensten Fällen, glaub mir, Polizeibeamte sind fast immer schlauer. Es steht mitnichten fest, dass die drei Verdächtigen an dem fraglichen Abend auf dem Frachter waren. Wir wissen nur, dass sie es normalerweise sind. Das ist ein großer Unterschied. Und selbst wenn sie es waren, vielleicht sind sie von den Erpressern dafür bezahlt worden, die Kiste zu bergen, ohne bei der Sprengung selbst involviert gewesen zu sein.«

»Dann sitzen sie trotzdem mit denen in einem Boot!«

»Klar, da gebe ich dir recht. Aber die Erpresser müssten wir in diesem Fall woanders suchen.«

Gerhard verdrehte die Augen. »Du machst mir richtig Mut«, meinte er ironisch, dann kam ihm ein Gedankenblitz. »Denkst du, dass wir noch eine Weile brauchen, um die Gauner zu schnappen? Vielleicht sogar bis nach Weihnachten?«

Ich verstand. »Du willst dich nur der Familie deiner Katharina verweigern, stimmt's? Hat deine Freundin denn schon vom eigenen Kinderwunsch gesprochen?«

Gerhard schaute betreten drein und schwieg.

»Wo ist eigentlich unsere Witwe?«

Wir fanden sie in der Küche, wo sie die Hängeschränke abwischte.

»Ich hoffe, Sie vernichten kein Beweismaterial«, sprach ich sie an.

Sie ließ den Lappen fallen und stierte mich hilflos an, dabei zitterten beide Hände. »Ich will nur ein bisschen sauber machen. Schauen Sie doch selbst, wie fettig die Schränke sind.«

»Ist ja schon gut, Frau Buchner. Bitte berühren Sie keine weiteren Dinge mehr in diesem Haus.«

»Ich rufe bei Jutta an und lasse die Verstärkung antanzen«, meinte Gerhard und zückte sein Mobiltelefon. Im Gegensatz zu mir konnte er sich von dem kleinen elektronischen Gerät so gut wie nie trennen. Vor ein paar Monaten meinte er zu mir, dass er sein Handy sogar als Wecker benutzen würde. Doch ich war mir sicher, dass er da ausnahmsweise einmal etwas zu dick aufgetragen hatte.

Nachdem mein Kollege seine Bitte durchgegeben hatte, änderte er von einem Moment auf den anderen seinen Gesichtsausdruck. Ungläubig starrte er Löcher in die Luft, während er gebannt Jutta zuhörte.

»Wie bitte?«, waren nach einer knappen Minute seine nächsten Worte. »Kannst du das wiederholen?« Und wenige Sekunden später: »Ja, ja, ich hab's verstanden. Ich bin nur ziemlich baff. Damit hätte ich nicht gerechnet – ja, ich weiß, du auch nicht. Ich geb's gleich an Reiner weiter. Bis nachher.« Gerhard steckte sein Lieblingsspielzeug ein. »Die Kollegen sind bereits unterwegs.«

»Wieso denn das?«

»Gefahr im Verzug, Reiner. Es ist ein neuer Erpresserbrief eingegangen. Sie scheinen die Zeitungen in der Kiste nicht lustig gefunden zu haben. Als kleinen Denkzettel haben sie für heute Abend eine erneute Sprengung angekündigt. Dieses Mal würden sie keine Rücksicht auf Menschenleben nehmen.«

Frau Buchner stand nach wie vor neben uns und wurde zunehmend blasser, was mir im Moment egal war.

»Das darf nicht wahr sein! Was hat Jutta noch gesagt? Komm, wir fahren am besten gleich zurück.«

»Langsam, junger Mann. Die Krisensitzung wird erst in zwei Stunden im Büro von KPD stattfinden, da noch einiges vorbereitet werden muss. Bis dahin wird vom Landeskriminalamt der Erpresserbrief auf Echtheit überprüft sein, auch wenn es keine wirklichen Zweifel gibt. Eine Delegation der Wasserschutzpolizei wird ebenfalls dazustoßen. Um bis zur Sitzung möglichst weitere Erkenntnisse zu erlangen, hat Jutta zwei Spezialistenteams nach Speyer zur Wohnung des Matrosen und hierher zu uns geschickt. Die sollen jeden Moment hier sein.«

»Wenn sie den Weg finden«, ergänzte ich.

»Die Kollegen haben alle ein Navi«, antwortete Gerhard trocken. »Im Gegensatz zu dir sind übrigens alle anderen davon überzeugt, dass unser adliger Steuermann und der Matrose die gesuchten Erpresser sind.«

»Dann hoffe ich, dass dies der Richter genauso sieht. Doch zunächst müssen wir die beiden schnappen. Hier können wir nichts weiter tun, lass uns vor der Krisensitzung noch schnell nach Speyer fahren. Ich möchte mich mit dem Matrosen unterhalten, bevor er ins Untersuchungsgefängnis nach Frankenthal gebracht wird.«

»Vorausgesetzt, er ist zu Hause«, spekulierte Gerhard. »Das dürfte im Moment eher unwahrscheinlich sein, findest du nicht auch?«

12. GEFAHR FÜR DAS HERZ DER METROPOLREGION

Wir verließen zusammen mit Frau Buchner das Haus und baten sie, die Villa gründlich abzuschließen. Einen winzigen Moment später hatte sich unsere Bitte jedoch erübrigt, da mehrere Streifenwagen in die Zufahrt einbogen. Nach etwa fünf Minuten hatten wir unsere Kollegen instruiert und ihnen die Rolle von Frau Buchner erklärt. Diese war nicht sehr begeistert, einem ganzen Rudel Beamten gegenüberzustehen, die jetzt allesamt in die Villa drängten.

Ohne mich zu verfahren, fand ich bei unserer zweiten Tour auf Anhieb den richtigen Weg.

In Speyer kannte ich mich einigermaßen aus, gab es doch in dieser Stadt seit über 50 Jahren den Kultimbiss ›Curry-Sau‹, dem ich nur allzu gerne und allzu oft einen Besuch abstattete. Auf meine besonders sensible Art versuchte ich, Gerhard zu erklären, wie hungrig er doch sei. Ich weiß nicht warum, er roch sofort Lunte.

»Fällt dein Kalorienpegel schon wieder? Lass sehen!« Er schaute mich frontal an. »Tatsächlich, du hast einen roten Punkt im Auge, du stehst auf Reserve. Gedulde dich noch ein bisschen, bei KPD gibt es nachher bestimmt tolle Leckereien.«

Ich simulierte ein Aufstoßen. »Ja, Kaviarzeugs und andere undefinierbare Schweinereien. Ich möchte selbst bestimmen, was ich esse. Könnten wir nicht –«

»Kommt nicht infrage. Stell dir mal vor, wir werden von einem Bekannten unseres Chefs gesehen. Der bringt es fertig und versetzt dich in unsere neu zu gründende Kantine.«

»Das kann er nicht, ich bin kein Betriebswirt. Okay, wie du meinst, bekomme ich halt kein Sodbrennen.«

Die Straße ›Im Erlich‹, die innerhalb Speyers einen großen Bogen beschrieb, war mir bekannt. Der Matrose schien in einem Mehrfamilienhaus zu wohnen, davor parkten bereits mehrere Einsatzfahrzeuge.

»Francesco Monato«, las ich von Juttas Zettel ab. »Ich bin gespannt, was die Kollegen alles in seiner Wohnung finden.«

Ratlos standen wir vor dem Hauseingang und lasen die Beschriftungen der Klingelschilder. Zwei davon waren nicht beschrieben beziehungsweise unleserlich. Den Namen ›Monato‹ konnten wir an keiner Klingel entdecken.

Die Eingangstür ging auf und fünf Kollegen kamen heraus.

»Feierabend«, meinte ein Polizeihauptkommissar, den ich zwar vom Sehen kannte, mit dem ich aber im Großen und Ganzen noch nichts zu tun hatte. »Hier gibt's keinen Francesco Monato.«

»Was soll das heißen? Haben Sie auch die Wohnungen mit den unbeschrifteten Klingeln gecheckt?«

»Herr Palzki, ich mache das Geschäft seit über 20 Jahren«, fuhr er mich zornig an. »Keiner der Bewohner hat jemals von einem Monato gehört. Die parallel durchgeführte Überprüfung beim Einwohnermeldeamt ergab außerdem, dass in ganz Speyer kein ›Monato‹ gemeldet ist oder in den letzten Jahren gemeldet war. Sie sehen, Herr Palzki, auch Ihre Kollegen verstehen ihren Job.« Die Beamten gingen grußlos zu ihren Wagen. Aus der Ferne hörte ich sie lästern: »Ich habe keine Ahnung, warum dieser Journalist in seinen Romanen den Palzki als Hauptfigur nimmt«.

»Nicht gerade ein ergiebiger Vormittag«, meinte Gerhard, der den Kommentar bestimmt ebenfalls mitbekommen hatte.

»Lass uns zurückfahren«, murrte ich unzufrieden.

*

Ich hätte es besser wissen müssen. In der Kriminalinspektion angekommen, trennte ich mich für ein paar Minuten von meinem Kollegen. Bevor wir uns bei Jutta treffen wollten, musste Gerhard sich eines Teils seines heute Morgen in Massen getrunkenen Kaffees entledigen, ich selbst wollte mir angesichts der Krisensitzung mit KPD eine kalte Cola aus unserem Automaten ziehen. Den Manipulationstrick kannte ich: Ein paar

Beamte, die anscheinend nichts Besseres zu tun hatten, blockierten von Zeit zu Zeit die Auswahltasten der Getränkesorten mit einem kleinen, fast nicht zu ortenden Stück Büroklammer. Es war immer lustig, wenn nach dem Drücken der Cola-Taste eine eklig schmeckende Diätlimonade ins Ausgabefach rutschte. Jedenfalls, wenn es einen nicht selbst betraf. Trotz peinlich genauer Suche konnte ich keine Manipulationen an den Tasten entdecken. Ich versuchte mein Glück und warf eine Münze in den Geldeinwurf. Es kam, wie es kommen musste: Mein Druck auf die Cola-Taste war gleichbedeutend mit dem Erhalt einer Diätlimonade. Ich war nahe dran, dem Automaten meine aufgestaute Aggression zu demonstrieren. Erst ein lachender Jürgen, der gerade den Raum betrat, brachte mich davon ab.

»Was gibt's da zu lachen?«, blökte ich meinen Jungkollegen an.

»Lass mich raten, Reiner, du wolltest eine Cola trinken, stimmt's?«

Ich nickte.

»Dazu hättest du die Taste für die Diätlimonade drücken müssen. Dann hättest du deine Cola bekommen.«

Nach einem ratlosen Blick erklärte er mir: »Der neue Hausmeister, der zuständig fürs Auffüllen des Automaten ist, hat zum Spaß die Inhalte der Fächer vertauscht, das ist das ganze Geheimnis.«

Wütend ließ ich die Diätlimonade auf dem Automaten stehen und ging zu Jutta.

»Da bist du ja endlich! Habt ihr euch auf dem Rückweg von Bad Dürkheim verfahren?«, begrüßte sie mich. »Wo hast du unseren Casanova gelassen?«

»Der kommt gleich nach, der hat zu viel Kaffee getrunken.«

»Damit du gleich Bescheid weißt, die Krisensitzung ist vorverlegt worden, wir haben nur noch ein paar Minuten –«

Die Tür ging auf und Gerhard trat ein.

Jutta wiederholte ihren letzten Satz und vervollständigte ihn: »Ich habe vorab eine Information für euch. KPD hat den Studenten Dietmar Becker in meinem Beisein als informellen Mitarbeiter beauftragt, die Immobiliengeschichte von Johanna Kocinsky und Hieronymus Windler undercover zu untersuchen. Unser lieber Chef sagte wortwörtlich, er habe zurzeit leider keine geeigneten Beamten für solch eine diffizile Aufgabe.«

»Das kostet ihn den Kragen.«

»Wen meinst du? Becker oder KPD?«

»KPD natürlich. Der kann doch nicht einfach einen Zivilisten in die Polizeiarbeit einschleusen! Die Zeiten der Hilfssheriffs sind längst vorbei.«

»Ich denke, das fällt bei unserem Chef unter das Resort ›Pressearbeit‹«, meldete sich Gerhard zu Wort.

»Hast du noch weitere Hiobsbotschaften?«

Jutta schüttelte ihre Mähne. »Wir gehen am besten gleich rüber in die Höhle des Löwen und sichern uns einen guten Platz.«

Auf dem Weg zu KPDs Büro stieß Jürgen zu uns. Unser Dienststellenleiter war in seinem Element. Diefenbach stellte uns den bereits anwesenden Leiter der Wasserschutzpolizei, Herrn Strommeier, und seinen Kollegen, Herrn Schliefensang, vor, so als hätten Gerhard und ich die beiden noch nie gesehen.

»Es freut mich sehr, die Kollegen von der Wasserseite mit im Boot zu haben.« Er stutzte, dann lachte er über sein unbeabsichtigtes Wortspiel. »Mit Spezialisten sind wir an dieser Dienststelle bekanntermaßen schlecht besetzt. Gerade bei schwierigen Fällen sind meine Mitarbeiter schnell überfordert.«

Unsere protestierenden Blicke übersah er.

»Seit ich hier in Schifferstadt Dienststellenleiter bin, liegt die Aufklärungsquote der Kapitalverbrechen bei 100 Prozent. Das muss mir erst einmal jemand nachmachen. Ich sage immer: Ein Chef muss alle Fäden in der Hand halten und seine Untergebenen zur richtigen Zeit an den richtigen Ort lotsen. Nur mittels meines Organisationstalents und Wissens kann man diese Dienststelle zum Wohl der Mitarbeiter und der Allgemeinheit führen. Lassen Sie uns jetzt mit der Krisensitzung beginnen.«

Während seiner Einführungsrede kamen zwei leitende Feuerwehrbeamte und vier weitere mir unbekannte Personen in den Raum. KPD schien sie zu kennen und bedeutete ihnen mit der Hand, Platz zu nehmen. Das Vorstellen ersparte er sich dieses Mal.

Der Besprechungstisch war um einen Beistelltisch ergänzt worden. Nicht etwa, um mitgebrachte Unterlagen ausbreiten zu können, dazu war nach wie vor kein Platz, sondern um das reichhaltige Buffet aufzunehmen.

»Greifen Sie zu, meine Damen und Herren, es soll niemand sagen können, dass er bei uns an Hunger leiden muss. Den Buuz lasse ich mir zweimal im Monat direkt aus der Mongolei kommen.«

Unser Chef schnappte sich etwas von dem Buuz und setzte sich noch gerader hin, als er bereits saß.

»Lassen Sie uns beginnen, wir sind heute wegen einer ernsten Sache zusammengekommen. Zunächst wollen wir Herrn Eifler hören, er ist extra vom Landeskriminalamt geschickt worden, obwohl das meiner Meinung nach nicht nötig gewesen wäre.«

Der mir bis eben unbekannte Eifler öffnete seine Aktentasche und holte ein paar Papiere heraus. Das Buffet ignorierte er.

»Die Meinung von Herrn Diefenbach ist irrelevant. Das Landeskriminalamt sieht in diesem Fall eine Angelegenheit überregionaler Bedeutung. Das Erpresserschreiben wurde inzwischen als authentisch erkannt. Es wird gedroht, am heutigen Abend weitere Anschläge zu verüben, die in unmittelbarem Zusammenhang mit dem Rhein und den Großstädten Ludwigshafen und Mannheim stehen.«

»Herr Eifler meint mit seinen Ausführungen, dass wir die Lage selbstverständlich im Griff haben«, unterbrach KPD.

»Die Lage im Griff?«, fuhr ihn Eifler brüsk an. »Seit gestern läuft die Fahndung nach diesem von Welchingen und seinem Matrosen. Haben Sie den geringsten Anhaltspunkt, wo sie sich aufhalten können? Nein! Die können was weiß ich wo stecken und gerade Sprengstoffstangen verbuddeln.«

Oha, das wurde interessant. Ich war gespannt, wie unser Chef auf diese Provokation reagieren würde, und schnappte mir ein Brötchen mit gekochtem Schinken.

»Das ist doch nur eine Frage der Zeit, Herr Eifler. Der Matrose Monato wurde erst vor einem halben Jahr eingestellt. Wir haben inzwischen die Personalakte bei seinem Arbeitgeber gefunden. Glücklicherweise war sie nicht von dem Diebstahl betroffen. Auch in diesen Unterlagen steht die falsche Adresse. Und bei dem Drexler waren wir nahe dran. Doch er scheint sich nach Florida abgesetzt zu haben.«

Gerhard verschluckte sich fast an seinem Kaffee, als er den Namen Drexler hörte. Jetzt wurde es bizarr.

»Drexler? Wer ist das denn?«, unterbrach ihn der LKA-Beamte.

Unser Chef lächelte selbstbewusst und siegessicher. »Wusste ich doch, dass Ihre Behörde nicht alles weiß.

Drexler ist einer der Hauptverdächtigen. Er ist der Chef des Bergungsunternehmens. Ja, darauf muss man erst einmal kommen!«

»Äh, Herr Diefenbach«, stammelte der Leiter der Wasserschutzpolizei, doch KPD legte, bestärkt dadurch, einen Trumpf aus dem Ärmel ziehen zu können, noch einen drauf.

»Ich habe mir gestern die Frage gestellt, wer alles die Möglichkeit hatte, an die Metallkiste zu kommen. Und da lag die Lösung auf der Hand: das Bergungsunternehmen mitsamt den Tauchern. Erst tun sie so, als wäre die Kiste weg, dann kommen sie später zurück und bergen das Geld im Alleingang.«

Unfassbar, KPD gab meine Idee als die Seinige aus. So etwas kannte ich nur aus der freien Wirtschaft, in der Angestellte Aufsätze und ganze Bücher schrieben, die ihr Chef dann nach Vollendung als seine eigenen Werke der Öffentlichkeit vorstellte und verkaufte.

Eifler überlegte, die Information kam für ihn überraschend.

Endlich schaffte es Herr Strommeier, unseren Chef zu unterbrechen.

»Ich glaube nicht, dass Sie auf der richtigen Fährte sind, Herr Diefenbach. Herrn Drexler kenne ich schon seit Jahrzehnten. Er fliegt jedes Jahr mit seiner Frau nach Florida, denn dort lebt ihre Familie. Ich halte es für unwahrscheinlich, dass Drexler in die Sache verwickelt ist. Außerdem wurde die Kiste auf dem Gelände der Rheingüter GmbH gefunden. Dass wir es mit zwei Parteien zu tun haben, dürfte sehr, sehr unwahrscheinlich sein.«

Eifler wurde ärgerlich. »Das ist ja schlimmer, als wir im LKA vermutet haben. In Schifferstadt scheint es bei polizeilichen Ermittlungen weder ein einheitliches Vorgehen noch ein tragbares Durchführungskonzept zu geben. Ich werde im Anschluss an unsere Krisensitzung direkt den zuständigen Staatsanwalt kontaktieren.«

Bumm, das saß. KPD hatte einen neuen Feind. Wenn es Eifler gelingen sollte, meinen Chef zu feuern, würde ich ihm einen Blumenstrauß ins LKA schicken.

»Ich finde Herrn Diefenbachs Überlegungen nach wie vor interessant«, mischte ich mich als Schleimer alter Schule in die Diskussion ein. KPD strahlte und nickte mir zu. Dafür würde er mich nachher zum ›Mitarbeiter der Woche‹ küren. »Wir sollten berücksichtigen, dass Drexler sein Gewerbe abgemeldet hat. Das sieht in meinen Augen nicht nach Urlaub, sondern eher nach etwas Endgültigem aus.«

»Ich weiß zwar nicht, wer Sie sind«, maulte Eifler, dem die Sache mit Drexler suspekt war. »Doch eines kann ich Ihnen sagen: Wir brauchen keine Polizeibeamte, die ihrem Chef nach dem Mund reden. Was wir brauchen, sind freidenkende Beamte, die ihre eigenen Ideen verwirklichen. Das lernt heutzutage jeder auf der Polizeischule. Ich hoffe, dass dies in Schifferstadt nicht unterdrückt wird.«

»Niemand wird unterdrückt«, verteidigte sich unser Chef. »Ich habe sogar ein eigenes Mitarbeitermotivationsprogramm entwickelt. Sagen Sie doch auch einmal etwas, Frau Wagner.«

»Stimmt, Herr Eifler«, meldete sich die aufgeforderte Jutta. »Seit wir innerhalb des MMP mit Keksen versorgt werden, ist die Mitarbeiterzufriedenheit um mehrere Prozent gestiegen.«

Ja, ja, dachte ich gehässig. Zehn Prozent Steigerung von null war immer noch null.

»Lassen Sie uns endlich mit dem Erpresserschreiben weitermachen«, mahnte der LKA-Beamte. »Ich habe nicht den ganzen Tag Zeit für Ihren Blödsinn.«

KPD wollte seine Niederlage wieder wettmachen. »Das ist doch sonnenklar, die Gauner wollen ein Unglück in der BASF herbeiführen.«

Einer der beiden Feuerwehrmänner schüttelte den Kopf. »Entschuldigen Sie, dass ich mich einmische. Ich bin der Leiter der Berufsfeuerwehr Ludwigshafen. Wir arbeiten eng mit der Betriebsfeuerwehr der BASF zusammen. Die BASF ist zwar das größte zusammenhängende Industriegebiet in Europa, aber auch gleichzeitig das am besten bewachte. Es ist eigentlich unmöglich, dass zwei Personen, die wir zudem bereits identifiziert haben, unerkannt auf das Gelände kommen können. Selbst die Lkws der Zulieferer werden genaustens überprüft. Nein, in der BASF wird ein Anschlag nicht funktionieren.«

»Vielleicht eine der Rheinbrücken?«, warf Gerhard zwecks Diskussion ein.

Als niemand antwortete, entschuldigte er sich und hob beide Hände: »Tut mir leid, wenn ich etwas Dummes gesagt habe, war nicht so gemeint.«

»Nein«, widersprach Herr Eifler nachdenklich. »Ganz und gar nicht. Die Brücken sind in ihrem Unterbau bekanntlich hohl. Es gab einmal so einen Fall in Spanien. Die Brücke stürzte zwar nicht ein, die Statik war nach dem Attentat der ETA trotzdem nicht mehr gewährleistet. Man musste die komplette Brücke abreißen und neu aufbauen.«

Eine weitere, mir unbekannte Person, vermutlich ein Kollege Eiflers, stand auf. »Ich werde das gleich prüfen und die infrage kommenden Brücken bis auf Weiteres sperren lassen.«

»Damit provozieren wir ein bisher noch nie da gewesenes Verkehrschaos«, meinte KPD.

»Ist es Ihnen lieber, wenn eine der Rheinbrücken mit darauf befindlichen Personen zusammenbricht?«, maulte ihn Eifler erneut an.

Ich war gespannt, wie lange es noch dauerte, bis KPD die weiße Fahne schwingen würde.

»Ganz, wie Sie meinen«, antwortete unser Chef bedeutend gedämpfter.

»Weitere Vorschläge?«, forderte der LKA-Beamte auf, der nun endgültig die Gesprächsführung übernommen hatte.

»Vielleicht kann ich ein paar Informationen beisteuern«, meldete sich Heinz Strommeier. »Für alle, die mich nicht kennen, ich bin der Leiter der hiesigen Wasserschutzpolizei. Dem Kollegen von der Berufsfeuerwehr muss ich unbedingt recht geben, die BASF ist dermaßen gut gesichert, da würde ich mir keine Gedanken machen.« Er machte eine kleine Pause. »Selbst wenn es die Ganoven geschafft haben, den Deich bei Altrip zu sprengen; auf dem oder um das Gelände der BASF hätte das niemals geklappt. Lassen Sie mich aber zu einem anderen Brennpunkt kommen, nämlich dem Kaiserwörthhafen und das südlich angrenzende Industriegelände mit Rheinanschluss. Dort gibt es nicht nur die Firma Rheingüter, sondern eine Vielzahl weiterer mittelständischer Unternehmen, die ständig irgendwelche Gefahrstoffe auf dem Rhein transportieren und umladen. Die Gefahr, die davon ausgeht, wird meiner Meinung nach unterschätzt, beziehungsweise wird in der Öffentlichkeit versucht, alles zu relativieren. Das Brisante dabei ist, dass direkt hinter den Industrieanlagen zwei Wohngebiete liegen und zwar das alte Mundenheim sowie das Neubaugebiet von Rheingönheim.«

Strommeiers Kollege Schliefensang machte heute auf mich einen gelangweilten Eindruck. Er futterte ununterbrochen Häppchen, ohne sich in die Diskussion einzubringen.

Der Leiter der Berufsfeuerwehr nickte heftig. »Ich muss Herrn Strommeier beipflichten. Ich verstehe bis heute nicht, wie man ein Neubaugebiet direkt neben einer Zeitbombe planen konnte. Wir haben verschiedene Rettungsszenarien in der Schublade, falls es einmal zum Ernstfall kommen sollte. Doch ich kann Ihnen eines verraten: Im Vergleich dazu war die Evakuierung bei Altrip ein Klacks.«

Herr Strommeier übernahm wieder das Wort: »Dort bräuchte man nicht einmal eine so große Detonation wie in Altrip. Ein kleines Loch in einem Tank würde genügen. Nicht auszudenken, wenn eine gefährliche Chemikalie freigesetzt würde, und der Wind Richtung Bebauung weht. Dann müsste man das Herz der Metropolregion Rhein-Neckar für einen unbestimmten Zeitraum komplett evakuieren.«

Unser Jungkollege Jürgen konnte sich nicht zurückhalten. »Und wenn es passiert, heißt es ›Für die Bevölkerung bestand zu keinem Zeitpunkt eine gesundheitliche Gefahr‹.«

Auch wenn er recht hatte, dafür erntete er von uns allen böse Blicke. Manche Dinge dürfen in einem demokratischen Staat nicht ausgesprochen werden.

»Herr Diefenbach«, befahl Eifler, »ich möchte, dass Sie zusammen mit der Bereitschaftspolizei das Gelände abriegeln und sämtliche Firmen einzeln durchkämmen. Und zwar bis zum letzten Mauseloch.«

KPD versuchte, wieder Oberwasser zu gewinnen. »Das geht vielleicht beim LKA, aber nicht bei uns. Wir haben Gesetze und Richtlinien zu befolgen. Daher kann ich von meinen Untertanen, äh, Untergebenen nicht verlangen, dass sie ohne einen Durchsuchungsbefehl arbeiten. Ich muss erst Rücksprache mit Herrn Borgia, dem Staatsanwalt, halten und das genehmigen lassen.«

Eifler schien zu explodieren. »Haben Sie schon einmal von ›Gefahr im Verzug‹ gehört? Nein? Wenn Sie so weitermachen, ist bei Ihnen Gefahr im Verzug. Und zwar für Ihre Karriere!«

Kurze Zeit später löste Eifler die Versammlung auf. KPD blieb mit seinem noch sehr gut bestückten Buffet allein zurück. So konnte er sich wenigstens seinen Kummer wegfressen. Ein Notfallplan, der für solche Zwecke im Landkreis existierte und streng geheim gehalten wurde, trat ab sofort in Kraft. Die Leitzentrale in unserem Sozialraum, die inzwischen fast komplett aufgelöst war, wurde wieder aktiviert. Prophylaktisch wurden alle Hilfsdienste in Alarmbereitschaft versetzt.

Zusammen mit Gerhard und Jürgen gingen Jutta und ich in das Büro unserer weiblichen Kollegin. Es hatte sich inzwischen als Treffpunkt für unser Team etabliert.

»Mann oh Mann«, ereiferte sich Gerhard. »Dass ich das noch erleben durfte. KPD hat ja dermaßen einen auf den Deckel bekommen …«

»Freu dich nicht zu früh«, unterbrach ich ihn. »Da kommt noch etwas nach. Seinen Frust lässt er mit Sicherheit an uns aus.«

»Was will er von uns auch erwarten? Er hat selbst gesagt, dass wir keine Spezialisten sind«, meinte Jutta.

»Ach, lasst mal«, versuchte ich alle zu beruhigen. »Ich hatte vorhin während der Krisensitzung einen Gedanken. Irgendeine unbestimmte Ahnung. Es war mir auf der Zunge gelegen, doch ich hab's nicht greifen können.«

Jutta schaute auf. »Hat es vielleicht etwas mit dem Steuermann zu tun?«

»Ich glaube, du hast den Nagel auf den Kopf getroffen. Irgendeine Logik passt nicht zusammen zwischen von Welchingen und diesem Monato. Ich grüble schon die ganze Zeit darüber. Fakt ist, dass ich einem Matrosen und einem Steuermann kein so ausgefeiltes und bis ins letzte Detail durchdachte Verbrechen zutraue. Da muss jemand dahinterstehen, der alles im Griff hat.«

»Du denkst bestimmt an Ben Kocinsky, den Schiffsführer. Der könnte das Know-how gehabt haben, was meinst du?«

»Vielleicht hast du recht, Jutta. Trotzdem haben die drei, wenn es denn drei waren, einen Fehler –«

Es machte laut ›klick‹. Zumindest in meinem Kopf. Meine Kollegen hatten sicherlich nichts gehört, doch ich hatte den Gedanken gefangen.

»Ich hab's«, unterbrach ich meinen letzten Satz. »Jürgen, wir brauchen dich. Jutta, dürfte er mal?«

Sie zeigte in Richtung Schreibtisch und ihren PC. »Bitte, Jürgen, bediene dich. Jetzt bin ich mal gespannt.«

»Jürgen, wir brauchen Informationen über den Schrebergarten, wo sich die Relaisstation der Erpresser befand.«

Gerhard und Jutta sahen mich überrascht an, sagten aber kein Wort.

Jürgen hämmerte in die Tasten und nach wenigen Augenblicken verkündete er: »Es handelt sich um die Anlage in der Feudenheimer Straße in Mannheim. Die Parzelle gehört den Eheleuten Erwin und Paula Schmitz. Der Mann ist ein Pflegefall, seine Frau wohnt im Stadtteil Käfertal.«

»Was willst du damit?«, fragte Gerhard. »Die alten Leute wirst du nicht ernsthaft verdächtigen, oder?«

Ich winkte ab. »Nein, nicht die. Doch ich frage mich, warum das Gartenhäuschen gerade dieses Ehepaars benutzt wurde.«

»Weil die Erpresser wussten, dass es leer stand?«, fragte Jutta.

»Das auch, aber nicht nur. Denkt doch mal nach. In so einer Schrebergartenanlage ist die Welt sehr klein, jeder kennt jeden, die kleinste Veränderung wird von den Nachbarn argwöhnisch und neugierig beobachtet. Fremde müssten in so einer Anlage sofort auffallen.«

»Also doch die alten Leute?«

»Nein! Jürgen, schau mal in den Daten des Einwohnermeldeamtes nach. Wie viele Kinder haben Schmitz'?«

Ich habe lange darüber nachgedacht, ob ich diese Information an Becker weitergeben und er sie in einem Kriminalroman veröffentlichen darf. Selbstverständlich hat so gut wie jede Kriminalinspektion jederzeit Zugriff auf die Daten der Einwohnermeldeämter sämtlicher Bundesländer. Aus Datenschutzgründen muss dies allerdings streng geheim bleiben und wird stets abgestritten. Meine Taktik ist, Becker die Wahrheit schreiben zu lassen und darauf zu spekulieren, dass der geneigte Leser es nicht als Wahrheit, sondern als Fiktion versteht.

»Zwei«, war die schnelle Antwort unseres Jungkollegen. »Eine Tochter und einen Sohn. Die Tochter ist allerdings vor fünf Jahren bei einem Autounfall ums Leben gekommen.«

Ja, Sie haben richtig gelesen: Die Daten der Einwohnermeldeämter sind mit weiteren Daten anderer Melderegister direkt verknüpft.

»So, dann brauchen wir als Nächstes die Kinder des Sohnes, also die Enkel der alten Schmitz'.«

Gerhard hielt bereits seit einer Minute seine gefüllte Kaffeetasse in der Luft, vergaß aber, auf das Ergebnis dieser Recherche wartend, zu trinken.

»Fehlanzeige, Reiner. Der Sohn ist kinderlos.«

»Was? Das gibt's doch nicht! Verdammter Mist, dabei war ich mir so sicher. Tut mir leid, Kollegen –

halt, einen Versuch habe ich noch. Jürgen, schau mal, ob die verstorbene Tochter Kinder hatte.«

Ich bewunderte Jürgen dafür, wie schnell er die gewünschten Daten hervorzauberte. Wahrscheinlich könnte er mit diesem PC sogar die Schuhgröße von KPD feststellen.

»Treffer – versenkt, Reiner. Das, was ich da vor mir sehe, ist unglaublich. Dafür wird dich unser Chef bestimmt zum Essen einladen.«

Angewidert schüttelte ich mich. »Nein, bitte nicht schon wieder. Sag jetzt endlich, was steht auf dem Monitor?«

»Die Tochter war verheiratet, hatte aber nach der Hochzeit ihren Namen behalten. Der Sohn erhielt den Namen des Vaters. Jetzt dürft ihr raten, wie der Sohn heißt.«

»Francesco Monato«, riefen Jutta und Gerhard gleichzeitig.

»Ihr seid echt gut«, nickte Jürgen anerkennend.

Ich stand auf. »Los, gib mir die Adresse, ich fahre sofort hin. Bis wir einem Spezialeinsatzkommando erklärt haben, worauf es ankommt, ist es viel zu spät. Außerdem müssen die zuerst von was weiß ich woher angefahren kommen.«

Jürgen hämmerte zwei- oder dreimal auf der Tastatur herum.

»Da beißt sich leider die Katze in den Schwanz. Nach offiziellen Angaben wohnt er in Speyer, ›Im Erlich‹.«

»Da waren wir bereits. Wo wohnt sein Vater?«

Auch diese Aufgabe bereitete Jürgen kein Kopfzerbrechen.

»Mannheim, ›Frohe Arbeit‹.«

»Wie bitte? Wieso wünschst du mir frohe Arbeit? Ich wäre froh, wenn ich meine Ruhe hätte.«

»Das war kein Scherz, Reiner. Die Straße heißt ›Frohe Arbeit‹. In dieser Gegend haben alle Straßen solche komischen Namen wie ›Zäher Wille‹, ›Starke Hoffnung‹ oder ›Neues Leben‹.«

»Und das soll es in Mannheim geben? Davon habe ich noch nie etwas gehört. Wie soll ich das finden? Das liegt doch bestimmt im hintersten Eck!«

Gerhard schaute Jutta bittend an. »Sehr verehrte Kollegin, bist du so freundlich, Reiner deinen Dienstwagen zu leihen? Seiner ist nicht verkehrssicher, er hat kein Navi.«

»Schon wieder? Warum gibst du ihm nicht deinen Wagen?«

»Meiner ist in der Werkstatt«, log Gerhard.

Jutta kramte in ihrer Tasche und gab mir den Schlüssel. »Wiedersehen macht Freude. Mit dir sowieso.«

Gerhard stellte sich mir in den Weg. »Halt, Knabe. Wenn du schon meinst, allein fahren zu müssen, sollten wir dich vorher technisch noch weiter aufrüsten. Hier, nimm mein Handy. Sobald du diesen Monato oder seinen Vater gefunden hast, gibst du telefonisch Bescheid. Dann verlieren wir keine Zeit.« Er schaute mich verlegen an. »Du weißt, wie ein Handy funktioniert?«

»Na klar. Ich mache das Fach auf der Rückseite auf und lege 30 Cent rein. Mach dir da mal keine Gedanken, Gerhard. Ich habe bereits mit einer Spiegelreflexkamera fotografiert, da hast du noch dein Bobbycar gequält.«

Fotografieren war schon immer meine Leidenschaft gewesen. Bis vor wenigen Jahren habe ich meine Bilder noch selbst entwickelt. Inzwischen hatte ich eine Digitalkamera. Meine Tochter Melanie half mir immer, wenn ich nicht weiter wusste.

Gerhard bohrte weiter. »Du weißt, dass es gegen die Vorschriften verstößt, allein zu fahren?«

Ich nickte. »Genauso wie du weißt, dass man seinen Dienstwagen nicht ohne Genehmigung in die Werkstatt bringt.«

Jutta und Jürgen schauten etwas ratlos, doch wir klärten sie nicht auf.

»Es ist ja nicht sicher, ob meine Fahrt überhaupt zum Erfolg führt. Wahrscheinlich ist der Sohn bereits vor vielen Jahren ausgezogen und der Vater im Moment in Urlaub. Macht euch um mich keine Gedanken. Ich komme in der Fremde schon zurecht. Sorgt ihr dafür, dass die Kommunikation mit den Hilfsdiensten klappt, nicht dass dies unserem lieben Chef über den Kopf wächst.«

Jutta war so freundlich, mich zu ihrem Wagen zu

begleiten und das Navi höchstpersönlich zu programmieren.

»Du musst dich jetzt nur noch an die Anweisungen der Computerstimme halten, dann kann nichts schiefgehen.«

»Kann man die Computerstimme auch auf KPDs Stimme umstellen?«

»Du kannst ihn gerne bei Gelegenheit fragen«, antwortete sie trocken. »Vielleicht fährt er mal mit dir in Urlaub?«

Jetzt war es Zeit, mich zu verabschieden.

Bereits auf der B 9 in Richtung Ludwigshafen wunderte ich mich, dass auf der Gegenspur dichter Verkehr herrschte. Die Evakuierung wird doch nicht schon begonnen haben?, dachte ich mir. Doch dazu fuhren die meisten Fahrzeuge zu kultiviert. Nachdem ich den Vorort Mundenheim erreicht hatte, stand ich im Stau. Mir fiel ein, dass die Rheinbrücken gesperrt waren. Verdammter Mist, wie komme ich nur nach Mannheim? Wenn ich über Speyer fahre, würden mich die Kollegen bei der herrschenden Verkehrslage als vermisst melden, bevor ich die ›Frohe Arbeit‹ erreicht hatte. Vielleicht die Fähre bei Altrip? Nein, auf die Idee kamen bestimmt 100 andere auch, außerdem war sie wegen des Hochwassers sowieso außer Betrieb. Da könnte ich gleich schwimmen. Es gab für mich nur eine Lösung. Ich hielt Juttas Wagen an und öffnete den Kofferraum. Solch einen aufgeräumten Kofferraum hatte ich noch nie gesehen, selbst der Verbandskasten und das Warndreieck waren noch in Folie eingeschweißt. Schnell fand ich in einer Seitentasche das gesuchte elektronische Horn mit dem Blaulicht. Ich ließ es auf dem Dach festploppen und führte das Kabel in die dafür vorgesehene Steckdose. Glücklicherweise hatte ich vorher die Tür geschlossen, das Sondersignal war im näheren Umkreis bestimmt nur schlecht zu ertragen. Innerhalb des Wagens war es ein paar Nuancen leiser. Ich kam voran. Zwar nicht in der gewünschten Geschwindigkeit, doch ich konnte nicht klagen. Ganz Ludwigshafen schien in einem Verkehrschaos versunken zu sein.

Ich kam in der Mundenheimer Straße bis kurz vor die Walzmühle. Hier gab es eine Straßensperre. Zwei Schutzpolizisten versuchten, die Fahrzeugführer dazu zu bewegen, umzukehren. Da sich die Verkehrssituation auf den stadtauswärts führenden Spuren ebenfalls eher schlecht darstellte, war hier viel Überredungskunst vonnöten. Unbeirrt fuhr ich bis zur Straßensperre. Die Beamten zeigten mir den Vogel und gaben mir durch ihre Gestik zu verstehen, das Sondersignal auszuschalten. Um mir selbst einen Tinnitus zu ersparen, folgte ich ihrem Vorschlag.

»Sagen Sie mal, spinnen Sie? Ihr Signal muss kaputt sein, damit können Sie Leichen wecken! Wer sind Sie überhaupt und was wollen Sie? Die Konrad-Adenauer-Brücke ist komplett gesperrt.«

»Kollegen«, redete ich auf sie ein, »das weiß ich doch alles. Macht Platz, ich muss rüber nach Mannheim.«

Den beiden Beamten erschien die Situation merkwürdig. »Zeigen Sie mir bitte mal Ihre Papiere«, forderte mich einer auf.

Dummerweise war es so, dass meine Kollegen und auch ich unseren Führerschein zusammen mit den Fahrzeugpapieren immer im eigenen Auto liegen ließen. Ich öffnete das Handschuhfach und entnahm die darin liegende Mappe.

»Hier bitte.«

Der Beamte entnahm die Papiere und stutzte. »Sie sind also Frau Jutta Wagner. Bitte steigen Sie aus.«

Nun wirkte der Beamte angespannt. Seine Hände hatte er unauffällig in Hüfthöhe positioniert.

»Keine Panik, Kollegen«, versuchte ich sie zu beruhigen. »Ich habe meinen Dienstausweis dabei.« Als ich mit der rechten Hand in meine Mantelinnentasche fassen wollte, reagierte der Schutzpolizist über. »Halt, keine Bewegung. Steigen Sie langsam aus.« Der zweite Beamte hatte seine Waffe gezogen und sicherte, genauso wie es ihnen auf der Polizeischule beigebracht wurde.

Ich verlor wertvolle Zeit, bis ich die beiden von meiner Unschuld und meinem Beruf überzeugt hatte. Sie ließen mich wieder in den Wagen steigen.

»Sie wollen wirklich über die Brücke? Wir haben keine Ahnung, warum sie gesperrt ist.«

»Ich kann euch beruhigen, wir suchen nur die Katze des Bürgermeisters.« Mit diesen Worten gab ich Gas.

Noch nie in meinem Leben war ich so schnell über die Rheinbrücke gedonnert wie heute. Eine Radarfalle gab es nicht zu befürchten. Auf dem Rhein konnte ich einen Frachter erkennen. Demzufolge hatte das Hochwasser noch nicht die kritische Marke erreicht und die Schifffahrt war nach wie vor gestattet, trotz der potenziellen Brückensprengung, was ich als etwas seltsam empfand. In Mannheim, auf der anderen Rheinseite, erwartete mich das gleiche Spiel: Straßensperre und Stau. Die Beamten mokierten zuerst, dass ich als Pfälzer in Baden-Württemberg keine Ermittlungsrechte besitzen würde; meinen Hinweis auf ›Gefahr im Verzug‹ und dass sich Verbrecher nur selten an Bundeslandgrenzen hielten, akzeptierten sie aber schließlich. Wahrscheinlich waren sie froh, keine zusätzliche Arbeit mit mir zu haben. Den Stau konnten weder die badischen Kollegen noch ich wegzaubern. Nun war es Zeit, mich näher mit dem Navi zu beschäftigen. Bisher hatte ich die Stimme aufgrund des Sondersignals nicht hören können. Mit ausgeschaltetem Signal würde ich aber sofort wieder im Stau stehen. Die optische Anzeige gab mir zumindest grobe Anhaltspunkte, in welche Himmelsrichtung ich fahren musste. Nachdem ich eine der Neckarbrücken überquert hatte, wurden die Straßen etwas freier. Ich entschied mich, auf das taub machende Sondersignal zu verzichten. An der folgenden Querstraße machten mich die Stimme und auch der Bildschirm darauf aufmerksam, links abbiegen zu müssen. Dummerweise war genau dieser Teil wegen einer Baustelle gesperrt, sodass ich zwangsläufig rechts abbog. Sofort plärrte das Navi: »Bitte wenden Sie!«. Darüber musste ich lächeln. Zum Glück besaßen die heutzutage erhältlichen Geräte noch keine menschliche Intelligenz, sondern arbeiteten streng nach Schema beziehungsweise Programmierung. Mir kam ein Gedanke: Ein intelligentes Navi müsste erkennen, wenn eine Frau am Steuer saß, um dann in diesem speziellen Fall nicht den Kommentar ›bitte wenden‹ zu empfehlen, sondern ein ›nein, liebe Autofahrerin, ich meinte das andere links‹ anzubieten. Die Idee war gut, das musste ich bei Gelegenheit unbedingt Gerhard erzählen. Selbstverständlich nur, wenn Jutta nicht dabei stand, ich war ja nicht lebensmüde.

Bevor ich in die Zielstraße einbog, hielt ich an und warf das Blaulicht in den Fußraum, um mich nicht sofort als Polizeibeamter zu outen. Die gesuchte Adresse in der Straße ›Frohe Arbeit‹ war ein kleines Siedlungshäuschen mit neuerem Anbau. Auf dem Nachbargrundstück sah ich eine ältere Dame mit ihrem Rollator aus der Eingangstür kommen. Das war eine gute Gelegenheit, die Lage vorzusondieren.

Mit einem »Guten Tag« stellte ich mich der kleinen und zierlichen Frau in den Weg, als diese den Gehweg erreicht hatte. Sie schaute zu mir hoch und versuchte offenbar, sich an mich zu erinnern.

»Kennen wir uns, junger Mann?«

Das lief mir runter wie Öl.

»Sie müssen wissen, mein Gedächtnis ist nicht mehr das Beste. Ich bin ja auch schon 86 Jahre alt. Oder sind es bereits 87? Da darf man sich den einen oder anderen Makel leisten, junger Mann. Sind Sie der neue Zivi von ›Essen auf Rädern‹?«

Das war der reinste Balsam für meine Seele.

»Es ist heute zum Verrücktwerden. Ich habe meine Brille verlegt und kann sie einfach nicht mehr finden. Und ausgerechnet jetzt habe ich einen wichtigen Arzttermin.«

Ihre verschusselte Brille brachte mich wieder auf den Boden der Tatsachen zurück.

»Tut mir leid, Sie verwechseln mich. Ich möchte eigentlich zu Ihrem Nachbarn, Herrn Francesco Monato. Leider scheint er nicht da zu sein.«

Die grauhaarige Dame begann zu strahlen. »Ach, der liebe Francesco! Das ist mein Liebling in der ganzen Siedlung. Früher ist er regelmäßig für mich einkaufen gegangen. Er war freundlich und hatte immer einen Witz auf den Lippen, der Gute.« Sie bekam einen wehmütigen Blick. »Seit seine Mutter gestorben ist, ist er leider nur noch selten zu Hause. Sein Vater hat mir vor einer Weile stolz erzählt, Francesco sei jetzt als Kapitän auf allen Weltmeeren unterwegs.«

»Sie wissen nicht, wo er sich zurzeit aufhält? Wann haben Sie ihn das letzte Mal gesehen?«

Zum Glück wurde sie nicht misstrauisch, sondern schien froh zu sein, sich mit jemandem unterhalten zu können.

»Da müssen Sie seinen Vater fragen, der ist um diese Zeit aber arbeiten. In irgendeinem chemischen Labor, so genau weiß ich das nicht. Den Francesco habe ich schon eine Weile nicht mehr gesehen. Naja, außer am letzten Samstag, aber das war nur ganz kurz.«

Ich wurde nervös. »Um wie viel Uhr war das?«

Sie schaute mich fragend an. »Sie möchten es aber genau wissen. Was wollen Sie überhaupt von Francesco?«

»Er hat mir ein paar Dinge ausgeliehen, die will ich zurückbringen.«

»Ach so. Wenn Sie möchten, können Sie die Sachen auch gerne bei mir unterstellen und ihm einen Zettel in den Briefkasten werfen.«

»Ich glaube nicht, dass Francesco das gefallen würde. Es handelt sich um ein paar hochsensible elektronische Geräte.«

»Von solchem Zeug habe ich keine Ahnung. Solange mein Fernseher nicht kaputt geht, ist für mich die Welt in Ordnung.«

»Wann war es genau, als Sie Francesco am Samstag gesehen haben?« Hoffentlich ging meine Taktik auf. Wiederholungen suggerierten bei Befragungen immer eine gewisse Wichtigkeit.

»Ich weiß gar nicht, ob es überhaupt noch Samstag war. Es kann auch kurz nach Mitternacht gewesen sein. Ich hatte gerade meinen Fernseher ausgeschaltet und in der Küche den Rollladen heruntergelassen. Das Küchenfenster zeigt zu Monatos rüber. Und just in diesem Moment habe ich ihn in seine Wohnung schleichen sehen.«

»Wieso schleichen?«

»Weil er die Hofbeleuchtung nicht eingeschaltet hatte. Er ging im Dunkeln zu seiner Wohnung. Er wohnt hinten im Anbau, müssen Sie wissen.«

»Sonst ist Ihnen nichts aufgefallen?«

»Das hat doch nur ein paar Sekunden gedauert, dann war der Rollladen unten.«

Da ich davon ausging, keine weiteren verwertbaren Informationen zu erhalten, verabschiedete ich mich von der alten Dame und ging rüber zu Monatos. Am vorderen Teil des Siedlerhäuschens fand ich eine mit ›L. Monato‹ beschriftete Klingel. Wie zu erwarten war, öffnete niemand. Ich lief den Zufahrtsweg nach hinten zum Anbau. Es war ein einstöckiges Gebäude mit Satteldach, das irgendwann einmal im rechten Winkel an das Siedlerhäuschen angeflanscht worden war. Der Eingang lag hinter einer großen Hecke, die es unmöglich machte, mit einem Pkw bis zur Haustür zu fahren. ›Monato‹ stand auf einem kleinen vergilbten Schild neben einer Klingel. Auch hier wurde mir nicht geöffnet. Mir taten sich zwei Alternativen auf. Die erste war, um den Anbau herumzulaufen und alles unter die Lupe zu nehmen. Dabei würde ich unter Umständen von irgendwelchen Nachbarn gesehen werden. Ich entschied mich also für die zweite Alternative und zog einen Schlüsselbund aus der Tasche. Mit diesem Spezialset konnte ich fast jede beliebige Tür öffnen. Selbstredend, dass dies die Öffentlichkeit niemals erfahren durfte. Mir selbst hat das Set bereits mehr als einmal geholfen, als ich den Haustürschlüssel in meiner Wohnung liegen gelassen hatte.

Der vierte Schlüssel passte. Ich öffnete vorsichtig die Tür, um mich gegen eventuell auftauchende Hunde wehren zu können, doch nichts passierte. Als letzte Vorsichtsmaßnahme und alten Gaunertrick rief ich in das Haus: »Hallo, ist hier jemand? Ihre Eingangstür steht offen!« Nachdem auch diese Aktion ohne Reaktion endete, ging ich ins Haus und schloss die Tür.

Francesco Monato bewohnte eine typische Junggesellenwohnung. Nirgendwo stand Nippes herum, es gab keine Pflanzen oder Blumen, die ständig nach Wasser schrien, die Wände waren kahl. Alles wirkte steril und ungemütlich. So sah keine Wohnung aus, in der man sich wohlfühlte.

Im Prinzip sähe meine ähnlich aus, wenn Stefanie nicht hin und wieder kleine optische Änderungen vornehmen würde. Monatos Interesse für das Meereswasser wurde durch ein Regal voller Flaschenschiffe bezeugt. Diese Ausnahme von der gestalterischen Leere der Wohnung war fingerdick eingestaubt. Die Türen zu Wohn- und Schlafzimmer sowie Bad standen weit offen, der Matrose schien sich nicht gerne einzusperren. Die einzige geschlossene Tür, die direkt vom Schlafzimmer abging, passte nicht zum Gesamtbild. Auch wenn meine Frau es mir immer wieder streitig machte, auf mein Gefühl für ungewöhnliche oder gar gefährliche Dinge war Verlass. Das scheinbar willkürliche Türenarrangement war solch ein Auslöser. Mit Daumen und Zeigefinger drückte ich mit aller Vorsicht die Türklinke. Es war nicht abgeschlossen, das nach innen gehende Türblatt sprang ein paar Zentimeter auf. Durch den Spalt konnte ich ein kleines Büro erkennen. Jeder andere hätte in dieser Situation die Tür vollends geöffnet. Doch ein Reiner Palzki würde das nicht tun, mein Bauchgefühl warnte mich. Sofort fasste ich einen Plan. Hoffentlich würde mich niemand dabei sehen.

So, als wäre ich ein normaler Gast, verließ ich die Wohnung, darauf bedacht, den Eingang etwas offenstehen zu lassen, und ging zu Juttas Wagen. Ich war froh, dass Gerhard mich daran erinnert hatte, meinen Einsatzkoffer mitzunehmen. In fast allen Fällen schleppte ich ihn vergeblich mit. Bei den meisten Einsätzen dachte ich nicht einmal an die obligatorischen Einmalhandschuhe. Heute war ich froh über den Koffer. Zurück in Monatos Schlafzimmer, stellte ich ihn geöffnet auf das ungemachte Bett. Ich schnappte mir den kleinen Taschenspiegel und ging zur Bürotür. Millimeterweise öffnete ich diese, bis ich den Spiegel zwischen Zarge und Türblatt bringen konnte. Mittels diverser Verrenkungen meines Handgelenks versuchte ich, die Rückseite des Türblatts zu untersuchen. In der Tat konnte ich fast auf Anhieb die Schnur entdecken, die an dem rückseitigen Türgriff befestigt war und über eine Umlenkrolle an der Zimmerdecke in einem undefinierbaren Kasten, der auf einem Schrank stand, endete. Mir lief der Schweiß vor Erleichterung und in diesem Moment kam mir ein weiterer Gedanke: Die Wohnung war trotz der winterlichen Temperaturen nur spärlich beheizt. Das könnte bedeuten, dass der Bewohner für längere Zeit nicht zurückzukommen gedachte.

Mit einer Schere, die ebenfalls zu meiner Ausrüstung gehörte, konnte ich nach ein paar Versuchen die Schnur kappen. Nachdem ich zur Sicherheit das Türblatt ein zweites Mal einer Spiegelung unterzogen hatte, öffnete ich mit etwas Unbehagen die Tür. Nichts passierte. Das abgeschnittene Schnurende hing vom Schrank herab. Der Kasten schien ein Selbstbau zu sein. Meine Untersuchung ergab, dass ein Zug an der Schnur das Ventil einer Blechdose öffnen würde. Die Dose schaute nur ein wenig aus dem Kasten heraus, doch der Totenkopfhinweis war mir Gewissheit genug. Francescos Vater arbeitete in einem chemischen Labor, diese Information der Nachbarin hatte mich bereits vorhin nachdenklich gemacht.

13. IN LETZTER MINUTE

Durch diese unkonventionelle Türsicherung wurde mir wieder bewusst, wie sehr die Zeit drängte. Ich musste möglichst schnell und effizient einen Hinweis auf den aktuellen Aufenthaltsort von Monato finden. Den PC einzuschalten ersparte ich mir. Er war bestimmt mit einem Passwort gesperrt. Und wenn nicht, ich hätte keine Ahnung, wo und nach was ich suchen sollte. Und vor allem wie. Ich zog einen Ordner nach dem anderen aus dem Regal und spielte Daumenkino, dabei immer hektischer werdend, was eigentlich keiner meiner Charakterzüge ist. Der Matrose hatte ein chaotisches Ablagesystem. Anscheinend heftete er alles, was er als wichtig ansah, chronologisch ab. Und das ohne Register. Das, was ich erblickte, hatte keinen aktuellen Bezug. Auf dem Schreibtisch stand ein Globus. Auch dort kein Hinweis in Form einer Markierung. Der Maßstab hätte sowieso nicht für eine Ortung gereicht. Neben dem Globus befanden sich nur zwei weitere schmückende Gegenstände in dem Büro. Es handelte sich um zwei sich ähnelnde Frachter-Modelle, die Seite an Seite standen. Ich hob das vordere hoch, um nach einem Geheimversteck zu suchen. Dabei las ich den Namen des hinteren Frachters: Walburga. Und in diesem Moment machte es wieder Klick.

Ich zog Gerhards Mobiltelefon aus der Tasche und schaltete die Tastensperre aus. Die abgekürzten Menütexte, die auf dem kleinen Bildschirm aufleuchteten, sagten mir nichts. Ein kleines Kuvert blinkte aggressiv. Hoffentlich kann man mit dem Ding auch telefonieren, dachte ich mir und gab auf gut Glück die Durchwahlnummer von Jutta ein. Gerhards Spielzeug akzeptierte meine Eingabe, ohne zu murren.

»Wagner«, meldete sich Jutta.

»Palzki«, antwortete ich.

»Na endlich«, hörte ich meine Kollegin am anderen Ende merklich aufatmen. »Wir wollten schon ein Suchkommando losschicken. Wo steckst du nur die ganze Zeit?«

»Immer mit der Ruhe, ich musste immerhin ein Attentat auf mein Leben abwehren. Außerdem ist es in Mannheim und Ludwigshafen wegen der Brückensperrung ziemlich nervig, Auto zu fahren.«

»Brauchst du Hilfe?«, unterbrach sie mich besorgt.

»Du kannst einen Satz Beamte in die ›Frohe Arbeit‹ schicken. Unser Matrose steckt bis zum Hals in der Sache. Leider war er nicht anwesend. Dafür hat er für neugierige Nasen eine kleine Überraschung in sein Büro eingebaut. Die Kollegen sollen vorsichtig sein, vielleicht gibt es noch weitere Fallen.«

»Sag schon, was hast du herausgefunden?«

»Es ist der Frachter. Das Attentat wird vom Rhein aus geplant. Der Geschäftsführer der Rheingüter hatte uns doch gesagt, dass er zwei Frachter hätte. Walburga und –« Ich las den Namen des vorderen Schiffmodells ab. »Rosalinde. Wir haben überhaupt nicht hinterfragt, wo die Rosalinde ist. Gib sofort eine Fahndung nach diesem Frachter raus, am besten über Strommeier.« Ich überlegte kurz. »Das dürfte sogar die beste Lösung sein. Schnapp dir Gerhard und komm zu Strommeier in den Luitpoldhafen, ich fahre ebenfalls dorthin. Es würde mich wundern, wenn die Rosalinde sich nicht in der Region befinden würde.«

»Alles klar, machen wir, Reiner. Was sollen wir KPD sagen?«

»Er soll für morgen früh eine Rede für die Pressekonferenz vorbereiten. Dann ist er uns heute Abend aus dem Weg. Halt, sage ihm noch, dass der Eifler morgen auch kommen wird und er gerne normale Sachen essen würde und dazu Bier trinkt.«

»Soll ich das wirklich so weitergeben?«

»Genau so, Jutta. Wenn wir heute die Gauner schnappen, trinke ich zur Pressekonferenz ein Bier.« Grinsend ergänzte ich: »Aus der Flasche.«

Wir beendeten das Telefonat und ich verließ die Wohnung, nachdem ich sie versiegelt hatte.

Wegen des Feierabendverkehrs war der Stau noch schlimmer geworden. Ich vermutete zwar, dass alle regionalen Radiosender über die Brückensperrungen berichtet hatten, doch brauchbare Alternativen für das Überqueren des Rheins boten sich nicht an. Weit im Norden von Ludwigshafen und Mannheim führte die A 6 über den Rhein, im Süden bei Speyer die A 61. Wenn es wenigstens die Rheinquerung bei Altrip geben würde, die seit Jahrzehnten geplant gewesen und fast genauso lang im Bedarfsplan für die Bundesfernstraßen gelistet war, bis ein paar Naturschützer irgendeine seltene Käferart entdeckt hatten. Wahrscheinlich hatten diese den Käfer dort selbst ausgesetzt. Ich verwarf den Gedanken wieder. Gäbe es diese Brücke, hätte man sie mit Sicherheit ebenfalls gesperrt.

Was blieb mir also anderes übrig, als anzuhalten und den Totenwecker erneut aus dem Fußraum zu holen. Damit ging es im flotten Schritttempo voran. Die Straßensperren auf beiden Seiten des Rheins hielten mich dieses Mal nicht lange auf, ich hatte dazugelernt. Ich ließ das Sondersignal eingeschaltet und zeigte stumm und mit wichtiger Miene meinen Dienstausweis durch das geschlossene Fenster. Da aufgrund der Lautstärke eine Kommunikation unmöglich war, ließen mich die Beamten, es waren andere als vorhin, zügig weiterfahren.

Der Luitpoldhafen lag erfreulicherweise nicht sehr weit von der Rheinbrücke entfernt. Als ich mich auf der Parkinsel befand, zog ich sofort den Stecker des Höllengerätes heraus. Richtige Ruhe stellte sich nicht ein. Das auf- und abschwellende Geräusch hatte sich anscheinend in meinen Ohren festgefressen.

Neben dem Gebäude der Wasserschutzpolizei lag das Polizeiboot unbeleuchtet am Kai. Daher lief ich etwas beunruhigt und mit großen Schritten in den obersten Stock zu Strommeiers Büro. Dieser telefonierte mit wilder Gestik, als ich in das offen stehende Amtszimmer eintrat. Auch er schien mir inzwischen ungewöhnlich hektisch, war er mir doch bisher besonders durch seine gelassene Art aufgefallen.

Er legte auf und fluchte. »Heute kommt alles zusammen. Laut Vorhersage steigt das Hochwasser wieder, morgen früh wird die Marke 2 erreicht, dann ist es aus mit der Schifffahrt. Alle Schiffe werden zurzeit aufgefordert, die Häfen anzulaufen.«

»Haben Sie die Rosalinde finden können? Bis morgen früh ist alles zu spät.«

»Tut mir leid, Herr Palzki. Wir haben noch weitere Probleme. Unser Polizeiboot wurde sabotiert. Jemand hat beide Schiffsschrauben demontiert und gestohlen. Wir sitzen sozusagen auf dem Trockenen.«

»Das darf doch nicht wahr sein!«, rief ich viel zu laut. »Kommt da jeder einfach so an Ihr Boot?«

Strommeier schien die Sache peinlich zu sein. »Natürlich nicht, selbstverständlich hat das Boot eine Alarmanlage. Wir wissen nicht, wie das passieren konnte. Jeder Fremde fällt normalerweise sofort auf. Es muss wohl ein Taucher gewesen sein.«

Die Idee mit dem Mini-U-Boot behielt ich besser für mich. »Eigene Mitarbeiter?«

»Ich bitte Sie, Herr Palzki. Meine Leute sind genauso integer wie die Ihrigen. Wir haben ganz bestimmt keinen Maulwurf.«

»Was ist mit diesem Schliefensang?«

Strommeier stutzte. »Seltsam, dass Sie nach ihm fragen. Er ist nämlich nicht da. Seit der Krisensitzung ist er spurlos verschwunden.«

»Na, fällt Ihnen immer noch nichts auf? Wollen Sie sich das mit dem Maulwurf noch einmal überlegen?«

»Sie wollen doch nicht Kollege Schliefensang verdächtigen? Könnte es sein, dass Ihre Fantasie mit Ihnen durchgeht? Zugegeben, er sieht schon etwas eigenartig aus. Aber als Polizist müssten Sie doch wissen, dass man nicht von dem Äußeren einer Person auf ihren Charakter schließen kann.«

»Na ja«, wiegelte ich ab. »Es ist schon das zweite Mal, dass er verschwunden ist. Stellen wir uns einmal vor, nur rein theoretisch, er hätte Kontakt zu den Erpressern. Etwas Besseres als bei der Krisensitzung dabei gewesen zu sein, hätte ihm nicht passieren können. Unsere Gegner wären immer einen Schritt weiter als wir.«

»Trotzdem, Herr Palzki«, beharrte Strommeier. »Solche Sachen kommen nur in billigen Fernsehkrimis vor. Aber wenn Sie meinen, lassen wir ihn durchleuchten. Nur im Moment nützt uns das wenig, da wir nicht wissen, wo er sich herumtreibt.«

»Das sollten wir auf jeden Fall tun. Doch nun müssen wir über unsere aktuellen Möglichkeiten sprechen. Wann wird Ihr Boot wieder einsatzfähig sein?«

»Das dauert nur ein paar Minuten, Herr Palzki. Gott sei Dank haben wir die benötigten Ersatzteile vorrätig. Ein Techniker ist bereits bei der Arbeit. Er wird es melden, sobald wir los können.«

Das war mir nicht genug, die Zeit wurde knapp. »Wer kümmert sich außer uns um die Suche nach der Rosalinde?«

»Da gibt's nicht viele andere. Klar, die Mannheimer Kollegen sind draußen auf dem Fluss. Hubschrauber können wir momentan vergessen, es wird bald dunkel und es ist viel zu böig. Andere Dienststellen können wir im Moment ebenso nicht anfordern. Entweder sind sie mit dem schlimmsten Verkehrschaos beschäftigt, das die Region je erlebt hat, oder mit dem Hochwasserschutz. Wenn die Pegel weiter steigen, haben wir in Ludwigshafen und Mannheim bald noch ganz andere Probleme.«

»Das heißt, Sie haben nicht die geringste Ahnung, wo sich die Rosalinde im Moment befindet?«

Ein zaghaftes Nicken war seine Antwort.

»Unglaublich, ein 100 Meter langes Schiff macht sich auf einem überschaubaren Stück Fluss unsichtbar!«

»Na, jetzt polemisieren Sie mal nicht, Herr Palzki. Sie kennen schließlich die exakten Umstände dieser besonderen Situation.«

Er hatte ja recht. »Entschuldigen Sie bitte, Herr

Strommeier, das war nicht so gemeint. Wurde das Gelände der Rheingüter GmbH überprüft? Nicht, dass die Rosalinde seelenruhig in ihrem Heimathafen liegt und wir sie überall suchen.«

»Selbstverständlich haben wir das überprüft, für wen halten Sie uns! Auch das war mit größeren organisatorischen Anstrengungen verbunden. Die Zufahrt zum Kaiserwörthhafen liegt an einer der Ludwigshafener Ausfallstraßen. Und genau dort haben wir neben dem allgemeinen Verkehrschaos die Zugangskontrollen zum Hafengebiet, die dieser Eifler während der Krisensitzung angefordert hat. In aller Eile wurde dafür eine Hundertschaft der Bereitschaftspolizei beauftragt. Dummerweise vergaß man in der Hektik, die Beamten über Sinn und Zweck der Aktion zu informieren. Es ist zwar alles abgesperrt, aber niemand weiß, warum und was überhaupt los ist. Sie wissen nur, dass nach von Welchingen und dem Matrosen Monato gefahndet wird. Da verkehrstechnisch nichts ging, habe ich einen Beamten mit einem Fahrrad hingeschickt. Und selbst den wollte die Bepo nicht durchlassen. Vielleicht haben die Kollegen noch nie ein Fahrrad gesehen.«

Je länger ich nachfragte, desto mehr Hiobsbotschaften erhielt ich. »Das sind absolut unhaltbare Zustände. Wenn das KPD wüsste!«

Strommeier schaute mich fragend an. »Was meinen Sie mit KPD?«

Puh, dumm gelaufen. Inzwischen war ich selbst so aufgedreht, dass ich nicht bemerkt hatte, unseren Chef einem Betriebsfremden gegenüber als KPD bezeichnet zu haben. »Was soll ich gesagt haben? Nein, da müssen Sie sich verhört haben. Ich meinte, dass Eifler und Herr Diefenbach nicht gerade amüsiert sein werden, wenn sie das Chaos mitbekommen.«

»Da können doch wir nichts dazu!«, verteidigte sich der Leiter der Wasserschutzpolizei entrüstet. »Wir sind nur für den Fluss zuständig und in ein paar Minuten ist unser Boot wieder flott. Was da Ihr Chef und dieser autoritäre Eifler mit der Sperrung der Rheinbrücken und der Bereitschaftspolizei veranstalten, ist nicht unser Problem.«

»Ich sag's ja nur«, antwortete ich mit einem in der Pfalz sehr bekannten Heinz-Becker-Zitat.

Das Telefon klingelte. Strommeier riss den Hörer förmlich an sich.

»Wie bitte? Was?« Es entstand eine kleine Pause. »Nehmen Sie doch Fahrräder – ja, ja, ich hab's verstanden. Ich geb's weiter.«

»Das war Ihre Kollegin Jutta Wagner. Sie steht mit Herrn Steinbeißer im Stau. Wir sollen allein mit dem Boot losfahren, bei ihnen würde es noch eine Weile dauern. Sie hätten sich einen privaten Wagen geliehen und der hätte kein Sondersignal.«

Logisch, mein Wagen war wegen des fehlenden Navis vorübergehend ausgemustert, ich selbst hatte Juttas

Wagen genommen und Gerhards Wagen hatte seine Freundin. Hoffentlich wollte sie die Weihnachtseinkäufe nicht in Ludwigshafen tätigen.

Herr Strommeier riss mich aus meinen Gedanken. »Ihre Kollegin bittet höflich, dass Sie Herrn Steinbeißers Handy einschalten sollen. Ab und zu würden sie gerne Kontakt mit Ihnen aufnehmen. Nur für den Fall, dass heute etwas passieren sollte.« Er überlegte. »Sagen Sie mal, haben Sie Stress mit Ihren Kollegen?«

Ich ließ die Frage unbeantwortet und schaltete Gerhards Spielzeug ein, das ich wahrscheinlich vorhin in Mannheim versehentlich ausgeschaltet hatte. »Warum haben Sie Frau Wagner nicht gesagt, dass wir mangels funktionstüchtigem Boot nicht fahren können?«

»Darüber konnte ich sie leider nicht mehr informieren, Ihre Kollegin hatte schon aufgelegt.« Als hätte er es zu seiner Entschuldigung per Telepathie bestellt, brachte just in diesem Moment ein Polizist eine Kanne Kaffee und zwei Tassen ins Büro. Strommeier nickte ihm dankend zu und beeilte sich, eine Dose Kekse zu holen, die auf seinem Regal stand.

»Tut mir leid, dass es mit dem Kaffee etwas länger gedauert hat, leider ist unser neuer Heißgetränkeautomat immer noch defekt. Nicht, dass Sie denken, ich hätte vergessen, Ihnen etwas anzubieten.«

Ich versuchte, mich mit vollem Mund zu bedanken, was selbstredend schief ging. Aus meinem Mantel zog ich ein Papiertaschentuch und las damit die Brocken vom Boden wieder auf.

Ein weiterer Kollege kam herein. »Heinz, die Mannheimer Kollegen haben sich gemeldet, ihre Häfen sind sauber. Im Moment wird der Neckar bis Ladenburg abgesucht, danach der Altrhein um die Friesenheimer Insel. Sobald sie fündig werden, geben sie Bescheid.«

Strommeier bedankte sich und der Kollege ging wieder.

»Die Mannheimer Kollegen haben ein bisschen mehr zu tun als wir. Die haben den Neckar und den Altrheinarm, der ein paar Nebenäste aufzuweisen hat. Kleinere Schiffe kann man dort gut verstecken, einen Frachter eher nicht. Wir von der Pfälzer Seite haben es, zumindest im Raum Ludwigshafen einfacher. Im Prinzip bleiben für uns nur der Otterstadter Altrhein und der Kaiserwörthhafen. Es gibt zwar noch den Nordhafen nördlich des BASF-Geländes, doch von dem Unternehmen haben wir bereits die Nachricht vorliegen, dass die Rosalinde nicht vor Anker gegangen ist.«

Ich kam ins Grübeln. »Was ist, wenn ich unrecht habe, und der Frachter irgendwo weiter weg in einem Hafen liegt und nichts mit den Erpressern zu tun hat?«

»Dann haben wir alle vermutlich ein gewaltiges Problem. Nach dem Frachter wird seit Kurzem per Radio gefahndet und auch die anderen Schiffsführer, die inzwischen informiert sind, halten ihre Augen offen.

Es kann durchaus passieren, dass jeden Moment die Meldung reinkommt, dass die Rosalinde zum Beispiel in Köln liegt.«

»Und dann?«

»Dann können wir nur hoffen. Denken Sie, dass es Ihre Kollegen bei dem Verkehrschaos schaffen, die beiden Großstädte zu evakuieren? Nach dem, was wir gerade erleben, wohl eher nicht.«

Mein beziehungsweise Gerhards Handy klingelte. Ich drückte die Taste mit dem Telefonsymbol und hatte das Gespräch. So einfach ging das.

»Hast du endlich das Teil eingeschaltet!«, begann Jutta vorwurfsvoll die Unterhaltung. »Was ist, seid ihr schon auf dem Wasser?«

»Noch nicht ganz«, antwortete ich zurückhaltend. »Wir sind so gut wie auf dem Weg.«

»Dann beeilt euch gefälligst. Wenn diese Gauner ihre Drohung wahr machen, können sie jeden Moment zuschlagen. Ich habe mit deinem Freund, dem Staatsanwalt Borgia, gesprochen. Der Geschäftsführer der Rheingüter macht keine Angaben zu seinen Frachtern. Wir wissen folglich nicht, wo die Rosalinde um diese Zeit normalerweise wäre. Borgia hat ein Team zwecks Recherche zum Firmensitz geschickt, doch die stehen ebenfalls im Stau.«

»Das scheint der neue Rhein-Neckar-Spaß zu werden, im Stau zu stecken«, frotzelte ich. »Wie lange braucht ihr noch?«

»Vergiss es, Reiner. Wir sind erst in der Nähe des Giulini-Knotens. Selbst wenn wir zu Fuß gehen würden, kämen wir zu spät.«

»Okay, ich melde mich, sobald wir den Frachter gefunden haben.«

Ich hörte Jutta durch das Telefon seufzen.

»Hoffentlich hast du recht, Reiner.«

»Was meinst du damit?«

»Die Rosalinde meine ich. Ich mag mir nicht ausdenken, was passiert, wenn wir einer falschen Fährte hinterherrennen.«

»Alles wird gut, Jutta«, sagte ich und legte auf.

Zeitgleich kam Herr Strommeier zurück, der während des Telefonats das Zimmer verlassen hatte. »Wir können los«, gab er mir zu verstehen, »das Boot ist einsatzbereit. Die Kollegen sind bereits an Bord.«

Ich stürzte den Kaffee runter, was ich in der Schifferstadter Kriminalinspektion vermutlich nicht überlebt hätte. Mit einer Handvoll Kekse folgte ich dem hiesigen Dienststellenleiter. Zu meiner Verwunderung ging er nicht zum Ausgang, sondern in einen Nebenraum. Er drückte mir eine beschusshemmende Schutzweste in die Hand.

»Sie wissen ja, die Berufsgenossenschaft. Ich habe meine bereits angezogen.« Widerwillig und leise vor mich hin fluchend, zog ich das starre Ding über.

Als hätten wir nicht mit genügend Widrigkeiten zu kämpfen, hatte inzwischen ein starker Regen eingesetzt.

Zusammen mit dem schwächer werdenden Tageslicht schien unser Auftrag keine angenehme Spazierfahrt zu werden. Fluchend rannten wir den nasskalten Weg zum Polizeiboot. Mit klammen Fingern zog ich die Schwimmweste an, die mich zusammen mit der Schutzweste gemessen an meiner körperlichen Beweglichkeit 20 Jahre älter werden ließ.

»Gehen wir rein«, sagte Strommeier. »Hier drinnen ist es nicht so laut«, erklärte er mir, während das Boot Fahrt aufnahm. »Nur die Sicht ist leider wegen der Fenster etwas eingeschränkt. Doch bei dem Wetter kommt es darauf auch nicht mehr an.«

Ich blickte backbord durch eines der Fenster und konnte nicht einmal die andere Uferseite des Luitpoldhafens erkennen.

»Wie sollen wir so die Rosalinde finden?«, fragte ich zweifelnd.

Strommeier zeigte mit dem Daumen nach vorne. »Dafür haben wir unseren Schiffsführer. Der hat die beste Aussicht.«

Ein kleines Pieksen gab mir plötzlich Gewissheit, dass ich vorher besser noch auf die Toilette gegangen wäre, doch dazu war es nun zu spät. Ich wunderte mich, dass ich zumindest sodbrennenfrei war.

»Sobald wir auf dem Rhein sind, fahren wir stromaufwärts zum Otterstadter Altrhein. Dort kann man am besten einen Frachter verstecken.«

Ich widersprach. »Herr Strommeier, es geht den

Erpressern nicht darum, einen Frachter zu verstecken, sie wollen ihn für einen Anschlag verwenden. Was können die in dem Altrheinarm groß anstellen?«

»Vielleicht den Deich sprengen?«

»Ach was, das hatten wir schon. Ich denke nicht, dass ein weiterer Deichbruch in dieser Gegend Auswirkungen auf die beiden Großstädte hätte, dazu liegt der Altrheinarm zu weit südlich.«

Der Chef der Wasserschutzpolizei überlegte. »Doch, es gibt ein lohnendes Ziel. Bei Otterstadt hat der vorderpfälzische Beregnungsverband seine Pumpstation. Wenn man diese sabotieren oder gefährliche Bakterien einschleusen würde, hätte dies sogar auf die gesamte Vorderpfalz Auswirkungen.«

Von diesem Beregnungsverband hatte ich schon gehört, Näheres war mir allerdings nicht vertraut. »Was wird dort im Einzelnen gemacht?«

»Die Vorderpfalz hat ein Regenproblem, Herr Palzki. In der Rheinebene ist es für das Obst und Gemüse zu trocken. Aus diesem Grund haben sich zahlreiche Landwirte zusammengeschlossen und den Beregnungsverband gegründet. Das Pumpwerk versorgt über verlegte Leitungen die halbe Vorderpfalz mit jährlich 20 Millionen Kubikmeter Wasser«, dozierte Strommeier.

»Ein Regenproblem?«, fragte ich erstaunt und zeigte nach draußen. »Im Moment wohl eher nicht. Und die Felder werden im Dezember vermutlich auch nicht bewässert.«

Er nickte zustimmend. »Ja, Sie haben recht. In dieser Jahreszeit ist das sicherlich kein Thema.«

Inzwischen waren wir fast am Zugang zum Kaiserwörthhafen angekommen.

»Ich würde gerne im Hafen nachschauen«, schlug ich vor.

»Wenn Sie unbedingt möchten«, meinte Strommeier und sprach ein paar Kommandos in ein Mikrofon.

Das Polizeiboot schlingerte nach rechts in den Hafenbereich. Nach weniger als 50 Metern teilte sich das Wasser in zwei parallel führende künstliche Wasserwege, die wie mit dem Lineal gezogen in höchstens 100 beziehungsweise 200 Metern Abstand zum Rhein verliefen. Wie ich durch meine Besuche bei der Rheingüter GmbH wusste, waren in dem gesamten Gebiet viele unterschiedliche Unternehmen ansässig. Freilich war im Moment davon nichts zu sehen, die Sichtgrenze lag etwa am jeweiligen Ufer. Das Polizeiboot fuhr in gemächlichem Tempo beide Hafenarme ab. Hin und wieder entdeckten wir vertäute Schiffe, die aber keine Ähnlichkeit mit der von uns gesuchten Rosalinde hatten. Im zweiten Hafenarm ankerte die Walburga vor dem Gelände der Rheingüter. Herr Strommeier gab das Kommando zum Anlegen. Ein Beamter sprang auf die Kaimauer und verschwand in dem Betriebsgelände. Eine knappe Minute später schnarrte in unserer Kabine ein Lautsprecher.

»Die Halle und das Bürogebäude sind abgeschlossen. Keine menschlichen Aktivitäten feststellbar, ich schaue mir jetzt die Walburga an.«

»Das ist Friedrichsen«, erklärte mir sein Chef. »Legen Sie sich mit dem lieber nicht an, er hat den schwarzen Gürtel.«

»Ist ja auch sicherer als ein Hosenträger«, meinte ich sarkastisch. »Aber wir vergeuden hier nur unsere Zeit. Bei der Firma Rheingüter gibt es nichts, was sich als Ziel lohnen würde. Auch die Tanks der Walburga sind leer, von ein paar Litern Diesel mal abgesehen.«

»Man kann nie wissen«, bekam ich zur Antwort und im gleichen Moment sprang Friedrichsen wieder an Bord.

»Negativ, Chef. Es ist alles polizeilich versiegelt. Hier ist und war niemand.«

Strommeier gab ein Kommando und das Boot setzte sich wieder in Bewegung. Nachdem wir auch im restlichen Hafen nicht fündig wurden, steuerten wir erneut stromaufwärts in den Rhein. Da der Regen geringfügig nachgelassen hatte, konnten wir auf der Ludwigshafener Seite Schüttbehälter, Tanks und Eisenbahnwaggons sehen, deren Gleise offenbar direkt neben dem Ufer angelegt waren.

»Ohne Hochwasser würden wir die Waggons nicht so nahe und auf gleicher Höhe sehen«, kommentierte Strommeier die Lage. »Bei Normalwasser würden wir mindestens zwei Meter tiefer liegen. Hinter den Tankwaggons, die gerade in unser Sichtfeld kommen, beginnt das Gelände des Kaiserwörthhafens. Manche Firmen be- und entladen nur innerhalb der künstlich angelegten Hafenarme, manche laden aber auch direkt am Rhein um. Insbesondere bei Flüssigkeiten oder Schüttgütern, die man mit flexiblen Leitungen oder Laufbändern leicht umladen kann.«

Wie zur Bestätigung sahen wir vor uns einen Frachter ankern. Unser Polizeiboot lenkte etwas mehr in die Mitte des Rheins, um an dem Schüttgutfrachter vorbeizukommen. Wie an einer Gardinenstange aufgereiht kamen immer neue Frachter in unser Sichtfeld.

Strommeier wusste, warum: »Die meisten Schiffe dürften hier zwangsweise ankern. In wenigen Stunden wird das Fahrverbot in Kraft treten. Vermutlich sind diese Schiffe noch zu weit von ihrem Zielhafen entfernt. Das müssen Sie sich vorstellen wie an den Autobahnraststätten am Wochenende. Dort sind die Lkw-Parkplätze auch gerammelt voll. Und wenn dann –«

»Rosalinde voraus«, ertönte es kurz und knapp aus dem Lautsprecher.

»Licht aus, Motoren stopp«, befahl Strommeier.

In nicht einmal 20 Metern Entfernung blickten wir seitlich auf das Heck eines Frachters. Die Aufschrift war eindeutig: Rosalinde.

»Keine Aktivitäten festzustellen, kein Licht«, meldete der Lautsprecher.

»Kommen Sie«, meinte Strommeier, »lassen Sie uns rausgehen.«

Bereits nach den ersten Schritten im Freien fror ich trotz der innerlichen Anspannung wie ein Schneider. Meine feuchte Kleidung tat ein Übriges.

»Können wir näher ran?«, fragte ich und wunderte mich über meinen Mut.

»Wir werden anlegen, das Schiff scheint unbemannt zu sein. Wollen Sie mit rüber oder reicht unser Einzelkämpfer Friedrichsen?«

»Selbstverständlich gehe ich mit.« Ich versuchte es schon die ganze Zeit zu verdrängen, doch es gelang mir nicht. Immer deutlicher wurde mir bewusst, dass ich unbewaffnet war. Ich hasste Schusswaffen wie die Pest und benutzte sie nur, wenn die halbjährlichen Pflichttests auf dem Schießstand dies verlangten. Das letzte Mal hatte mir der Leiter des Schießstands ernsthaft empfohlen, ich sollte doch besser ein Lasso nehmen.

Dummerweise durfte ich nicht davon ausgehen, dass die Erpresser ebenfalls Schusswaffengegner waren. Gerade Monato, der mit seiner skrupellosen Raumsicherung bewiesen hatte, dass er über Leichen ging, war mir suspekt.

Während ich mir Gedanken über meine Eigensicherung machte, funkte Strommeier mit der Einsatzleitung in Schifferstadt.

»Hoffentlich sind die inzwischen in der Lage, die Bereitschaftspolizei zum richtigen Gelände zu schicken«, meinte er anschließend. »Die Rosalinde ankert direkt vor dem Unternehmen Port-Chemie, auf der Vorderseite des Firmengeländes befindet sich die Braunkohlenstraße. Es ist nur ein Katzensprung bis zum momentanen Standort der Hundertschaft der Bepo. Den Weg müssten die eigentlich blind finden.«

»Bei dem Wetter bleibt denen nichts anderes übrig«, erwiderte ich. »Haben Sie mit KPD, äh, Herrn Diefenbach gesprochen?«

»Nein, niemand weiß, wo Ihr Chef im Moment steckt. Der Einsatzleiter vom Dienst sprach irgendetwas von einer Pressekonferenz, die vorbereitet werden muss. Keine Ahnung, was er damit gemeint hat.«

»Herr Strommeier, der Giulini-Knoten ist doch auch in der Nähe, oder?«

Noch während er nickte, hatte ich Gerhards Handy in der Hand.

»Wir haben sie«, plärrte ich in das Gerät.

»Scheiße«, fluchte Jutta am anderen Ende. »Bist du es, Reiner? Warum schreist du so?«

»Hab dich nicht so«, brüllte ich aufgeregt weiter. »Fahrt nicht in den Luitpoldhafen zur Wasserschutzpolizei, sondern zur Braunkohlenstraße in den Kaiserwörthhafen. Dort sitzt die Firma Port-Chemie. Wir haben im Moment auf der Rückseite des Geländes direkt neben der Rosalinde festgemacht.«

»Mensch, Reiner, hättest du das nicht früher sagen können? Da sind wir längst vorbei.«

»Dann lasst den Wagen stehen und kommt zu Fuß. Das sind doch bestimmt nur ein paar Meter. Ihr müsst nur auf die Bepos aufpassen, die haben keinen Plan, was überhaupt los ist.«

»Das haben wir gesehen, die haben das komplette Hafengebiet abgesperrt.«

»Genau wie Eifler es befohlen hat. Dummerweise sind unsere Erpresser nicht auf dem Landweg, sondern auf dem Wasserweg ins Hafengebiet gelangt. Sagt mal, habt ihr eure Waffen dabei?«

»Sind die Bepos so gefährlich?«

»Quatsch! Ich habe nur leider meine Pistole im Büro vergessen.«

»Ich wusste gar nicht, dass du eine besitzt.«

»Nur im Notfall für aufmüpfige Kollegen. Beeilt euch bitte, ja?«

»Na klar, wir kommen, so schnell es geht. Möchtest du deine Pommes mit Mayo oder Ketchup?«

Ich legte auf. Für Witze hatte ich jetzt wirklich keine Nerven. Bisher dachte ich immer, auch in Momenten höchster Anspannung ruhig bleiben zu können, doch mein Körper machte mir gerade einen Strich durch die Rechnung. Selbst mit einer Waffe ausgestattet, würde ich in meinem Zustand aus fünf Metern Entfernung nicht einmal den Frachter treffen.

Der Regen war gewissermaßen unser Freund, da er den Schall schluckte. Das Polizeiboot lag inzwischen fest vertäut an der Backbordseite der Rosalinde.

»Wir springen ohne Licht rüber«, meinte Strommeier, »es ist nur ein knapper Meter. Ich gehe als Erster und helfe Ihnen.«

Er machte einen großen Schritt und hatte es geschafft. Da inzwischen mehrere Beamte der Wasserschutzpolizei an Deck waren, die auf mich allein durch ihre Anwesenheit einen psychologischen Druck ausübten, indem sie auf meinen Schiffswechsel warteten, überlegte ich nicht lange und sprang frontal auf Strommeier zu. Der schien dies erwartet zu haben und wich aus. Ich landete mit meinen Zehenspitzen auf dem Deck des Frachters. Leider zunächst nur mit meinen Zehenspitzen. Der Ölfilm besorgte den Rest. Glücklicherweise tat ich mir nicht weh, als ich auf dem schmierigen Boden schlidderte, denn die Schwimm- und die Schutzweste dämpften den Aufschlag. Ich sah aus, als wäre ich durch die Kanalisation geschwommen, als ich zum Halten kam.

»Gute Tarnung«, bemerkte einer der Beamten süffisant in Anbetracht meiner verschmierten Kleider. »Nur der Geruch ist verräterisch.«

Ohne fremde Hilfe stand ich auf und wischte mir die Hände an einer halbwegs sauberen Stelle meiner Hose ab. Wenn ich heute meinen Anzug angehabt hätte, Stefanie würde mich vierteilen.

Während mich alle stumm, aber eindeutig schadenfroh angafften, tauchte Friedrichsen aus dem Dunkel der Umgebung auf.

»In der Kajüte ist jemand«, sagte er. »Es brennt aber kein Licht und Stimmen habe ich auch nicht gehört. Für mich klang es so, als würde jemand schnarchen.«

Damit hatte keiner von uns gerechnet. Die Metropolregion stand kurz vor ihrer Evakuierung und die Erpresser sollten währenddessen auf einem Frachter ein Schläfchen abhalten? Nein, da stimmte etwas nicht. Ich gab dem Chef der Wassereinheit zu verstehen, dass wir nachsehen sollten, bevor wir an Land gingen.

Als wir näherkamen, hörten wir es alle: Aus der Kajüte kam ein eindeutiges Schnarchgeräusch. Und in diesem Moment passierte das Unfassbare: Ich erlag einem Niesreiz. Friedrichsen, Strommeier und seine Mitarbeiter reagierten sofort und zogen prophylaktisch ihre Waffen. Aus der Kajüte drang ein schwaches und kaum verständliches: »Ist da jemand? Wir brauchen Hilfe.«

Friedrichsen trat ohne Rücksichtsnahme auf die Akustik die Tür ein. Wir blickten im Taschenlampenlicht auf drei Personen, die gefesselt und geknebelt auf dem Boden der Kajüte lagen. In Windeseile hatten wir sie befreit.

»Danke«, sagte ein besonders hagerer Mann mit Glatze, der seinen Knebel bereits vor der Rettung etwas lockern konnte. »Mein Name ist Ihrig, ich bin der Schiffsführer der Rosalinde. Die anderen sind mein Steuermann und mein Matrose. Wir wurden überfallen.«

Einer der Beamten, laut seinem Chef intensiv in der Ersten Hilfe ausgebildet, kümmerte sich um die Besatzung der Rosalinde. »Der Matrose ist schwer verletzt und zudem bewusstlos, wir brauchen dringend einen Krankenwagen.«

»Wo sollen wir den jetzt herkriegen?«, meinte Strommeier kopfschüttelnd. »Ist es sehr schlimm?«

Das Nicken war eindeutig. »Ihn hat es ziemlich erwischt, er scheint einen Schlag auf den Kopf bekommen zu haben.«

»Nicht nur scheinbar, sondern auch real«, mischte sich Ihrig ein. »Er hat sich gewehrt, da hat ihm Francesco die Waffe übergezogen. Schweinerei, die eigenen Kollegen zu überfallen.«

»War Welchingen auch an dem Überfall beteiligt?«, schaltete ich mich in den Dialog ein.

»Genau die beiden waren es«, antwortete Ihrig. »Francesco und Alexander. Sonst habe ich niemanden gesehen. Dass Francesco eine brutale Ader hat, wusste ich schon länger. Aber dem Alexander hätte ich das niemals zugetraut.«

»Wie fühlen Sie sich?«, unterbrach Strommeier Ihrigs Ausführungen.

»Ich bin noch etwas wacklig auf den Beinen, doch das wird schon wieder. Nur Matrose Klaus hat's erwischt.«

Der Steuermann, als Dritter im Bunde, war bereits allein aufgestanden und rieb sich seine Handgelenke.

»Wenn ich die erwische, mache ich aus denen eine große Portion Hackfleisch.«

Strommeier wandte sich an den Mitarbeiter, der den Matrosen untersucht hatte. »Bringen Sie Matrose Klaus mit unserem Boot nach Speyer. Das dürfte der schnellste Weg sein, ihn ins Krankenhaus zu bekommen, da dort kein Verkehrschaos herrscht.«

Er drehte sich zu Herrn Ihrig. »Sie und Ihr Steuermann fahren am besten gleich mit und lassen sich ebenfalls durchchecken. Man kann ja nie wissen.«

Der Steuermann fluchte eine Weile vor sich hin und bat darum, auf dem Schiff bleiben zu dürfen, doch Herr Ihrig wies ihn in die Schranken. Mehrere Beamte trugen den Matrosen zum Polizeiboot. Kurz darauf konnte ich hören, wie das Boot ablegte und langsam davonfuhr.

Strommeier und seine Mitarbeiter hatten sich inzwischen in der Kajüte auf eine Bank gesetzt und diskutierten. »Wir können im Moment nur abwarten und hoffen, dass die Bereitschaftspolizei die Lage bald unter Kontrolle hat. Irgendwo auf dem Betriebsgelände treiben sich unsere beiden unberechenbaren Erpresser herum.«

Inzwischen hatte der Regen weiter nachgelassen und ich konnte durch das Kajütenfenster fünf oder sechs zylindrische Tankbehälter von sicherlich zehn Meter Höhe erkennen, die kurz hinter den Eisenbahnschienen standen.

»Was sind das für Tanks?«, fragte ich in die Runde.

Strommeier kam zu mir und blickte ebenfalls durch das Fenster. »Na Tanks eben. Da kann alles Mögliche drin sein. Öl, Benzin, hochgefährliche Chemikalien. Nur das Unternehmen weiß, was da im Moment abgefüllt ist. Sie sehen hier übrigens nur die erste Reihe der Tanks, dahinter stehen noch viel mehr.«

»Ich muss da hin«, beschloss ich, während ich mich meiner Schwimmweste entledigte. »Bleiben Sie mit Ihren Leuten auf dem Frachter.«

»Aber auf keinen Fall«, antwortete Gürtelträger Friedrichsen und sein Chef lächelte dabei.

Meine Vernunft riet mir, abzuwarten. Mein Bauch sagte mir, dass auf dem Betriebsgelände in Bälde etwas Schlimmes passieren würde. Es war ein seltsames Gefühl, den Steg vom Frachter zum Ufer zu betreten und den Erpressern auf die Pelle zu rücken. Ich hatte keine richtige Angst, es war eher wie ein innerer Zwang, der mich zu meinem momentanen Handeln trieb. Doch ich nahm mir nicht die Zeit, näher darüber nachzudenken. Zu unübersichtlich war die Lage: ein allen Personen fremdes Gelände, die gefährlichen Gauner, die Bepos, Gerhard und Jutta, die Wasserschutzpolizei sowie meine Wenigkeit. Daher musste ich mich nicht nur vor dem Matrosen Monato und vor von Welchingen in Acht nehmen, sondern auch zusehen, nicht in ein ›friendly fire‹ zu geraten. Ich konnte nur hoffen, dass die Bepos nicht überreagierten, wenn sie mich in meiner verdreckten Kleidung antrafen.

Nachdem wir das Ufer erreicht hatten, rannten wir die wenigen Schritte bis zu einem der Tankwaggons, die uns einen guten Sichtschutz boten. Leider war es zugleich auch eine Sichtbehinderung. Schneller, als ich schauen konnte, verteilten sich die Wasserschutzbeamten auf beide Seiten entlang des Zuges. Im Nu waren alle Beamten inklusive Friedrichsen aus meinem Blickfeld verschwunden. Na dann, sagte ich zu mir, jetzt mal los. Da ich sowieso nicht mehr die sauberste Erscheinung bot, stieg ich nicht über die Verbindungskuppel zweier Waggons, sondern kroch darunter durch. Meine knackenden Gelenke ignorierte ich. Vor mir sah ich einen der mächtigen Tanks, in dessen Sockel halbmeterdicke Metallrohre hineinführten. Überhaupt war es ein heilloses Wirrwarr an Rohren, die die einzelnen Tanks miteinander verbanden oder zumindest auf den ersten Blick völlig kreuz und quer durch die Anlage verliefen. Eine bessere Deckung konnte ich mir nicht wünschen. Im Entengang watschelte ich die kurze Strecke zu dem für mich nächstliegenden Tank. Ich blickte kurz zurück und konnte schemenhaft die Rosalinde erspähen. Meine Blase und mein Bauch zwickten. Letzterer gab mir zu verstehen, dass ich besser zum Frachter zurückkehren sollte. Doch was sollte ich meinen Enkelkindern an langen Winterabenden am Kamin erzählen, wenn nicht so etwas? Ich schlich an einem Rohr entlang, das parallel zur seitlichen Begrenzung des Betriebsgeländes verlief. Links eine hohe Mauer, rechts ein paar Rohre und ein zylindrischer Tankbehälter neben dem anderen. Nachdem ich an mehreren Tankbehältern entlanggekrochen war, traute ich mich zwischen zweien nach vorne. Da auch dort der Platz fast komplett mit Rohren und anderen Leitungen belegt war, kam ich um die eine oder andere Turnübung nicht herum. Liegend auf einem Kabelbett konnte ich in das Innere des Betriebsgeländes blicken. Ich sah einen etwa 400 Quadratmeter großen Innenhof, der von drei Seiten mit Tanks in verschiedenen Größen eingefasst war. Mir gegenüber befand sich ein einstöckiges verklinkertes Gebäude mit Flachdach. Auf dem Hof parkten zwei Tanklastwagen, ein dritter stand seitlich neben dem Gebäude. Ich gönnte mir eine Verschnaufpause und beobachte die Umgebung sehr aufmerksam. Meine Augen schienen sich inzwischen auf die Dunkelheit eingestellt zu haben. Details konnte ich zwar immer noch nicht erkennen, einen groben Überblick hatte ich aber allemal.

Über den Hof gehen oder rennen dürfte zu riskant sein. Irgendwo auf dem Gelände sollten sich inzwischen neben den Gaunern zahlreiche Beamte aufhalten. Ich hatte eine Idee. Um jeden der Tanks rankte sich auf der Außenwand eine Metalltreppe nach oben. Die Dunkelheit und die Schutzweste waren meine beiden Argumente, die Treppe langsam nach oben zu steigen. Der Metallboden machte einen Höllenlärm. Es half nichts, trotz der Kälte zog ich meine Schuhe aus und schlich auf Socken nach oben. Ich hatte etwa die Hälfte des Tanks erklommen, als ich zwei Schatten aus dem Gebäude kommen sah, die über den Hof mehr oder weniger direkt in meine Richtung kamen. Einer der beiden schleppte einen größeren Gegenstand. Das sah mir nicht nach Kollegen aus. Ich bückte mich, um mich so gut es ging zu verbergen. Die beiden Schatten gingen direkt zum Nachbartank und waren nun keine zehn Meter schräg nach unten von mir entfernt. Ich konnte nur hoffen, dass keiner nach oben sah. Alles, was ich mitbekam, war, dass die zwei Personen einen würfelförmigen Gegenstand neben den Tankbehälter stellten oder dort befestigten. Ein paar kleinere Schläge, wie von einem Hammer, folgten. Die Personen unterhielten sich nicht und ihre Gesichter waren aus dieser Entfernung nicht zu erkennen. Sie trugen zudem weite Regenponchos. Was sie im Einzelnen machten, konnte ich mir von hier oben nicht erklären. Es dauerte nicht sehr lange, bis sich die beiden lautlosen Schatten, diesmal ohne Behälter, auf den Weg zurück zum Haus machten.

Ich gab mir zwei Sicherheitsminuten und schlich anschließend den Steig nach unten. Nachdem ich meine Schuhe wieder angezogen hatte, untersuchte ich das Werk der Gauner. An der Stelle, an der ein Versorgungsrohr in den Tank mündete, waren rundherum mehrere Sprengstoffstangen mit Isolierband befestigt. Der Sinn war mir sofort klar: Der Tank war vermutlich aus einem stabilen Material, vielleicht sogar doppelwandig. Die Rohreinmündung war sicherlich seine Schwachstelle.

Drähte führten von jeder Sprengstoffstange in die Kiste, die am Boden stand. Verblüfft sah ich auf der Kiste ein Handy liegen. Mit einem Blick erkannte ich, dass es ausgeschaltet war. Bestimmt hatte es einer der beiden Erpresser verloren. Dies würde ein weiterer Beweis für ihre Täterschaft sein. Ich steckte das Handy in meinen Mantel und fuhr mit meiner Untersuchung fort. In der logischen Konsequenz war ich mir einigermaßen sicher, akut nicht gefährdet zu sein. Ansonsten wären die beiden Gauner nicht zurück in das Gebäude gegangen, sondern schleunigst verduftet.

Im Fernsehen sah man häufig, dass der Retter während des Showdowns vor einem Zünder saß und nicht sicher war, welches der vielen bunten Kabel, die aus einem Gerät herauslugten, in welcher Reihenfolge durchtrennt werden musste. Ich wusste es besser: Solange es kein Zündsignal gab, war es egal, welcher Draht zuerst durchtrennt wurde. Jedenfalls hoffte ich in diesem Moment, dass ich es besser wusste. Jetzt oder nie, dachte ich und umgriff das Bündel Drähte, das übrigens komplett einfarbig war. Ein erstaunlich leichter Zug genügte, um die Drähte aus der Zündanlage herauszuziehen. Gefahr erkannt, Gefahr gebannt, dachte ich und atmete auf, als ich feststellte, dass ich noch unter den Lebenden weilte.

Ich musste auf Nummer sicher gehen und schnappte mir deshalb den Behälter mit dem Zünder. Die Sprengstoffstangen ließ ich an Ort und Stelle. Zum einen waren sie ohne Zünder harmlos, wenn man sie nicht gerade aufaß, zum anderen waren sie mit hartnäckig klebendem Isolierband befestigt. Die Kiste mit dem Zünder wog bestimmt zehn Kilogramm, ein beträchtlicher Teil davon dürfte einer Batterie geschuldet sein, die für das Zündsignal zuständig war. Zur Sicherheit nahm ich den gleichen Weg, auf dem ich hergekommen war. Immer noch sah ich keine Menschenseele. Wo die sich nur alle herumtrieben? Egal, ich erreichte das Ufer und versenkte die Kiste zwischen Kai und Frachter im Rhein.

Zufrieden lächelnd gönnte ich mir eine weitere Verschnaufpause. Die Welt, oder zumindest die Metropolregion Rhein-Neckar, war gerettet. Ich war ein Held. KPD würde stolz auf mich sein. Vielleicht würde es sogar für eine Sonderration Kekse reichen. Jetzt konnte ich mich darauf konzentrieren, den stillen Beobachter zu spielen und den Einsatz der Bereitschaftspolizei zu verfolgen. Ich hoffte, dass sich von Welchingen und Monato noch in dem Gebäude aufhielten, als ich den gleichen Weg wie vorhin nahm. Gerade als ich freie Sicht auf den Hof und das Gebäude hatte, bemerkte ich, dass sich etwas tat. Rings um mich herum lösten sich Schatten und liefen auf den Bau zu. »Zugriff«, hörte ich eine Stimme brüllen. Lichter flammten auf und jemand trat die Tür ein. Mindestens ein Dutzend Beamte stürmte das Gebäude. Ich wartete einen Moment ab, bevor ich ihnen nachging. Sofort kamen andere bewaffnete Beamte auf mich zugerannt und forderten mich auf, die Hände zu heben. Glücklicherweise benötigte ich nicht allzu lange, um ihnen zu beweisen, dass ich einer der ihrigen war. Zeitgleich fuhren mehrere Streifenwagen und ein Krankenwagen auf den Hof. Nach kurzer Diskussion ließ man mich ins Gebäude. Das Erdgeschoss schien aus einem einzigen Büro- und Aufenthaltsraum zu bestehen, der im Moment voller Menschen war. Gerhard und Jutta erkannten mich sofort und ich sah ihnen an, dass sie über mein verdrecktes Aussehen verwundert waren. Strommeier stand daneben und auch Friedrichsen, der eine massive Eisenstange in der Hand hielt. Beamte der Bereitschaftspolizei richteten Waffen auf von Welchingen und Monato. Die beiden sahen skurril aus. Sie hatten Taucheranzüge an und trugen Gasmasken, die im Moment um ihren Hals baumelten. Sie erinnerten mich an die Edgar-Wallace-Verfilmung ›Der Frosch mit der Maske‹.

Ich konnte Jutta und Gerhard nicht begrüßen, da gerade ein Dialog zwischen den beiden Gaunern und einem Beamten der Bereitschaftspolizei im Gange war.

»Wir werden Sie jetzt festnehmen«, sagte der Polizist mit lauter Stimme. »Sie haben nicht die geringste Chance. Das Gebäude ist umstellt. Außerdem haben wir Ihre Waffen sichergestellt.«

Die beiden lachten. Einer der beiden, der einen Lockenkopf mit feuerroten Haaren hatte, antwortete spöttisch: »Francesco und ich haben es gar nicht nötig, aufzugeben. Denn nicht Sie haben gewonnen, sondern wir!«

»Mir reicht's jetzt.« Dem Beamten riss die Geduld. »Nehmt die beiden Spinner fest.«

Mutig war von Welchingen zweifelsohne. Unbewaffnet einem bewaffneten Heer Polizisten gegenüberzustehen und dann noch frech zu behaupten, er sei der Gewinner, hatte etwas Kurioses an sich. Es sei denn …

»Halt«, mischte ich mich ein. Der leitende Beamte der Bepo schaute mich verwundert an. Wir kannten uns flüchtig.

»Was wollen Sie, Herr Palzki?«

Beschwichtigend erklärte ich: »Lassen Sie unsere beiden Herren noch etwas erzählen.« Ich wandte mich an von Welchingen und Monato: »Wie laufen Sie eigentlich hier herum? Wir sind doch nicht bei Edgar Wallace!«

Der Matrose deutete auf seine Gasmaske. »Warum nicht? Glücklicherweise haben Alexander und ich eine

Maske. Leider scheinen Sie keine dabeizuhaben, was ein ausgesprochenes Pech für Sie ist. Aber Sie müssen keine Angst haben, es wird schnell gehen und nicht wehtun.« Er schaute auf seine Armbanduhr. »Sie müssen wissen, Sie haben nur noch ein paar Sekunden zu leben.«

Von Welchingen und Monato setzten sich seelenruhig ihre Masken auf. Im gleichen Moment ertönte das Lied ›We are the champions‹ von Queen. Im ersten Moment konnte ich die Geräuschquelle nicht orten. Erst als mich alle im Raum befindlichen Personen anstarrten, bemerkte ich, dass ich selbst der Ausgangspunkt der Musik war. Ich griff in meinen Mantel und zog das plärrende Handy hervor. Unsere beiden Erpresser standen mit ihren Masken wie zur Salzsäule erstarrt da.

Ich schaute auf das Handy, das in diesem Moment seine musikalische Kostprobe beendet hatte: »Das habe ich vorhin gefunden, es war allerdings aus. In meinem Mantel muss es sich versehentlich eingeschaltet haben.«

Gerhard kam zu mir rüber und nahm mir das Teil ab.

»Das war die Weckfunktion. Die funktioniert auch, wenn das Handy ausgeschaltet ist. Zur eingestellten Weckzeit schaltet es sich automatisch ein. Wo hast du das gefunden, Reiner?«

Ich blickte die beiden Frösche an und antwortete völlig gelassen. »Da war so ein komischer Kasten mit ganz vielen Drähten dran. Der stand neben einem der Tankbehälter. Den hat wahrscheinlich jemand vergessen.«

»Drähte?«, schrie Gerhard auf. »Kann das sein, dass du eine elektronische Sprengeinrichtung gefunden hast?«

Ich grinste. »Das kann schon sein, Kollege. Keine Angst, ich habe sie im Rhein versenkt.«

Ein hörbares Aufatmen ging durch den Raum. Die beiden Erpresser ließen sich nun kommentarlos und ohne Gegenwehr festnehmen.

»Da hast du wohl in letzter Minute eine Katastrophe verhindert«, meinte Jutta, nachdem die Bereitschaftspolizei und die Wasserschutzpolizei zusammen mit den beiden Erpressern das Gebäude verlassen hatten. »Unter Umständen haben wir dir unser Leben zu verdanken.«

»Auch wenn du schon wieder komisch riechst«, ergänzte sie und rückte ein Stück von mir ab.

»Mach mal halblang, Kollegin. Ohne euch würde der Job ja noch weniger Spaß machen.«

Gerhard fummelte immer noch an dem Handy herum.

»Klärst du mich bitte einmal auf, was das mit dem Handy und dem Lied zu bedeuten hat?«

Mein Kollege nickte. »Ich habe nur eine Vermutung. Wenn wir den Zünder geborgen haben, kann ich es dir genau sagen. Das Lied war der Zeitzünder.«

»Ein Lied?«, unterbrach ich ihn. »Terroristen machen das doch immer über ein empfangsbereites Handy. Sobald dann das Handy angerufen wird, geht die Bombe hoch.«

»Du bist nicht mehr auf dem neusten Stand. Stell dir mal vor, ein Terrorist macht gerade eine solchermaßen konstruierte Bombe scharf und irgendjemand wählt in dieser Sekunde versehentlich die Rufnummer des Handys. Unsere beiden Gauner haben das subtiler gemacht. Selbst nachdem wir sie gestellt hatten, wäre die Explosion trotzdem ausgelöst worden.«

»Über ein ausgeschaltetes Handy?« Ich begriff immer noch nicht.

»Ja, gerade über ein ausgeschaltetes Handy. Das ist nämlich nicht zu orten. Und zu einer vorher eingestellten Zeit schaltet die Weckfunktion das Handy automatisch an und spielt eine Melodie. Das Lied wäre der Auslöser für die Explosion gewesen.«

Über solch eine hinterhältige Sache konnte ich nur den Kopf schütteln. »Und ich dachte, das Handy wäre nur verloren gegangen. Da hätte ich den Zünder ja gar nicht im Rhein versenken müssen.«

»Nachdem du die Drähte herausgezogen hast, nicht. Ansonsten wäre das Gerät scharf geblieben. Vielleicht hätten andere Geräusche die Explosion ausgelöst, ich habe keine Ahnung, wie genau das justiert war.«

14. KOMMT BECKER ZU SPÄT?

Wir verließen das Gebäude. Herr Strommeier und seine Mitarbeiter hatten sich bereits verabschiedet, um zu Fuß zu ihrer Dienststelle zu gelangen. Mangels eigener Kollegen zeigte ich dem Leiter der Bereitschaftspolizei das Rohr mit den Sprengstangen sowie die ungefähre Stelle, an der ich die Kiste mit dem Zünder versenkt hatte. Die Bepo wollte so lange bleiben, bis die Spurensicherung ankam. Außerdem fand ich endlich eine günstige Gelegenheit, mich zu erleichtern.

Jutta hatte während meiner kleinen Betriebsführung eifrig mit ihrem Handy telefoniert. »Trotz der späten Stunde habe ich tatsächlich KPD erreicht. Er ist erleichtert, dass er und seine Mitarbeiter die Erpresser festnehmen konnten.« Sie nickte. »Ja, genau das waren seine Worte. Morgen früh will er eine Pressekonferenz geben. Ich fragte ihn, ob ich ihm später im Büro alles berichten soll, doch davon hielt er nichts und meinte, dass er sich das Ganze auch so vorstellen kann.«

»Hauptsache, ich bekomme morgen früh mein Bier«, war mein einziger Kommentar auf diese krasse, aber nicht ungewöhnliche KPD-Aussage.

»Apropos Bier«, sagte Jutta mit einem strengen Blick. »Was ist mit meinem Wagen?«

Ich machte eine kleine Pause, um die Spannung zu erhöhen und antwortete ihr kleinlaut: »Na ja, so ein paar kleine Geräusche sind da schon, die am Anfang nicht waren.«

»Ein paar kleine Geräusche? Wie soll ich das verstehen, Reiner? Ist der Wagen noch fahrbereit oder nicht?«

»Natürlich kann man damit noch fahren, Kollegin. Er kommt aber in seiner Außenwirkung, insbesondere mit Sondersignal, akustisch nicht mehr so dezent daher wie früher. Das ist bestimmt einfach zu reparieren. Gerhard wird dir so lange seinen Wagen leihen.«

Dieser wollte aus begreiflichen Gründen das Thema Dienstwagen nicht vertiefen. »Lasst uns nach Hause fahren. Deinen Wagen holen wir morgen ab, Jutta. Sonst stehen wir noch eine weitere Stunde im Stau. Übrigens, hast du bei KPD veranlasst, dass die Brückensperrung aufgehoben wird?«

»Nein, er ließ mich nicht mal zu Wort kommen. Als Vorgesetzter sollte er aber von allein drauf kommen«, meinte sie.

»Wenn nicht, hören wir es morgen früh in den Nachrichten«, ergänzte ich.

Als wir an Juttas und Gerhards Leihwagen ankamen, der ein gutes Stück vom Betriebsgelände entfernt geparkt war, musterte mich meine Kollegin wortlos von oben bis unten, öffnete den Kofferraum und holte eine Plane hervor, wie man sie auf Baustellen verwendete.

»Ich habe mal gesehen, wie du Gerhards Wagen versaut hast«, klärte sie mich lapidar auf, während sie die Plane über den Beifahrersitz legte. »Du steigst am besten vorne ein, da ist die Verschmutzungsgefahr niedriger.«

Ich gehorchte.

Jutta fuhr mich zur Dienststelle, denn ich beharrte darauf, meinen Wagen mit nach Hause zu nehmen. Der Hauptgrund war, morgen früh nicht zur Arbeit laufen zu müssen. Daheim angekommen zog ich diverse Werbematerialien aus meinem Briefkasten und fand dabei meinen Haustürersatzschlüssel, den ich heute früh Frau Ackermann gegeben hatte. In der Wohnung war es angenehm warm, der Heizungsnotdienst musste gute Arbeit geleistet haben. Der mir verhasste Anrufbeantworter blinkte nicht, was ich als Fortsetzung meiner Glückssträhne ansah. Doch im gleichen Moment fiel mir Stefanie ein. Warum hatte sie nicht auf den Anrufbeantworter gesprochen? Interessierte sie nicht, wie es mir ging, oder nahm sie nur Rücksicht auf meine AB-Phobie? Ab Mittwochmittag würde sie mit den Kindern kommen und über Weihnachten bei mir wohnen. Dieses Mal würde es klappen: Ich hatte Urlaub genommen, der aktuelle Fall war so gut wie abgeschlossen, nichts sprach gegen ein friedliches und entspanntes Weihnachtsfest zusammen mit der kompletten Familie. Wenn ich mich etwas am Riemen reißen würde und in keine unüberlegten Eskapaden hineinstürzte, standen die Chancen gut, dass Stefanie nach den Ferien blieb und ihre Wohnung in Ludwigshafen kündigte. In Gedanken räumte ich bereits das Arbeitszimmer aus und tapezierte es mit einer Benjamin-Blümchen-Tapete. Immer noch war ich nicht darüber informiert, ob Stefanie und ich einen Jungen oder ein Mädchen bekommen würden. Manchmal dachte ich, dass sie es längst wusste, mir aber verheimlichte. Im Prinzip war es mir egal. Hauptsache, es würde ein Junge werden.

Mein Abendessen besorgte ich mir wie üblich aus meiner Gefriertruhe. Dann wollte ich eine schnelle und heiße Dusche als krönenden Abschluss eines langen Tages nehmen. Und in der Tat: Schnell war die Dusche, sogar sehr schnell. Nur leider nicht heiß. Das Warmwasser reichte, als hätte es jemand penibel abgemessen, bis zum Einseifen meines gestählten Bodys. Der Rest war eine Ganzkörper-Kneippkur. Zum Glück war meine Müdigkeit stärker als mein frierender Körper.

Am nächsten Morgen, ich hatte nicht einmal absichtlich vergessen, den Wecker zu stellen, wurde mein Wärmeproblem offensichtlicher. Die Restwärme im Haus hatte sich im Laufe der Nacht verflüchtigt. Ich wählte die Nummer des Heizungsnotdienstes und sagte meinen Namen. Ein kurzes Aufstöhnen des Handwerksmeisters am anderen Ende der Leitung war die Folge. Ich ignorierte das unhöfliche Geschäftsgebaren und beschwerte mich über die unzureichende Reparatur.

Stille am anderen Ende. Ich fragte nach, ob ich ihn

eventuell in seiner Ehre als Handwerksmeister getroffen hatte, aber im Winter sei in diesen Breitengraden eine Heizung halt unbedingt nötig. Endlich fasste sich mein Gesprächspartner ein Herz. »Erschießen Sie zuerst Ihre Nachbarin. Vorher setzen wir keinen Fuß mehr in Ihr Haus!« Er legte ohne ein weiteres Wort auf.

Wer nicht will, der hat gehabt, dachte ich in pfälzischer Dialektmanier und wählte die Nummer des nächsten Heizungsbetriebes. Dieses Mal stellte ich es schlauer an und teilte dem Betrieb mit, dass sie den Schlüssel am Empfang in der Kriminalinspektion im Waldspitzweg abholen könnten.

An Hexennacht oder spätestens zum nächsten Halloween würde ich meinem Sohn Paul zeigen, wie man die Haustür der Ackermanns zumauert.

Als Nächstes versuchte ich, Stefanie telefonisch zu erreichen, ohne Erfolg. Wo sie sich nur herumtrieb? Sie hätte mir doch wenigstens vorher Bescheid geben können. Jetzt würde ich mir den ganzen Tag Gedanken darüber machen, ob ihr vielleicht etwas passiert sein mag. Heute Mittag, gleich nach der Pressekonferenz, würde ich nach Ludwigshafen fahren und nachschauen.

Sofort nachdem ich aufgelegt hatte, klingelte das Telefon. Das musste Stefanie sein, sie hatte bestimmt nur zu spät mein Klingeln gehört.

»Hallo, meine Liebe«, sagte ich zur Begrüßung in den Hörer. »Was macht dein Bauch?«

»Äh … Herr Palzki«, antwortete ein hörbar verlegen klingender Becker, »kann es sein, dass Sie mich verwechseln?«

Ups, das war jetzt ein klein wenig peinlich. Egal, die Devise war, sich nichts anmerken zu lassen. »Guten Morgen, Herr Becker. Wollen Sie mir zu meinem Erfolg gratulieren? Steht es schon in der Presse?«

»Erfolg?« Becker dehnte das Wort fast unendlich lang. »Welcher Erfolg? Haben Sie das erste Mal allein Rühreier gemacht?«

Ich stutzte, solche spontanen Äußerungen waren für den Studenten ungewöhnlich. »Wohl ein Witzchen gemacht, Herr Großgrundbesitzer!«

»Ob das ein Witz war, sei mal dahingestellt«, antwortete er bissig. »Eigentlich wollte ich Ihnen von *meinem* Erfolg berichten. Ihr Chef hat mich doch auf diese Grundstücksspekulanten angesetzt. Ich bin mir sicher, dass ich die Hintergründe der Spekulationen herausgefunden habe.«

»Ich gratuliere, Herr Becker. Allerdings glaube ich, dass Ihr Rechercheergebnis zumindest heute nicht mit der von Ihnen vermuteten Aufmerksamkeit bedacht wird. Im Vertrauen kann ich Ihnen sagen, dass wir gestern Abend die Erpresser gestellt haben.«

Der Student kam endlich ins Stottern, so wie man es von ihm gewohnt war. »Ach … ach so ist das. Äh … dann darf ich Ihnen ja gratulieren. Wenn das … äh … so ist, dann melde ich mich in ein paar Tagen bei Herrn Diefenbach.«

Mir tat Becker leid. Ich nahm mir ein Herz und gab ihm eine Empfehlung. »Herr Becker, wissen Sie was? Kommen Sie doch nachher einfach vorbei. Herr Diefenbach wird eine große Pressekonferenz abhalten. Dann können Sie gleich einen Bericht für Ihre Zeitung schreiben.«

»Ja schon«, er klang immer noch betrübt. »Dann haben aber alle Kollegen die gleichen Informationen.«

Aha, darauf wollte er hinaus. »Sie denken doch nicht daran, wieder so einen komischen Krimi über die Erpressergeschichte zu schreiben?«

»Nein, das geht nicht. Ich weiß darüber viel zu wenig. Und in der Pressekonferenz wird mit Sicherheit nur belangloses oder oberflächliches Zeug gesagt. Aber egal, vielleicht schreibe ich einen Enthüllungsbericht über die Grundstückssituation bei Altrip. Da kommen mit Sicherheit einige Leute ziemlich ins Schwitzen.«

»Herr Becker, ich mache Ihnen einen Vorschlag. Es ist noch Zeit bis zur Pressekonferenz. Kommen Sie vorher vorbei, sagen wir mal in einer halben Stunde, dann können Sie mir über Ihre Recherchen berichten und nach Diefenbachs Pressekonferenz dürfen Sie mich exklusiv über den Fall befragen. Na, was sagen Sie dazu?«

»Ist das Ihr Ernst?« Becker schien vor Freude Luftsprünge zu machen.

Nach dem Telefonat suchte ich mir in der Küche ein paar Nahrungsmittel zusammen, die geschmacklich nicht unbedingt harmonierten, danach machte ich mich auf den Weg zur Arbeit, den Urlaub in greifbarer Nähe sehend.

Dietmar Becker saß bereits mit Gerhard zusammen in Juttas Büro. Wahrscheinlich fragten sie ihn am Empfang nicht einmal mehr nach seinem Namen und ließen ihn gleich zu den Büros durch. Ich würde mich nicht wundern, wenn KPD ihm sogar einen entsprechenden Ausweis zur Verfügung gestellt hätte.

Mit einem »Hallo, unser informeller Mitarbeiter ist auch schon da« begrüßte ich die Runde und setzte mich zu den anderen an den Besprechungstisch.

»Von wegen informeller Mitarbeiter«, warf sich der Student in die Brust. »Ihr Chef hat mir sogar die Notfallpläne für den Katastrophenschutz in Kopie ausgehändigt. Zum Beweis dafür, dass alles bestens im Sinne der Bevölkerung geregelt ist.«

So verdreht war die Welt. Ich durfte nicht einmal meine Frau über den Inhalt der Pläne informieren, aber KPD gab Kopien an einen Journalisten weiter.

»Selbstverständlich werde ich die Notfallpläne in meinen Krimis nicht im Detail beschreiben«, fuhr er fort. »Das heißt, wenn es einen nächsten Krimi geben wird.«

»Irgendetwas wird Ihnen bestimmt einfallen«, fügte Gerhard hinzu. »Wenn es Ihnen nicht zu viel Mühe macht, könnten Sie mal unseren Kaffee erwähnen. Dieser Sekundentod ist in der Welt bestimmt einmalig.«

Während er sprach, schenkte er sich eine Tasse des zähflüssigen Getränkes ein. »Reiner, du solltest auch mehr davon trinken. Das ist gut gegen Erkältung und Stress.«

»Hilft es auch gegen eingewachsene Fußnägel?«

»Könnt ihr nicht mal ernst bleiben?«, mischte sich Jutta ein. »Herr Becker wollte uns gerade erklären, warum er hier ist.«

»Das kann ich dir auch sagen, Jutta. Er ist hier, weil ich ihn hergebeten habe. Er will uns über seinen Erfolg berichten.«

»Erfolg? Was für einen Erfolg?«, fuhr Gerhard dazwischen.

»Warte ab, mein Junge. Herr Becker, würden Sie bitte beginnen?«

Der Student hatte sich wie Gerhard etwas Sekundentod eingeschenkt, die Tasse aber zu zwei Dritteln mit Milch aufgefüllt.

»Gerne, Herr Palzki«, begann Dietmar Becker, nachdem er sich die Zunge verbrannt hatte. »Im Auftrag von Herrn Diefenbach bin ich im Rhein-Pfalz-Kreis einer riesigen Schweinerei auf die Spur gekommen. Den absoluten Beweis habe ich dafür leider noch nicht, aber die Steinchen passen wie ein Puzzle haargenau zusammen. Alles andere hätte keinen Sinn.«

»Dann machen Sie es nicht so spannend«, meinte Jutta. »Auch wenn es offensichtlich nur Vermutungen sind.«

Becker hob seine Stimme. »Aber was für Vermutungen! Die Grundstücke rund um den Campingplatz ›Auf der Au‹ werden zwar von Johanna Kocinsky und Hieronymus Windler aufgekauft, dies geschieht aber nicht aus Eigennutz, sondern im hochoffiziellen Auftrag des Betreibervereins Rheinauen.«

»Wie bitte?«, unterbrach ich ihn. »Ich dachte, die Kreisverwaltung ist froh, wenn sie ihre Anlage los ist?«

»Das stimmt auch. Der Campingplatz soll weg, das Gelände aber im Besitz des Kreises bleiben. Ich weiß, das ist schwer zu verstehen. Die Kreisverwaltung und der Verein wollen den Platz schließen, warum das so ist, erzähle ich Ihnen gleich. Aber das geht nicht so einfach, niemand will sich direkt mit den vielen Campern, die auch Wähler sind, anlegen. Deshalb wird die Anlage an das Unternehmen von Johanna Kocinsky verkauft. Sofort nach dem Verkauf werden die Pachtzinsen stark erhöht, gleichzeitig angeblich größere Umbauarbeiten, die sich über Jahre erstrecken sollen, bekannt gegeben. Ziel ist es, möglichst viele Camper zum freiwilligen Kündigen ihrer Parzellen zu überreden. Sobald das passiert ist, meldet Frau Kocinsky Insolvenz an. In dem Kaufvertrag wird es nämlich einen Passus geben, wodurch im Insolvenzfall das Gelände an die Kreisverwaltung Rhein-Pfalz rückübertragen wird.«

»Das ist mir zu hoch.« Das war die abenteuerlichste Geschichte, die ich je gehört hatte.

Becker schielte auf seine Tasse, ließ sie aber aus Sicherheitsgründen unberührt. »Und jetzt kommt der Clou. Es geht nämlich um die Rheinquerung bei Altrip.«

Jutta schüttelte den Kopf. »Jetzt sind Sie neben der Spur, Herr Becker. Die Rheinbrücke ist nördlich von Altrip geplant und soll das Rheingönheimer Kreuz mit dem Mannheimer Süden verbinden. Der Plan ist längst wieder begraben, weil die Straße durchs Naturschutzgebiet gehen würde und vor allem, weil die Grundstücke in Privathand sind. Das wäre ein untragbares Politikum, diese Eigentümer zu enteignen.«

»Genau, Frau Wagner, so waren bisher die Pläne«, bejahte Becker. »Eine jahrzehntelange Pattsituation zwischen Befürwortern und Gegnern der Rheinquerung. Nun hat die Kreisverwaltung einen neuen Plan und der ist noch streng geheim. Die Rheinquerung soll nicht mehr nördlich an Altrip vorbeiführen, sondern südlich davon. Beginnen soll sie an der B 9 zwischen Neuhofen und Waldsee und fast genau in West-Ost-Richtung mitten durch die jetzige Campingplatzanlage verlaufen, den Rhein überqueren und im Mannheimer Stadtteil Rheinau auf einer Hochstraße über das Hafengelände geführt werden.«

Jutta hatte inzwischen eine Landkarte auf dem Tisch ausgebreitet.

»Mann, wenn das stimmen sollte, wäre es der größte Skandal aller Zeiten.«

Becker nickte eifrig. »Das ist aber nicht alles. Es steckt noch mehr dahinter. Auch die Stadtverwaltung Ludwigshafen spielt mit. Ludwigshafen ist bekanntlich einer der größten Befürworter der zusätzlichen Rheinquerung, da diese eine große Verkehrsentlastung für die Innenstadt wäre.«

»Sagen Sie bloß, der Rhein-Pfalz-Kreis steckt mit der kreisfreien Stadt Ludwigshafen unter einem Hut?«

»Das steht zu befürchten«, erklärte der Student. »Wie Sie wissen, befindet sich die Kreisverwaltung des Rhein-Pfalz-Kreises in Ludwigshafen, also außerhalb der eigentlichen Kreisgrenzen. Im Feindesland sozusagen. Daher hat die Kreisverwaltung in geheimer Sitzung beschlossen, ein neues Verwaltungsgebäude zu bauen, das innerhalb der Kreisgrenzen liegen soll. Ich denke nicht, dass ich Ihnen sagen muss, wo der Bau der Verwaltung geplant ist, oder?« Ohne auf eine Antwort zu warten, fuhr er fort: »Direkt am idyllischen Altrhein. Und zwar ein gutes Stück von der geplanten Autobahntrasse entfernt.« Zufrieden schaute er in die Runde.

»Und was passiert mit dem momentanen Gebäude in Ludwigshafen? Das ist doch noch recht neu!«

»Das gehört zum Deal. Das Gebäude erhält die Stadtverwaltung Ludwigshafen. Auch dort scheint es zu einer ausufernden Bürokratie zu kommen, jedenfalls macht man sich schon Gedanken über die Raumverteilung. Und das Beste ist, dass –«

Die Tür ging auf und Jungkollege Jürgen kam atemlos herein. »Da seid ihr ja«, begrüßte er uns, ohne den Studenten zu registrieren. »Es gibt Neuigkeiten. Dieser Eifler vom Landeskriminalamt hat unserem Chef die Pressekonferenz verboten. Solange die beiden Erpresser nicht vernommen wurden und Borgia Haftantrag beim Richter gestellt hat, darf nichts an die Presse weitergegeben werden, angeblich aus Datenschutzgründen. Ich vermute, der Eifler will die Lorbeeren für das LKA kassieren. Jedenfalls empfehle ich euch, einen Umgang mit KPD in den nächsten Stunden zu meiden. So sauer habe ich ihn noch nie erlebt.«

Jutta wollte etwas erwidern, doch Jürgen redete ohne Pause weiter. »Das war noch nicht alles. Norbert Linde hat in der letzten Nacht im Frankenthaler Untersuchungsgefängnis Suizid verübt. Er soll einen Abschiedsbrief hinterlassen haben, Genaueres weiß ich nicht.«

KPDs näherkommende Stimme hallte laut und Furcht einflößend durch den Flur: »Diese Banditen! Diese skrupellosen Gauner!« Mit knallrotem Kopf blickte er in Juttas Büro und sah uns am Besprechungstisch sitzen. Er kam rein und gestikulierte wild weiter: »Es ist unglaublich, was man sich als Leiter einer der bestorganisierten Dienststellen Deutschlands bieten lassen muss! Es kann doch nicht sein, dass Außenstehende, die von der Materie keine Ahnung haben, mir, dem Chef, vorschreiben, wann ich eine Pressekonferenz einberufen darf!« Er setzte sich zu uns an den Tisch. Auch er registrierte den Studenten nicht. »Wir müssen reagieren, meine Herren.« Er blickte zu Jutta und ergänzte: »Und meine Dame.«

Er atmete zwei- oder dreimal hörbar aus, bevor er mit seinen Vorschlägen loslegte. »Herr Palzki und Herr Steinbeißer, Sie sind die besten Außendienstmitarbeiter, die ich je hatte. Nun ist es an der Zeit, dass Sie Ihre Fähigkeiten in diesen Fall einbringen können. Fahren Sie sofort zur Staatsanwaltschaft nach Frankenthal und begleiten Sie Herrn Borgia zum Verhör mit den Erpressern. Sobald die beiden gestanden haben, rufen Sie mich unverzüglich an. Ich werde dem Eifler schon zeigen, was eine Harke ist. Unsere Pressekonferenz wird die Erste sein, die über die Festnahme öffentlich berichtet.«

Er schaute Becker in die Augen, anscheinend hatte er ihn nun doch bemerkt. »Gut, dass Sie da sind, Herr Becker. Sie können so lange in meinem Büro warten. Dann erfahren Sie die Neuigkeiten aus erster Hand. Ich habe da übrigens noch ein paar Papiere, die für Sie interessant sein könnten.«

KPD hatte sich etwas beruhigt, sein Blutdruck dürfte mittlerweile in einem medizinisch akzeptablen Bereich angelangt sein. Grußlos stand er auf und verließ mit dem Studenten das Büro.

»KPD has left the office«, rief ihm Gerhard als alter Elvis-Fan, um die Wichtigkeit unseres Chefs sarkastisch zu unterstreichen, nicht allzu laut nach.

»Was machen wir jetzt?«, fragte Jutta in die Runde.

»Du kannst eine Pause einlegen«, entgegnete ich. »Gerhard und ich gehorchen blind und fahren nach Frankenthal. Jürgen, du könntest für mich ein paar Sachen recherchieren, die ich auf diesen Zettel geschrieben habe. Was ich noch wissen wollte: Sind die Brückensperrungen wieder aufgehoben worden?«

Jutta lachte. »Inzwischen schon. Um genauer zu sein, seit heute Morgen gegen 7 Uhr, weil sich die Bürgermeister von Ludwigshafen und Mannheim beschwert haben.«

15. DIE WAHRHEIT UND NICHTS ALS DIE WAHRHEIT

»Nehmen wir heute meinen Wagen?«, fragte ich Gerhard, als wir im Hof standen.

»Wenn du die Staatsanwaltschaft ohne Navi findest, bitte sehr«, meinte mein Kollege, ohne darauf einzugehen, warum sein Auto wieder nicht im Hof stand.

Die Emil-Rosenberg-Straße in Frankenthal war nicht schwer zu finden, auch wenn es mir nicht gerade leicht fiel, hinzufahren. Grundsätzlich hatte ich nichts gegen die dort ansässige Staatsanwaltschaft, schließlich waren wir Beamten die ausführende Kraft dieser Behörde. Wobei Exekutive heutzutage nichts mehr mit Exekution zu tun hatte. Letzteres brachte ich eher mit Staatsanwalt Borgia in Verbindung. Seine Begrüßung war wie immer arktisch kühl. Mit einer verächtlich wirkenden Handbewegung wies er uns zwei unbequeme Holzstühle ohne Sitzpolster zu.

»Wegen Ihrer Dienststelle komme ich nicht mehr zu meinen eigentlichen Aufgaben. Laufend trudeln irgendwelche Beschwerden ein, selbst ein hochoffizielles Schreiben des Landeskriminalamtes habe ich vorliegen. Ich kann nicht garantieren, dass ich weiterhin Schaden von Ihrer Dienststelle abwenden kann.« Eine Oktave tiefer und viel leiser ergänzte er: »Wenn ich das überhaupt will. Vielleicht sollte ich den Polizeipräsidenten um Umstrukturierungen bei Ihnen in Schifferstadt bitten. Vielleicht würde das etwas helfen.«

»Herr Borgia, warum wir eigentlich hier sind –«

»Ich weiß, warum Sie hier sind, Herr Palzki. Ihr Vorgesetzter hat Sie geschickt, damit Sie bei der Vernehmung von Monato und von Welchingen dabei sind. Noch ein Affront gegen die Staatsanwaltschaft. Nun ja, in diesem Fall will ich mal gnädig sein. Nach Aussagen von Herrn Diefenbach haben Sie beide Ihrem Chef bei der Festnahme der Erpresser am Rande tatkräftig mithelfen können. Es scheint doch noch ein kleines Licht am Horizont aufzugehen.«

Unglaublich, was wir da zu hören bekamen.

»Bevor wir in den Vernehmungsraum gehen, habe ich eine wichtige Information für Sie. Norbert Linde hat in der letzten Nacht seinem Leben ein Ende gesetzt.« Er schüttelte nachdenklich den Kopf. »Das ist in diesem Jahr bereits der siebte Selbstmord in Untersuchungshaft. Aber egal, bleiben wir beim Thema. In seinem Abschiedsbrief erläuterte er sein Tun. Er hat jahrelang mit verbotenen und hochgiftigen Substanzen gehandelt. Nach dem gewaltsamen Tod von Ben Kocinsky und den beschlagnahmten Akten sah er keinen anderen Ausweg als den Suizid.«

»Wird in dem Brief auch die Erpressungsgeschichte thematisiert?«, fragte Gerhard.

Borgia verneinte. »Nein, nichts dergleichen. Keiner seiner Mitarbeiter wird auf irgendeine Art und Weise erwähnt. Es gibt keinen Anhaltspunkt, dass er in den Erpressungsfall verwickelt war.« Er stand auf, schnappte sich ein Bündel Akten und öffnete seine Bürotür. »Kommen Sie, lassen wir die Herren nicht zu lange warten.«

Der Raum für die Befragung der Untersuchungshäftlinge sah keineswegs aus, wie der geneigte Fernsehzuschauer es in zahlreichen Krimis gezeigt bekam: Es war schlicht und einfach ein ehemaliges Büro, dessen Inventar aus zwei Schreibtischen und einem leeren Schrank bestand. Gesichert wurde der Raum durch ein vergittertes Fenster, einen Vollzugsbeamten, der still bereitstand, und den Handschellen, die die Untersuchungshäftlinge in aller Regel tragen mussten. Die Justizvollzugsanstalt Frankenthal verfügte zwar ebenfalls über Räume für Vernehmungen, den Staatsanwälten war es aber meist lieber und natürlich auch bequemer, wenn die Häftlinge in dem Gebäude der Staatsanwaltschaft vorgeführt wurden.

Alexander von Welchingen und Francesco Monato saßen in dem kahlen Raum mit dem Rücken zum Fenster. Bedingt durch den breiten Tisch setzten Borgia, Gerhard und ich uns in etwa eineinhalb Metern Entfernung gegenüber. Zwei wachhabende Beamte positionierten sich hinter uns neben der einzigen Tür. Generell waren Vernehmungen unbedingt einzeln vorzunehmen. Ich hatte keine Ahnung, was sich Borgia durch den Verstoß gegen diese Regelung versprach.

Der Beginn jeder Vernehmung eines Beschuldigten war langweilig. Borgia nahm die sogenannten Pflichtangaben wie Familienname, Vorname, Geburtsdatum, Geburtsort, Familienstand, Staatsangehörigkeit, Beruf und Wohnanschrift auf, die er in ein Aufzeichnungsgerät diktierte.

Erst als die Vernehmung zur eigentlichen Sache begann, erwachte ich aus meinem Tagtraum.

»Meine Herren, ich muss Sie darauf hinweisen, dass die nun folgende Vernehmung zur Sache freiwillig ist. Sie haben nach der Eröffnung des Tatvorwurfs ein jederzeitiges Aussageverweigerungsrecht. Außerdem können Sie zur Befragung einen selbst gewählten Verteidiger hinzuziehen.« Borgia schaute kurz in seine Akte. »Nach meinen Unterlagen haben Sie dies bisher abgelehnt. Des Weiteren können Sie zu jedem Zeitpunkt einen Antrag auf entlastende Beweisanträge stellen. Haben Sie das verstanden?«

»Ja, Chef«, antwortete der rothaarige Lockenkopf von Welchingen, während Monato nickte.

»Na gut, wie Sie möchten«, fuhr Borgia fort. »Fangen wir mit dem Todesfall an. Sie werden beschuldigt, Herrn Ben Kocinsky gemeinschaftlich erschlagen zu haben –«

»Aber das stimmt doch gar nicht«, rief von Welchingen dazwischen. »Ben war bereits tot, als ich ihn in der Halle fand.«

»Und wer soll es Ihrer Meinung nach gewesen sein? Vielleicht Ihr Arbeitskollege Francesco Monato?«

»Ich war doch an dem Tag überhaupt nicht in der Firma!«, mischte sich Monato erbost ein.

»Woher soll ich denn wissen, wer den Ben erschlagen hat?« Von Welchingen schrie noch immer. »Wir haben längst gewusst, dass in dieser verdammten Kiste nur Zeitungen lagen.«

»Sie geben also zu, an der Erpressungsgeschichte beteiligt gewesen zu sein?«, fragte Borgia scharf.

»Das ist wohl nicht schwer zu erraten. Ja, wir zwei haben das zusammen mit Ben durchgeführt. Es hatte alles so gut funktioniert. Wir haben am Samstagabend die Kiste mit dem Magneten abgeschleppt und den Frachter zur Firma gebracht. Nachdem Ben zur Tarnung als Letzter mit unserem Chef Norbert Linde Feierabend gemacht hatte, sind wir eine Stunde später zu dritt zurück zur Firma gegangen.«

Ich unterbrach ihn, wofür ich mir von Borgia einen strafenden Blick einfing, während Gerhard lächelte. »Wusste der Geschäftsführer von Ihren Plänen?«

Monato grinste verächtlich. »Norbert doch nicht. Der kam nur alle paar Wochen auf den Frachter. Der hat nicht im Geringsten gecheckt, was bei uns abging.«

»Aus diesem Grund hat Ben an dem Abend auch zusammen mit ihm als Letzter das Gelände verlassen«, wiederholte von Welchingen. »Norbert hatte nicht den leisesten Verdacht, als er heimfuhr. Und wir hatten sozusagen sturmfreie Bude.«

»Es muss für Sie ziemlich anstrengend gewesen sein,

die Kiste vom Rumpf des Schiffes zu bergen, habe ich recht?«

Von Welchingen war inzwischen ruhiger geworden. »Ach, wissen Sie, Herr Staatsanwalt. Schwere Arbeit sind wir gewohnt. Mit dem Gabelstapler und dem Kran ging das ganz gut. Ben brauchte nur einen einzigen Tauchgang, um die Seile an der Kiste zu befestigen.«

Ich mischte mich ein zweites Mal in die Vernehmung ein. Borgia schaute einen Moment wütend, aber schweigend zu Boden. Gerhard lehnte sich in Erwartung einer Eskalation zurück.

»Ihre Freude war bestimmt groß, nachdem Sie in der Halle die Kiste geöffnet hatten, oder?«

»Da können Sie aber Gift drauf nehmen«, fuhr mich von Welchingen an. »Ben bekam einen seiner berüchtigten Tobsuchtsanfälle. Er schwor, die ganze Metropolregion zu verseuchen. ›Die werden schon noch lernen, uns ernst zu nehmen‹, brüllte er. Als wir uns wieder beruhigt hatten, vereinbarten wir, uns am Sonntagabend in einer Kneipe zu treffen, um die Situation in Ruhe besprechen zu können.«

»Warum sind Sie am Sonntagmittag nochmals in der Firma gewesen?«, hakte Borgia wissbegierig nach.

»Ich war mir nicht mehr so sicher, ob wir die Kiste richtig versteckt hatten. Falls die Besatzung des zweiten Frachters, der Rosalinde, die Kiste gefunden hätte, wäre es vorbei gewesen. So bin ich in die Firma gefahren, um alles zu überprüfen und um eventuelle Spuren zu verwischen. Als ich in die Halle kam, lag Ben tot auf dem Boden.«

»Sonst haben Sie nichts bemerkt?«

»Ne, da war sonst niemand, jedenfalls habe ich keinen gesehen. Ich bin so schnell es ging verschwunden und habe mit dem Handy Norbert angerufen. Ich selbst fuhr anschließend zu Francesco.«

»Worauf Sie beschlossen haben, zu zweit weiterzumachen«, hängte ich mich erneut in das Gespräch rein. Borgia blieb gefasst.

»Wir waren wütend, weil unser toller Plan nicht funktioniert hatte. Natürlich auch wegen Bens Tod, den wir uns nicht erklären konnten. Unsere einzige Vermutung war, dass der große Boss Ben umgebracht hat.«

»Welcher große Boss?«, fiel ich ihm ins Wort.

»Wenn ich das wüsste«, antwortete von Welchingen. »Nur Ben hatte mit ihm Kontakt. Über diesen Boss bekamen wir auch den Sprengstoff und andere Dinge. Ben hat uns nie verraten, wer hinter der ganzen Idee steckte.«

»Das glaube ich Ihnen nicht«, sagte Borgia. »Sie können die Verantwortung für diese Tat nicht einfach auf einen mysteriösen Unbekannten wälzen. Sie, Herr von Welchingen, sind Amateurfunker und Herr Monato hat die Zutaten für den Sprengstoff organisiert. Außerdem haben Sie den Schrebergarten von Monatos Großeltern als Funkstation genutzt.«

»Ich glaube, Sie haben einen Vogel«, rief Monato aufgebracht. »Wir haben zwar das Gartenhäuschen meiner Oma benutzt, aber den Sprengstoff, den habe ich nicht besorgt. An das Zeug wäre ich überhaupt nicht drangekommen!«

»Und wie habe ich die geheimnisvolle Falle hinter Ihrer Bürotür zu bewerten?«, konterte ich. »An diese Zutaten sind Sie schon rangekommen!«

Gerhard schaute Borgia an, doch der reagierte nicht.

Monato zuckte einen Moment zusammen. »Das habe ich nur zum Selbstschutz gemacht. Wer unerlaubt in meine Wohnung einsteigt, muss damit rechnen, dass ich mich wehre.«

»Deswegen müssen Sie doch einen Einbrecher nicht gleich umbringen!«

»Wer redet hier von umbringen?« Monato reagierte empört. »Der Inhalt der Dose ist nicht tödlich. Wer ihn einatmet, muss nur ein paar Stunden lang elendig kotzen. Das Zeug habe ich von meinem Vater, der arbeitet in einem Labor für Vergällungsmittel. Mit Sprengstoff haben die dort nichts am Hut.«

»Wechseln wir zu einem anderen Thema.« Borgia versuchte, die Gesprächsführung wieder zu übernehmen. »Gesetzt den Fall, es gibt den großen Unbekannten, wie sollte die Beute aufgeteilt werden?«

»Zehn Prozent für jeden von uns beiden, 20 Prozent für Ben«, antwortete von Welchingen wie aus der Pistole geschossen.

»Das sieht aber nach einem schlechten Geschäft aus«, meinte Borgia. »Sie haben die Arbeit und das Risiko und werden mit einem Taschengeld abgespeist.«

»Fünf Millionen Euro sehe ich nicht als Taschengeld an«, konterte von Welchingen. »Die Arbeit hielt sich in Grenzen, und mit der Planung hatten wir nichts zu tun.«

»Wie haben Sie reagiert, als Sie bemerkten, dass selbst die fünf Millionen Euro futsch waren?«

»Das habe ich vorhin bereits gesagt, wir waren mächtig sauer. Und nach Bens Tod haben wir beschlossen, allein weiterzumachen.«

»Ohne den großen Unbekannten?«, hakte ich nach.

»Wir wissen ja bis heute nicht, wer das ist«, erklärte Monato. »In unserem Versteck hatten wir noch genügend Sprengstoff und Zünder. Da haben wir gedacht, dass wir zunächst der Polizei einen kleinen Denkzettel verpassen, damit sie das nächste Mal keine alten Zeitungen in die Kiste legen.«

»Dazu kaperten Sie die Rosalinde, um einen Tank bei der Firma Port-Chemie in die Luft zu sprengen, und nebenbei eine Menge Menschen zu töten.«

»Nein!«, schrie von Welchingen. »Das stimmt so nicht. Die Chemikalie in dem Tank ist in der vorliegenden Konzentration nicht tödlich, das haben wir vorher überprüft. Man wird von dem Zeug nur etwas benommen, höchstens für kurze Zeit bewusstlos. Bei unserer

Festnahme haben wir etwas gepokert, als ich sagte, dass unser Vorhaben tödlich sei.«

»Okay«, Borgia machte sich Notizen und Gerhard schien sich zu langweilen. »Der Inhalt des Tanks ist noch nicht analysiert. Wir werden sehen, ob Sie recht haben. Wie auch immer, Sie wollten der Metropolregion einen Denkzettel verpassen und danach einen zweiten Erpressungsversuch starten. Wollten Sie diesen auf die gleiche Art und Weise durchführen wie Ihren ersten Versuch?«

»Keine Ahnung, so weit waren wir in unseren Überlegungen noch nicht. Zuerst wollten wir etwas Chaos veranstalten, was uns fast geglückt wäre. Den genauen Plan wollten wir danach festlegen.«

»Das wäre Ihnen in der Tat fast gelungen. Nur dem beherzten Eingreifen des Dienststellenleiters Diefenbach der Schifferstadter Kriminalinspektion haben wir es zu verdanken, dass Sie rechtzeitig geschnappt wurden.«

Halt! Was hatte ich da gerade Ungeheuerliches gehört? Ich starrte Borgia an, konnte aber seinem Pokerface nicht entnehmen, ob er diese Aussage ernst gemeint oder nur von sich gegeben hatte, um Gerhard und mir einen imaginären Dolchstoß zu verpassen.

»Ja, da muss ich Herrn Borgia recht geben«, fügte ich nach kurzem Überlegen hinzu. »Die Beamten der Schifferstadter Kripo sind bei ihren Ermittlungen immer einen Tick schneller und besser als die Staatsanwaltschaft in Frankenthal.«

Ich war mir sicher, wenn Borgia und ich in diesem Moment allein gewesen wären, hätte mich nicht nur ein imaginärer Dolchstoß erwischt.

Zum Zwecke der Selbstbeherrschung blätterte Borgia zerstreut in dem vor ihm liegenden Aktenordner, bevor er die Vernehmung fortsetzte.

»Verraten Sie mir noch, wo Ben Kocinsky wohnte?«

»Das wissen Sie nicht?«, antwortete von Welchingen erstaunt. »Ben ist verheiratet und wohnt mit seiner Frau in Mannheim am Paradeplatz.«

»Das wissen wir selbstverständlich. Doch nach der Aussage seiner Frau lebte er seit einiger Zeit von ihr getrennt.«

Monato schmunzelte. »Das hat er uns dieses Mal gar nicht verraten, der alte Casanova. Für Ben war das aber nicht ungewöhnlich. Er suchte öfter eine Zeit lang seine persönliche Freiheit, wenn Sie wissen, was ich meine. Johanna, seine Frau, hat ihn aber immer wieder aufgenommen, wenn er sich die Hörner abgestoßen hatte.«

Borgia machte sich wieder Notizen. »Was können Sie mir noch über Ben Kocinsky sagen?«

»Er war unser Schiffsführer und ein schlauer Fuchs. Wenn es nach seinem Kopf ging, war alles bestens. Wenn nicht, konnte er schnell wütend werden, was meist in einen Tobsuchtsanfall mündete. Vor ein paar Wochen hatte er mal einen Disput mit so einem seltsamen Typen von der Wasserschutzpolizei. Wir haben gedacht, der bringt den Bullen um.«

Borgia versuchte, den beiden eine Falle zu stellen, indem er die bereits getätigten Aussagen aus anderen Blickwinkeln infrage stellte. Doch so sehr er sich auch bemühte, Widersprüche zu entwickeln, die Aussagen der beiden blieben konsistent. Nach einer mir endlos vorkommenden Zeitspanne ließ er die Verdächtigen abführen.

»Alles Humbug, was die uns erzählt haben«, resümierte Borgia, als wir wieder allein waren. »Große Unbekannte, die im Hintergrund agieren, gibt es nur in schlechten Kriminalfilmen. Die beiden selbst haben ihren Kumpanen erschlagen, dafür lege ich meine Hand ins Feuer. Warten wir ab, was die DNA-Analyse des Tatwerkzeugs ergibt. Ob ich die Anklage erweitere, wird die Analyse des Tankinhalts bei Port-Chemie zeigen, genauso wie das Mittel, das Monato für den Schutz seines Büros einsetzte.«

»Wie Sie meinen, Herr Borgia. Vergessen Sie den Sprengstoff nicht. Laut LKA war das eine Profiarbeit.«

»Sie mit Ihrer Logik, Palzki. Ich habe nie behauptet, dass die drei den Sprengstoff selbst hergestellt haben. Auf den russischen Schwarzmärkten können Sie, das nötige Kleingeld vorausgesetzt, das Zeug zentnerweise kaufen.«

Ich bestätigte ihn aus einem einzigen Grund: Ich wollte so schnell wie möglich heim. Mein Kollege Gerhard, der der Vernehmung schweigend beigewohnt hatte, stand auf und nickte Borgia zum Abschied zu. Erst im Auto brach er seine Schweigezeit.

»Ist Staatsanwalt eigentlich ein Beruf?«, fragte er mich und ich merkte, dass er es nicht ernst meinte. »Also, ich meine einen Beruf, den man lernen muss?«

»Da kann ich dich beruhigen, Gerhard. Das läuft wie im antiken Griechenland, die Jobs als Staatsanwalt werden alle paar Jahre verlost. Bestimmte Qualifikationen sind überflüssig, ja sogar hinderlich.«

Wir lachten über unseren Scherz.

»Manchmal glaube ich wirklich, Borgia hat ein Brett vor dem Kopf«, meinte Gerhard. »Aber bei einem Punkt muss ich ihm bedauerlicherweise recht geben. Ich glaube auch nicht an den großen Unbekannten.«

16. BESUCH BEI JACQUES

Dummerweise hatten wir vergessen, KPD anzurufen. Hinzu kam, dass wir auf dem Rückweg an einer Imbissbude eine ausgedehnte Verpflegungspause eingelegt hatten. Bereits im Treppenhaus unserer Dienststelle fing er Gerhard und mich ab. »Da sind Sie ja endlich, meine Herren«, sprudelte es aufgeregt aus ihm heraus. »Folgen Sie mir in mein Büro.«

Es wunderte mich nicht im Geringsten, dass Dietmar Becker auf der Couch in KPDs Büro saß. »Kommen Sie bitte gleich zur Sache! Ich habe lange genug warten müssen. Wo sind Sie nur gewesen?«

Um ihn nicht zu verärgern, stotterte ich als Entschuldigung eine spontan erfundene Geschichte von einem Verkehrsstau. Danach erzählten Gerhard und ich unsere Erlebnisse bei Staatsanwalt Borgia. Wie so üblich, hörte unser Chef nicht richtig zu. Warum auch, er hatte sich seine Meinung längst gebildet.

»Ich habe es gleich gewusst. Dieser von Welchingen und der Matrose sind unsere gesuchten Erpresser. Der große Unbekannte ist reine Fantasie, vielleicht auch eine Schutzbehauptung. Diesem Eifler werde ich es zeigen, auf der Stelle werde ich Frau Wagner den Auftrag geben, die Pressekonferenz einzuberufen. Sie dürfen gerne dazukommen.« Mit einem gnädigen Blick sah er uns an. Danach schaute er zu dem Studenten. »Das gilt selbstverständlich auch für Sie, Herr Becker. Nach der Konferenz werde ich mir erlauben, Ihnen weitere Details bekannt zu geben. Ich weiß doch, was ich der Presse schuldig bin.«

Becker schien es im Büro von KPD langweilig geworden zu sein. Sein Notizblock sah aus wie nach einer Malstunde im Kindergarten. Nachdem KPD sein Büro verlassen hatte, um Jutta aufzusuchen, stand Dietmar Becker auf.

»Jetzt kann ich verstehen, warum Sie immer so deprimiert sind«, sagte der Student. »Bei so einem Chef würde es mir genauso gehen.«

Ich nickte. Was sollte ich dazu auch sagen? Wo er recht hatte, hatte er recht. »Dann schauen Sie mal, dass Sie dieses Büro rechtzeitig verlassen, bevor Herr Diefenbach zurückkommt.«

Becker schnappte sich seinen Malblock und verabschiedete sich. »Bis heute Mittag zur Pressekonferenz, Herr Palzki.«

Gerhard stand vor den Bücherregalen und las die Titel. »Was denkst du, Reiner? Hat KPD diese Bücher tatsächlich alle gelesen?«

»Wo denkst du hin? Unser Chef lässt lesen. Die Schrift würde ihn vermutlich überfordern. Komm, lass uns verschwinden.«

»Okay«, antwortete mein Kollege. »Ich muss kurz in mein Büro, Katharina anrufen. Wir treffen uns in ein paar Minuten bei Jutta.«

Ich stimmte ihm zu, doch ich hatte längst einen anderen Plan. Ich musste es tun, es war mal wieder wie ein innerer Zwang. Zunächst ging ich zu Jürgen und ließ mir von seinen Recherchen berichten. Diese bestätigten mich in meiner Vermutung. Doch ich musste es genau wissen. Mit meinem navilosen Dienstwagen fuhr ich, ohne mich zu verfahren, quer durch Schifferstadt in den Kestenbergerweg. Das Haus aus den 70er-Jahren war mir wohl bekannt. Hier wohnte Jacques Bosco, der größte Erfinder und Universalgelehrte aller Zeiten. Jacques kannte ich schon von Kindesbeinen an, wir waren früher Nachbarn gewesen. Als Kind hatte ich immer in seiner Werkstatt Verstecken gespielt. Doch das war lange her. Vor vielen Jahren hatten Jacques und seine Frau dieses Haus gekauft. Mittlerweile war Jacques Witwer. Einsam und etwas verschroben arbeitete er jeden Tag in seinem Labor hinter der Garage. Sein Keller beherbergte ein Sammelsurium an hochkarätigen Erfindungen, die bei Weitem nicht alle der Öffentlichkeit bekannt waren. Mein Freund erfand diese Sachen nicht für kommerzielle Zwecke, sondern rein aufgrund der Freude am Erfinden. Die letzten Jahre hatten ihn etwas einsam gemacht, er scheute die Öffentlichkeit. Erst seit einem halben Jahr taute er wieder auf, insbesondere seit unserem letzten gemeinsamen Erlebnis. Dummerweise wurde dabei sein Labor ein Raub der Flammen. Bis zum Wiederaufbau im kommenden Frühling hatte er es deshalb in das Wohnzimmer verlegt. Wenn das mal gut ging.

Ich klingelte an der Haustür. Wenige Augenblicke später stand er vor mir, wie immer hatte er seinen weißen Kittel an. Zusammen mit seiner geringen Körpergröße und seinen wirren, ungekämmten Haaren erinnerte er mich wie üblich an eine Mischung zwischen Dr. Metzger und Albert Einstein. Ein Lächeln huschte über sein Gesicht. »Hallo, Reiner! Nett, dass du mal vorbei schaust. Komm rein und sieh dir mein provisorisches Labor an. Stolpere bitte nicht über die vielen Kabel, es ist alles etwas eng.«

Ich folgte meinem Freund in die Wohnung. Hier sah es aus wie vor 30 Jahren: großformatige Blümchentapeten, ein Wählscheibentelefon und auf dem Sideboard ein Plattenspieler. Jacques' Wohnung könnte man durchaus als Museum vermarkten. Seine Gerätschaften, die er auf dem Tisch und diversen Regalen ausgebreitet hatte, standen allerdings in krassem Widerspruch zu dem Rest der Wohnung.

»Was erfindest du zurzeit?«, fragte ich erstaunt, als ich blauen Dampf in einem durchsichtigen Gefäß sah.

Jacques zeigte auf das Reagenzglas. »Du wirst es nicht glauben, ich entwickle ein neues Medikament gegen Sodbrennen. Allerdings ist das alles andere als einfach. Es scheint, als wäre dies eine der größten Herausforderungen, die ich je gehabt habe.«

»Jetzt bin ich etwas irritiert, denn aus eigener Erfahrung weiß ich, dass es bereits Dutzende solcher Arzneimittel gibt. Schließlich bin ich bei Mitteln gegen Sodbrennen der größte Kunde aller Apotheken im Umkreis.« Zum Beweis zog ich eine Schachtel aus meiner Hosentasche. »Manche Kollegen führen eine Waffe mit sich, ich dagegen immer etwas gegen mein Sodbrennen.«

»Ich weiß«, antwortete Jacques. »Sodbrennen war bisher für mich ein unbekanntes Leiden. Erst seit ein paar Wochen werde ich jede Nacht davon gequält. Es ist zum Verrücktwerden, die Tabletten aus der Apotheke wirken nur ein oder zwei Stunden. Seit Tagen experimentiere ich an einem neuen Wirkstoff, der die ganze Nacht anhält. Bisher leider ohne Erfolg. Die Nebenwirkungen sind fatal.« Jacques blickte verschämt zur Seite.

Jetzt wurde es interessant. »Welche Nebenwirkungen meinst du?«

Der Erfinder gab keine Antwort, sondern ging zum Gegenangriff über. »Warum bist du eigentlich hier, Reiner? Normalerweise kommst du nur, wenn du etwas brauchst!«

Jacques hatte mich mal wieder ertappt, Leugnen war zwecklos. »Na ja, da wäre schon eine Kleinigkeit, bei der du mir helfen könntest.«

»Aha«, rief Jacques. »Ich wusste, dass ich recht habe. Mit was kann ich dir diesmal behilflich sein? Vielleicht mit einer kleinen Atombombe?«

»Nein«, stotterte ich. »Wenn ich es mir recht überlege, sollte ich dir bei der Entwicklung des neuen Medikamentes helfen. Dann wäre endlich am Ende meines Gehaltes nicht mehr so viel Monat übrig.«

Jacques lachte erneut. »Ist schon gut, Reiner. Sobald es fertig ist, bekommst du von mir eine Probepackung, quasi als Betatester. Aber jetzt rück schon raus! Warum bist du wirklich hier?«

»Du hast gewonnen. Ich werde dir alles erzählen.« Nachdem Jacques etwas Platz gemacht hatte, setzten wir uns an seinen Küchentisch. Ich begann zu berichten. Angefangen bei der Deichsprengung und dem Erpresserbrief bis hin zu dem umgebauten Frachter der Gauner. Daraufhin schüttelte Jacques nur den Kopf. »Dilettantisch, einfach dilettantisch. Solch ein großer Aufwand für so eine kleine Kiste, von dem Energieaufwand ganz zu schweigen. Hätten die Erpresser besser mich gefragt, das wäre viel einfacher gegangen.«

»Zum Glück haben sie dich nicht gefragt«, entgegnete ich. »Sonst würdest du jetzt in Frankenthal im Untersuchungsgefängnis sitzen, statt für mich ein Mittel gegen Sodbrennen zu erfinden.«

»Ich meine ja nur«, verbesserte sich der Erfinder. »Natürlich hätte ich da niemals mitgemacht.«

»Ich weiß ja«, beruhigte ich ihn. »Eigentlich geht es gar nicht mehr um die Kiste und den Frachter. Ich vermute, dass hinter alledem ein kluger Kopf steckt. Und ich bin mir fast sicher, dass ich weiß, wer dieser Kopf ist. Jetzt bräuchte ich nur ein klein wenig Hilfe von dir, mein Freund.«

»Das hört sich ja fast so an, als hättest du einen Plan, oder?«

»Nein, eigentlich nicht. Ich dachte, vielleicht hättest du eine geeignete Idee, wie man den verdächtigen Gauner zum Reden bringen könnte. Beweise habe ich nämlich nicht. Daher würde, wie meist in solchen Fällen, eine vorläufige Festnahme nicht zum Ziel führen.«

Jacques fing an, zappelig zu werden. Er roch ein neues Abenteuer. »Dann erzähle mir mal von deinem Verdacht, dann werde ich sehen, was ich für dich machen kann«, forderte er mich auf.

Seine Mimik wurde immer erstaunter, während ich ihm alle Details offenbarte. Als ich fertig war, saß er eine Weile grübelnd auf seinem Stuhl. Ich traute mich nicht, ihn in seinen Gedanken zu unterbrechen. Schließlich fing er an zu lächeln. »Ja, genau so könnte es funktionieren. Wir werden den Bandenchef mit seinen eigenen Waffen schlagen. Auch einen geeigneten Ort wüsste ich. Zufällig besitze ich im Moment dafür einen Schlüssel. Hast du dir schon überlegt, wie wir die Person anlocken können? Es wäre viel zu auffällig, wenn du einfach anrufen würdest.«

Ich musste Jacques recht geben, soweit hatte ich nicht gedacht.

»Wie wäre es, wenn du diesen Studenten fragen würdest?«

»Dietmar Becker? Mir scheint, du hast an ihm einen

Narren gefressen. Aber von mir aus, eine bessere Idee habe ich auch nicht.«

»Na prima, da hat es sich für dich ja gelohnt, zu deinem alten Freund zu kommen. Am besten dürfte sein, wenn du Becker gleich anrufst.«

Was blieb mir anderes übrig, als das Wählscheibentelefon von Jacques zu benutzen und Dietmar Becker anzurufen. Seine Rufnummer war eine der wenigen, die ich inzwischen auswendig wusste. Becker überschlug sich am Telefon förmlich. Keine 15 Minuten später klingelte er an der Haustür. Vermutlich hatte er sämtliche Geschwindigkeitsrekorde gebrochen, dabei hatte er nicht einmal einen eigenen Wagen. Jacques und ich klärten den Studenten über unsere Pläne auf. Er staunte, als ich ihn von meinem Verdacht erzählte. Selbstverständlich war er sofort mit von der Partie. Ähnlich wie mein Freund, der Erfinder schien er dem neuen Abenteuer entgegenzufiebern. Für mich war dies mehr als nur ein aufregendes Erlebnis. Auch wenn ich solchen Eskapaden gelegentlich aufgeschlossen gegenüberstand, war es alles andere als ungefährlich. Wenn KPD oder Borgia davon erfuhren, könnte ich mich mit einer Imbissbude selbstständig machen. Dietmar Becker versprach, in seiner Funktion als Journalist unverzüglich den Lockvogel zu spielen. Jacques benötigte mindestens vier Stunden Vorbereitungszeit. Wir verabredeten, die Falle um 21 Uhr zuschnappen zu lassen. Als ich mich verabschiedete, hinterließ ich zwei aufgedrehte kleine Jungs.

Ich fuhr nach Hause, um mir eine kurze Verschnaufpause zu gönnen. Als ich die Eingangstür öffnete, schlug mir kühle Luft entgegen. Die Flurdecke war glücklicherweise noch ohne Eiszapfen. Wütend schnappte ich mir das Telefonbuch und suchte die Nummer des zuletzt beauftragten Heizungsnotdienstes heraus. Ich rechnete mit dem Schlimmsten, wahrscheinlich hatte meine Nachbarin auch diesen Handwerker abgepasst. Doch dieses Mal lag das Problem bei mir selbst. Ich hatte heute Morgen vergessen, meinen Haustürschlüssel am Empfang der Kriminalinspektion zu hinterlegen. Daher konnte der Handwerksmeister nicht in meine Wohnung gelangen. Da ich ab morgen Urlaub hatte, erübrigten sich weitere Überlegungen. In der Hoffnung, Stefanie und den Kindern eine warme Wohnung bieten zu können, bat ich den Meister dringend, möglichst am Vormittag die Heizung zu reparieren. Danach schaltete ich, garantiert zum ersten Mal, meinen Backofen ein und öffnete die Ofentür. Diese Art von Energieverschwendung dürfte ich in meinem Bekanntenkreis niemals verraten. Doch in dieser Notsituation machte ich mir darüber keine Gedanken, hier ging es schließlich ums nackte Überleben. Während ich auf dem Küchenstuhl saß und meine Füße auf der warmen Backofentür lagen, begann mein Verstand langsam abzukühlen. Was hatte ich da wieder angefacht? Anscheinend hatte ich aus den gefährlichen Situationen der Vergangenheit nichts gelernt. Das mag zwar für andere Dinge in meinem Leben ebenso gelten, wie mir meine Frau ständig vorhielt, doch heute konnte es folgenschwerer ausgehen. Stefanie, die Kinder, sollte ich wirklich alles aufs Spiel setzen? Ich liebte doch meine Familie, warum ließ ich mich dann zum wiederholten Mal auf solch eine Geschichte ein? Noch dazu in unerlaubter Art und Weise. Borgia hatte mir bereits bei meinem letzten Fall angedroht, dass er bei der nächsten Eigenmächtigkeit für meine Entlassung sorgen würde. Es half nichts, der Fall musste abgeschlossen werden, bevor morgen mein Familienurlaub begann. Und dass der Fall noch nicht abgeschlossen war, war mir längst klar. Ich schnappte das Telefon und rief Stefanie an. Auch dieses Mal hatte ich keinen Erfolg. Enttäuscht legte ich auf. Vielleicht war es besser so. Was hätte ich ihr sagen sollen? Sie hätte trotzdem gespürt, dass etwas im Busch war. Stefanie merkte immer, wenn ich schwindelte. Ich versuchte, mich mit mittelfristigen Zukunftsplänen abzulenken. Morgen Mittag würde ich mit Paul in den Wald fahren und einen Tannenbaum erlegen. Melanie wünschte sich sehnlichst einen neuen MP3-Spieler mit einem größeren Speicher. Auch den würden wir morgen kaufen. Und für Stefanie lasse ich mir auch etwas einfallen.

Meine Gedanken wurden unter Zwang von meinen kurzfristigen Zukunftsplänen boykottiert. ›Reiner, du brauchst ein Netz oder einen doppelten Boden‹, hämmerte mir mein Gewissen ins Bewusstsein. Ich gab auf.

Ich nahm das Telefon und rief Jutta an. Diese reagierte ziemlich aufgebracht.

»Wo treibst du dich herum, Reiner? Gerhard und ich machen uns die größten Sorgen!«

»Ich bin daheim«, meldete ich kleinlaut.

»Daheim? Bist du krank?«

»Nein, es ist alles in Ordnung, Jutta. Ich bin nur ein paar Stunden früher in Urlaub gegangen.«

Am anderen Ende der Leitung wurde es einen Moment lang still. »Da stimmt doch etwas nicht. In ein paar Minuten fängt die Pressekonferenz an. Ist dir KPD so auf den Magen geschlagen?«

»Nein, dieser Typ ist mir im Moment völlig egal, es geht um etwas anderes.«

Ups, das war zu viel. In Juttas Ohren musste das wie ein Geständnis klingen. Sie würde mit Sicherheit sofort richtig kombinieren.

»Rück mit der Sprache raus, was weißt du mehr als wir?«

»Ach Jutta, es ist nur so ein komisches Gefühl –«

Harsch unterbrach sie mich. »Dein komisches Gefühl kenne ich. Da kommt nichts Gutes bei raus. Was hast du vor? Du warst doch nicht bei Jacques, oder?«

Mein Schweigen war ihr Zustimmung genug.

»Mensch, Reiner, jetzt sag endlich. Was habt ihr vor?«

»Mach dir mal keine großen Gedanken, Jacques und ich werden das schon schaffen. Schließlich willst du auch, dass dieser Dietmar Becker wieder einen Krimi schreiben kann.«

»Lass KPDs Spitzel aus dem Spiel«, fuhr sie mich an. »Sag endlich, was plant ihr?«

Um nicht zu riskieren, dass meine Kollegen in ein paar Minuten vor meiner Haustür standen, erzählte ich ihr die wesentlichen Punkte. Inständig flehte ich sie an, sich im Hintergrund zu halten und auf keinen Fall KPD zu informieren. Jutta versprach, mit Gerhard und ein paar Beamten den Ort zu sichern, ohne vorzeitig einzugreifen. Bevor ich das Telefonat beendete, bat ich Jutta, den inzwischen vermutlich zentnerschweren Posteingang in meinem Büro zu bearbeiten, da ich wegen meines Urlaubes nicht mehr ins Büro kommen wollte. Ordnung muss sein, schließlich war ich schon immer ein ordnungsliebender Mensch.

17. GESPRÄCHE IM WASSERTURM

Gegen 20.30 Uhr machte ich mich auf den Weg. Jacques hatte sich nicht mehr gemeldet, daher ging ich davon aus, dass alles in Ordnung war. Ich schaltete den Backofen aus und verließ das Haus. Weitere Vorbereitungsmaßnahmen waren nicht notwendig. Selbst der Hunger hatte sich verflüchtigt. Es war bitterkalt geworden. Ich fuhr über die Mutterstadter Straße nach Mutterstadt. Wegen der dichten Bewölkung sah ich den gut 50 Meter hohen Wasserturm erst kurz vor meiner Ankunft. Er hatte einen quadratischen Grundriss und sein Äußeres war mit geometrischen Formen bemalt. In etwa zwei Drittel seiner Höhe konnte ich unter einer Uhr einen Balkon erkennen. Ich parkte unmittelbar vor dem Gebäude und registrierte, dass mein Wagen der einzige weit und breit war. An der Westseite fand ich die Zugangstür zum Innern des Turmes geöffnet vor. Das war Jacques' Werk. Er hatte mir etwas von Experimenten mit einem langen Pendel erzählt, die er im Turm zurzeit durchführte. Dafür hatte er von den Wasserwerken einen eigenen Schlüssel ausgehändigt bekommen. Mit einem mulmigen Gefühl ging ich in den Turm und schaltete forsch das Licht ein. Eine Betontreppe führte auf der Innenseite der Außenwand, unterbrochen durch mehrere Podeste, die jeweils komplett um den Turm liefen, nach oben. In der Mitte konnte ich bestimmt 30 Meter nach oben blicken. Wie ich wusste, befand sich über der Zwischendecke der Wasserbehälter, der früher zur Aufrechterhaltung des Leitungsdruckes diente. Ein paar nicht allzu dicke Rohre führten nach oben. Im Erdgeschoss, wenige Meter von mir entfernt, standen mannshohe Pumpen und andere Gerätschaften. Von Jacques oder Dietmar Becker keine Spur. Ich untersuchte das ganze Erdgeschoss, konnte aber nichts Verdächtiges entdecken. Und dennoch, es war die Ruhe vor dem Sturm.

Der Sturm kam schneller, als ich ihn mir herbeisehnte. Die Eingangstür wurde vorsichtig geöffnet und zwei Personen wurden sichtbar.

»Guten Abend, Herr Palzki«, begrüßte mich die erste Person. »Sind Sie wirklich allein? Warum wollen Sie mich ausgerechnet hier treffen? Hat es Ihnen bei mir nicht gefallen?«

»Doch, selbstverständlich. Vielleicht nicht unbedingt mein Wohnstil, aber das ist Geschmackssache. Es freut mich, dass Sie Herrn Windler mitgebracht haben, Frau Kocinsky.«

Die beiden kamen näher. Sie hatten dicke Mäntel an, die durchaus auch zum Verstecken von kleineren Waffen taugten.

»Ich bitte Sie, Herr Palzki. Hieronymus ist mein Freund. Wir machen alles zusammen, warum sollte ich ihn zu Hause lassen?«

»Vielleicht möchten Sie nicht, dass er von Ihren Geschäften erfährt?« Johanna Kocinsky brach in ein unbändiges Lachen aus, das in einem seltsamen Kontrast zu ihrer Erscheinung stand.

»Der war gut, Herr Kommissar. Hieronymus und ich haben keine Geheimnisse, nicht wahr, mein Süßer?«

Der Angesprochene nickte und strahlte über beide Wangen. »Seit Bens Tod ist unsere Beziehung noch intensiver geworden.«

Ich lehnte mich, um möglichst lässig zu wirken, an eine Pumpe. »Das ist ja prima, meinen herzlichen Glückwunsch. Dann wissen Sie bestimmt, warum Ihre Freundin mit Ihnen zusammen die ganzen Grundstücke rund um Altrip aufkauft?«

Ich war mir nicht sicher, aber ich hatte den Eindruck, dass die Immobilienmaklerin für einen winzigen Moment zusammenzuckte.

»Selbstverständlich weiß ich darüber Bescheid. Ihr Informant, dieser Dietmar Becker, oder soll ich lieber Herr Bauer sagen, hat uns vorhin am Telefon darüber aufgeklärt.«

»Warum sind Sie dann gekommen?«, hakte ich nach.

»Weil uns dieser Becker neugierig gemacht hat. Und weil wir eventuellen Gerüchten gegenübertreten müssen«, mischte sich Frau Kocinsky ein. »Stellen Sie sich einmal vor, es würde irgendetwas Falsches in der Presse auftauchen!«

»Gegen die Wahrheit hätten Sie nichts auszusetzen, gute Frau?«

Sie zuckte mit den Achseln. »In ein paar Tagen ist es sowieso offiziell. Die Kreisverwaltung überträgt meiner Firma –«

»Ihrer Firma oder der Firma von Ihnen beiden?«, unterbrach ich sie.

Sie schaute etwas verwirrt drein, bevor sie weitersprach. »Seit Jahren bin ich alleinige Gesellschafterin, nach dem Kauf der Campingplatzanlage ›Auf der Au‹ werde ich allerdings Hieronymus als Miteigentümer aufnehmen.«

»Oha, welche noble Geste.« Ich machte eine entsprechende Bewegung. »Weiß Ihr zukünftiger Kompagnon, dass Sie vorhaben, Ihr Unternehmen ›Metropolregion Immobilien‹ in die Insolvenz schlittern zu lassen? Nach meinen Informationen will die Kreisverwaltung das Gelände wieder zurückhaben. Nur ohne Campingplätze.«

Windler zeigte keine Reaktion.

»In der Tat haben Sie, beziehungsweise Ihr Journalistenfreund, etwas aufgedeckt, das nicht unbedingt an die Öffentlichkeit sollte. Doch wie wollen Sie das beweisen, Herr Palzki?«

»Ich weiß, das wird nicht einfach sein. Die Bevölkerung wird es erst bemerken, wenn es zu spät ist. Bis dahin haben Sie und Ihr Freund schon kräftig abkassiert und die Kreisverwaltung besitzt ein riesiges Gelände ohne irgendwelche Altlasten. Ideal für die Trassenverlegung der Rheinquerung und den Bau einer neuen Kreisverwaltung.«

»Hoppla, da wissen Sie ja richtig viel. Ich kann mich aber nur wiederholen: Wo sind die Beweise?«

»Die brauche ich nicht, Frau Kocinsky.«

Sie wirkte verärgert. »Um mir das mitzuteilen, haben Sie uns bei diesem Wetter hierher gelotst? Das hätten Sie auch am Telefon sagen können!«

Jetzt war es an der Zeit, dass die beiden Farbe bekannten.

»Möchten Sie nicht wissen, was mit Ihrem Mann passiert ist?«

Diese Frage schien Frau Kocinsky zu überraschen. »Sie wissen, wer meinen Mann erschlagen hat?«

»Wie man's nimmt. Das herauszufinden war nicht sehr schwer.« Ich drehte mich zu Hieronymus Windler und schaute ihm in die Augen. »Sie waren es, Herr Windler, stimmt's?«

Sprachlos starrte er mich mit geöffnetem Mund an.

»Na, hat es Ihnen die Sprache verschlagen?«

»Wie, äh, wie kommen Sie auf mich?«, stammelte er. »Warum sollte ich Johannas Mann umbringen?«

»Dafür gibt es einen sehr einfachen Grund: Sie sind Ihrer Geliebten hörig. Sie machen alles, was sie von Ihnen verlangt.«

»Das ist doch Humbug«, schrie Johanna. »Wir lieben uns, das hat nichts mit Hörigkeit zu tun!«

»Wie Sie meinen. Vielleicht hat Herr Windler Ihren Mann auch aus krankhafter Liebe erschlagen. Was hat Ihnen Ihre Freundin denn erzählt? Warum wollte sie, dass Sie Herrn Kocinsky umbringen?«

Beide blieben stumm, daher holte ich zum nächsten Schlag aus. »Sie hat Ihnen von der missglückten Erpressungsgeschichte erzählt, stimmt's? Ben und Johanna waren nämlich die Köpfe hinter dem ganzen Unternehmen!«

Ich blickte wieder zu Johanna. »Nachdem in der Kiste nur Papier war und der Plan daher schiefgegangen war, musste Ben verschwinden, damit es keine Querverbindungen zu Ihnen gab, Frau Kocinsky. Was lag näher, als Ihren hörigen Freund einzuspannen, und ihm die Drecksarbeit zu überlassen? Welche Geschichte haben Sie ihm denn aufgetischt? Dass Ihr Mann Sie bedroht hat oder dass er Ihrer Liebe zu Hieronymus im Weg stand?«

Hieronymus Windler wirkte wie ein Häufchen Elend. Schlagartig schien ihm klar geworden zu sein, dass er elendig benutzt worden war.

»Stimmt das, Johanna?«, fragte er sie in zaghaftem Ton.

»Ach was, seit wann glaubst du einem dahergelaufenen Bullen mehr als mir? Palzki blufft doch nur.«

»Sie wissen, dass ich die Wahrheit spreche, Frau Kocinsky. Für Sie, Herr Windler, habe ich eine kleine Überraschung. Leider wird sie Sie aber letztendlich nicht wirklich weiterbringen. Sie haben nämlich Ben Kocinsky überhaupt nicht erschlagen!«

Johanna begann, leicht zu zittern. »Was soll das jetzt wieder? Lebt mein Mann noch?«

Ohne auf ihre Frage einzugehen, wandte ich mich wieder an Windler. »Sie haben zwar einen Kocinsky umgebracht, aber nicht den Ben, sondern seinen Zwillingsbruder Albert.«

Johanna Kocinsky stieß einen spitzen Schrei aus.

»Sind Sie immer noch der Meinung, dass es sich nicht gelohnt hat, hierherzukommen?«, fragte ich sie, bevor ich mich wieder Herrn Windler zuwandte. »Ihre Freundin verlangte von Ihnen, ihren Mann umzubringen. Dabei hatten sie und Ben längst geplant, Albert an den zukünftigen Tatort zu locken. Bestehen Sie immer noch darauf, nicht benutzt worden zu sein, Herr Windler?«

Er stand da und hatte Wasser in den Augen. »Stimmt das, Herr Palzki?«, flüsterte er und mein Nicken ließ ihn verstehen.

»Die Narbe war es«, sagte ich zu Johanna. »Auf den Fotos in Ihrem Büro war sie nicht zu sehen. Sie haben zu hoch gepokert, Frau Kocinsky.«

Eine laute Stimme neben der Eingangstür erschreckte uns.

»Nein, Herr Palzki, *Sie* haben zu hoch gepokert.«

»Kommen Sie ruhig herein, Herr Kocinsky, Ben Kocinsky«, sprach ich ihn möglichst lässig an.

Er trat näher und ich konnte die Waffe in seiner Hand deutlich erkennen.

»Sie erlauben doch, dass ich meine kleine Absicherung in der Hand behalte? Meine Frau war so nett, mich über den Termin zu unterrichten.«

»Das hoffte ich auch, dass sie das tun würde«, antwortete ich. »Es wäre doch schade, wenn Sie bei unserer Unterhaltung nicht dabei wären.«

»Der Humor wird Ihnen vergehen, Palzki. Johanna, was ist schiefgelaufen?«

»Er hat die Narbe bei Albert bemerkt«, antwortete sie.

»Das ist natürlich eine blöde Sache«, sagte er. »Da sehe ich nur eine Lösung. Dummerweise wird die Lösung für Sie, Palzki, und für diesen hirnverbrannten Trottel von Hieronymus nicht zufriedenstellend sein. Ich hoffe auf Ihr Verständnis, dass ich Sie leider erschießen muss.«

Windler war kurz davor, ohnmächtig zu werden.

»Tun Sie, was Sie nicht lassen können, Herr Schiffsführer. Dass Sie über Leichen gehen, haben Sie bereits bei Ihrem Zwillingsbruder bewiesen. Immerhin sind Ihnen 50 Millionen Euro durch die Lappen gegangen.«

»50 Millionen, die wir dringend gebrauchen können«, antwortete Ben Kocinsky wütend. »Doch das letzte Wort ist zu diesem Thema noch nicht gesprochen!«

»Sie planen, weiterzumachen?«, fragte ich neugierig.

»Was denken Sie denn? Selbstverständlich wird es weitergehen. Natürlich ohne Sie beide, denn Sie sind so gut wie tot.« Er zielte mit der Waffe auf mich.

Ich ließ mich davon nicht beeindrucken. Ich wusste um beziehungsweise hoffte auf Jacques' Unterstützung. »Dann können Sie mir zum Abschluss bestimmt noch verraten, wofür Sie das Geld benötigen?«

»Ich wüsste nicht, was Sie das angehen sollte.«

»Lass ihn«, unterbrach ihn seine Frau. »Er war so schlau, das muss einfach belohnt werden. Sterben kann er dann immer noch.«

»Wie du meinst«, sagte Ben, ohne die Waffe zu senken. »Mach aber schnell.«

»Sie waren echt gut, Herr Palzki«, begann Johanna. »Nur in einem Punkt haben Sie sich geirrt. Ich habe niemals geplant, mein Immobilienunternehmen in die Insolvenz gehen zu lassen. Wenn der Campingplatz und die anderen Grundstücke in meinem Eigentum sind, werden sie es auch bleiben. Der Vertrag ist so gestrickt, dass die Kreisverwaltung nichts dagegen machen kann. Und außerdem müsste sie selbst zugeben, die Campingplätze in betrügerischer Absicht auflösen zu wollen.«

»Das habe ich längst vermutet, Frau Kocinsky. Doch was wollen Sie mit dem ganzen Land? Sie haben in den letzten Monaten Dutzende Grundstücke aufgekauft.«

»Und was für welche! Immobilien in bester Lage direkt am Rhein und Altrhein. Auf diesen Grundstücken wird Europas größter Wellnesstempel entstehen, Herr Palzki. Direkt am Rhein gelegen, mit der besten Aussicht. Es wird alles Erdenkliche vorhanden sein, im Endausbau wird es eine kleine Stadt sein. Jeder, der das nötige Kleingeld hat, kann sich dort verwöhnen lassen. Luxus pur, das ist heutzutage angesagt. Die Gäste werden aus der ganzen Welt kommen, sogar ein Hubschrauberlandeplatz und eine eigene Klinik wird dabei sein.«

»Größenwahn«, unterbrach ich sie. »Das kommt mir alles irgendwie bekannt vor. War da nicht etwas mit dem Nürburgring in der Eifel?«

»Pah! Vergessen Sie das! Das sind Peanuts gegen mein Projekt.«

Ich schüttelte den Kopf. »Das ist doch Wahnsinn! Nie und nimmer wird das funktionieren. Allein die Kosten, wo wollen Sie das viele Geld hernehmen?«

»Sie bringen es auf den Punkt, Herr Palzki. Ich habe zwar ein paar zahlungskräftige Investoren in der Hinterhand, aber ein paar Millionen fehlen noch.«

»So ist das also. Ihre Erpressungsgeschichte diente nur dazu, Ihr Projekt in trockene Tücher zu bekommen.«

»Jetzt ist aber genug«, mischte sich Ben Kocinsky ein. »Palzki hat genug erfahren, die Zeit drängt, Johanna!«

Hieronymus Windler war nahe dran zu kollabieren, als Ben mit einem Grinsen die Waffe auf uns richtete.

»Leben Sie wohl, meine Herren«, sagte Ben Kocinsky.

Was in den nächsten Sekunden passierte, war fast unbeschreiblich. Wie von Geisterhand flog die Waffe aus seiner Hand senkrecht nach oben und knallte etwa vier Meter höher an eine horizontale Metallplatte, die in der Luft zu schweben schien. Entgegen den Gesetzen der Schwerkraft blieb sie an der Metallplatte kleben. Während Ben und Johanna Kocinsky erschrocken nach oben stierten, fiel ein übergroßes Tarnnetz auf die beiden herab. Zur gleichen Zeit hatte ich Hieronymus Windler zur Seite gezerrt, damit er nicht auch in die Falle geriet. Wie mich Jacques vorher aufklärte, war die Unterseite des Netzes mit einem starken und schnell härtenden Industriekleber versehen. Die magnetische Metallplatte war von ihm in den letzten Minuten unhörbar leise aus großer Höhe heruntergelassen worden.

Windler lag fassungslos auf dem Boden, als Jacques und Dietmar Becker die Treppe herunterkamen. Ich stand neben dem Netz, unter dem die Kocinskys herumzappelten. Von einer Sekunde auf die andere bekam ich einen Geruch in die Nase, der alles bisher da Gewesene in den Schatten stellte.

»Das hat prima geklappt, Jacques. Ihr habt keine Sekunde zu früh losgeschlagen. Aber warum stinkt der

Kleber so stark? Das riecht, als hätten sämtliche Allgäuer Kühe gleichzeitig unter dieses Netz geschissen. Wir sollten die zwei befreien, bevor sie uns an dem Geruch eingehen.«

Jacques schaute peinlich berührt zur Seite und murmelte: »Das ist nicht der Kleber, das sind die Nebenwirkungen.«

Ich verstand. Jetzt wurde mir auch klar, warum Dietmar Becker eine Gasmaske trug. Für Jacques und sein neues Sodbrennenmedikament würde ich ganz bestimmt kein Betatester sein wollen.

Während ich zu atmen versuchte, ohne mich dabei zu übergeben, kamen mehrere Beamte angerannt. Auch Dr. Metzger befand sich unter ihnen. Nur zwei hartnäckige Polizisten und der Notarzt gelangten bis zu dem Tarnnetz. Der Rest rannte schneller wieder nach draußen, als er hereingekommen war. Ich schnappte den mitgenommenen Hieronymus Windler unter den Armen und zog ihn an die frische Luft. Fast wären wir dabei mit Jutta und Gerhard zusammengestoßen. Geistesgegenwärtig halfen sie mir, Windler ins Freie zu bringen. Vor dem Wasserturm hatte jemand mehrere Scheinwerfer aufgestellt.

»Alles in Ordnung, Reiner?«, fragte Jutta.

»Selbstverständlich«, antwortete ich. »Schaut bitte einmal nach, ob Jacques und Dietmar Becker noch drinnen sind.«

Meine Kollegen liefen zum Turm. Auch sie kamen

nach wenigen Sekunden mit roten Köpfen wieder herausgerannt.

»Mensch, Reiner, du hättest wenigstens vorher duschen können«, meckerte Jutta. »Oder hat man dir zu Hause das Wasser abgestellt?«

Ich hob meinen linken Arm und tat so, als würde ich meine Achsel beschnüffeln. »Das bin nicht ich, Jutta. Du kannst dich gerne überzeugen.«

Im Hintergrund sah ich, wie Jacques den Wasserturm verließ und sich verdrückte. Kurz darauf erschien auch Becker und gab seine Gasmaske einem der Polizisten.

»Der Geruch kommt von dem Tarnnetz«, log ich. »Der Kleber ist laut Jacques noch im Experimentierstadium. Die Kollegen sollen sich nicht so anstellen, sondern die Nase zuhalten und endlich die Kocinskys befreien, bevor die uns eingehen.«

Während Jutta zu den Beamten ging, fragte mich Gerhard: »Was ist das für eine Metallplatte, Reiner? So etwas habe ich noch nie gesehen. Hast du das von David Copperfield?«

Dietmar Becker, der gerade auf uns zukam, hatte die Frage gehört. »Jacques hat es mir erklärt, Herr Steinbeißer«, mischte er sich ein. »Seit Längerem gibt es bereits Supermagnete aus Neodym-Eisen-Bor. Sie benötigen keinen Strom und sind ein Vielfaches stärker als die handelsüblichen Magnete. Jacques hat einen Dauermagneten entwickelt, der bei gleichem Volumen rund tausendmal stärker als ein Supermagnet ist.«

Beeindruckt nickte Gerhard. »Und wie entfernt man die Waffe vom Magneten?«

Becker lachte. »Da gibt es nur eine Möglichkeit und das ist Hitze. Ab 100 Grad Celsius verlieren Dauermagnete ihre magnetischen Eigenschaften.«

Tapfer gingen Dietmar Becker, Gerhard und ich in Richtung Wasserturmeingang. Der Geruch schien inzwischen etwas verflogen zu sein. Mehrere Beamte schnitten Ben und Johanna Kocinsky aus dem Tarnnetz. Beide waren leichenblass, aber bei Bewusstsein. Dr. Metzger stand mit einer Banane daneben und schien auf seinen Einsatz zu warten.

Auf einmal stand Jutta vor uns. »War es das Risiko wert, Reiner?«

»Ja, das war es«, antwortete ich. »Ich fahre jetzt heim und genieße meinen Urlaub. Bis nächstes Jahr.«

»Einen schönen Urlaub und frohe Weihnachten«, rief mir Jutta nach.

Epilog

Auch dieses Mal habe ich wieder Glück gehabt; meiner weiteren Karriere als Polizeibeamter steht nichts im Weg. KPD hatte selbstverständlich auch ohne das Geständnis des Ehepaars Kocinsky gewusst, dass die beiden die Köpfe der Erpresserbande waren. Dies jedenfalls gab er bei der Pressekonferenz bekannt. Er verkündete auch, dass er für die Lösung des Falles einen Undercover-Agenten eingesetzt hatte. Den Showdown im Mutterstadter Wasserturm und seine Mitarbeiter erwähnte er mit keiner Silbe. Borgias anschließende Lobeshymnen über unseren Chef, seinen tollen Führungsstil und sein Gespür für die Aufklärungsarbeit brachten mich bis zur Weißglut. Das einzig Gute daran war, dass ich aus der Schusslinie war. Eifler vom Landeskriminalamt tauchte nicht mehr auf, er spielte die beleidigte Leberwurst.

Bernd Schliefensang, den Klaus Kinski unter den Beamten, muss ich rehabilitieren. Irgendwelche Kontakte zu dem Unternehmen Rheingüter oder den Kocinskys konnten ihm nicht nachgewiesen werden. Eine durch mich veranlasste interne Prüfung ergab, dass seine Versetzungsgründe, wenn auch etwas delikat, rein privater Natur waren. Er hatte sich von seiner Frau getrennt und lebt nun bei ihrer Schwester in Ludwigshafen.

Auch mein persönlicher Feind Markus Drexler hatte mit der Sache nichts zu tun. Sein Bergungsunternehmen hatte er an seinen Bruder übertragen, da er beabsichtigt, ein paar Jahre mit seiner amerikanischen Frau in Florida zu leben. Seine beiden Mitarbeiter wussten Bescheid und arbeiten nun für Drexlers Bruder.

Insgesamt konnte man von Glück sprechen, dass in diesem Fall nur ein Toter zu beklagen war. Hieronymus Windler wurde in der geschlossenen Psychiatrie untergebracht. Über seine Schuldfähigkeit werden sich so manche Gutachter und Richter die Köpfe heiß reden. Die umfangreiche Anklage gegen Ben und Johanna Kocinsky wird zurzeit von der Staatsanwaltschaft vorbereitet. Das Verfahren gegen Alexander von Welchingen und Francesco Monato wird vermutlich von dem Hauptverfahren abgetrennt. Die Analyse der Chemikalien in dem Tank auf dem Gelände der Port-Chemie ergab, dass die Konzentration und Gefährlichkeit des Stoffes durchaus für eine Vielzahl von Todesopfern in der näheren Umgebung des Geländes gereicht hätte. KPD wird für die Verhinderung des Anschlags bestimmt ein Orden verliehen.

Der Immobiliendeal zwischen Johanna Kocinsky und der Kreisverwaltung wird vertuscht. Wir Beamte bekamen einen Maulkorb verpasst. Allerdings erlaubte ich mir, Diefenbachs persönlichem Undercover-Agenten ein paar Hinweise zu geben. Nur für den Fall, dass Becker rein zufällig einen Kriminalroman über die Sache schreiben sollte. Doch egal, ob Nürburgring oder Wellnesstempel am Rhein, größenwahnsinnige und unwirtschaftliche Projekte von profitsüchtigen Menschen gab es schon immer und wird es immer geben, nicht nur in der Politik.

Jutta und Gerhard nahmen über Weihnachten Urlaub. Die Kriminalinspektion ist über die Feiertage nur mit einer Notbesetzung aktiv. Was soll während der friedlichen Tage groß passieren?

Gerhard tat mir ein bisschen leid. Heute sollen die ersten Verwandten seiner Katharina anrollen. Mein Kollege hat bei mir prophylaktisch um Asyl gebeten, was ich selbstverständlich abgelehnt habe.

Es war toll, morgens um 7 Uhr von meinem Sohn Paul mit einem frivolen Witz geweckt zu werden. Stefanie kümmerte sich um das Frühstück, während ich einen kurzen Blick in die Zeitung werfen konnte. Melanie unterzog ihr Weihnachtsgeschenk vorab einer Hörprobe und selbst Frau Ackermann war nicht zu sehen, geschweige denn zu hören. Ach ja, auch der Heizungsnotdienst erschien pünktlich. Die Reparatur dauerte höchstens zwei Minuten. Ich bin glücklich, es herrscht eine friedliche Idylle, und Stefanies Bauch macht hin und wieder kleine Strampelbewegungen, die mich zu Tränen rühren. In zwei Tagen ist es Weihnachten, es wird mit Sicherheit das schönste Fest seit Jahren. Was ist das? Das kann doch nicht wahr sein! Das Telefon klingelt!

Es hätte so ein schöner Tag werden können.

ENDE

Danksagungen

Als Landratte mit Seepferdchenabzeichen hätte ich größte Probleme gehabt, den vorliegenden Palzki-Roman, der viel mit dem Thema Binnenschifffahrt und Rhein zu tun hat, authentisch zu schreiben. Glücklicherweise konnte ich auf die Hilfe von Herrn Karl Kammermeyer, Dienststellenleiter und Erster Polizeihauptkommissar der Wasserschutzpolizei Ludwigshafen, zurückgreifen. Er hat mir geduldig und freundlich alle meine Fragen beantwortet und wusste viele Geschichten und Anekdoten zum Thema Binnenschifffahrt und Gefahrguttransport zu berichten. Die Informationen waren so interessant und vielfältig, dass ich fast ohne Übertreibung ein Sachbuch darüber schreiben könnte. Da das vorliegende Buch aber ein Krimi ist, war eine Beschränkung auf die wesentlichen Dinge unabdingbar. Kleinere dichterische Freiheiten habe ich mir bei der Beschreibung allerdings herausgenommen. Dem Laien mag es eine Herausforderung sein, die Stellen im Roman zu finden, die nicht hundertprozentig der Wahrheit entsprechen können.

Ich habe mit Herrn Kammermeyer einen sehr angenehmen und sympathischen Menschen kennengelernt.

Auch dieses Mal gilt mein Dank dem Kriminalhauptkommissar Kai Giertzsch, der in der Polizeiinspektion Schifferstadt als stellvertretender Dienststellenleiter das lebendige Äquivalent zu Reiner Palzki ist. Er hat das Manuskript aus Polizeisicht gelesen und mich vor so manchem Fehler bewahrt. In diesem Zusammenhang gebührt auch dem Dienststellenleiter Herrn Uwe ›Pierre‹ Stein mein Dank, der den Humor hat, Palzki und seinen Vorgesetzten KPD in ›seiner‹ Dienststelle von einem Fettnäpfchen ins nächste stolpern zu lassen.

Zum Schluss muss ich noch eine Lanze brechen für das Lektorat des Gmeiner-Verlags. Claudia Senghaas hat es meiner Meinung nach mal wieder geschafft, mit ihren kritischen, aber gerechtfertigten Anmerkungen dem vorliegenden Roman die ideale Portion Würze zu verabreichen. Die Arbeit hat sich gelohnt, ich durfte viel dabei lernen und freue mich auf unsere weitere Zusammenarbeit.

Personenglossar

Reiner Palzki – Kriminalhauptkommissar

Gebürtiger Ludwigshafener, 45 Jahre alt, lebt von Frau und Kindern getrennt. Palzki wohnt in einer Doppelhaushälfte im Schifferstadter Neubaugebiet. Im Kochen ist er absolut talentfrei, seine Nahrungsaufnahme beschränkt sich auf Fast Food und Kalorienhaltiges aus Discountereinkäufen.

Gerhard Steinbeißer – Lieblingskollege von Reiner Palzki

34 Jahre alt, seit Jahren unter den ersten 100 beim Mannheimer Marathon. Trotz seines zurückweichenden Haaransatzes lebt er als bekennender Single mit häufig wechselnden Partnerinnen.

Jutta Wagner – Kollegin von Reiner Palzki

Die 40-Jährige mit den rot gefärbten Haaren organisiert interne Angelegenheiten, führt Protokoll und leitet Sitzungen autoritär, sachlich und wiederholungsfrei. Deshalb ist sie bei ihren Kollegen sehr beliebt.

Stefanie Palzki – Ehefrau von Reiner Palzki

39 Jahre, wohnt mit ihren Kindern in Ludwigshafen. Jeder Versuch, zu ihrem Mann zurückzukehren, wird durch die Unzuverlässigkeit Reiner Palzkis im

Ansatz konterkariert. Stefanie und Reiner erwarten ihr drittes Kind.

Melanie und Paul Palzki – Kinder von Reiner und Stefanie Palzki

Melanie geht in die fünfte Klasse der Realschule, ihr Bruder Paul in die zweite Klasse der Grundschule. Beide lieben sie die variantenreiche Gourmetküche ihres Vaters, die sich hauptsächlich aus Imbissbudenbesuchen sowie gelieferter Pizza und Pommes mit viel Mayo zusammensetzt.

Dietmar Becker – Student der Archäologie

Der 25-Jährige wohnt in einer WG in Mutterstadt. Becker wirkt unbeholfen und ungeschickt. Durch seine kleine Stupsnase, das glatt rasierte Gesicht und das gescheitelte Haar erscheint er überaus knabenhaft. Becker ist wieder einmal dabei, einen Regionalkrimi zu schreiben und kommt Palzki dadurch ständig unverhofft in die Quere.

Dr. Matthias Metzger – freier medizinischer Berater

Der stämmige und groß gewachsene Humanmediziner hat bereits vor Jahren seine Kassenzulassung zurückgegeben. Markant sind seine langen feuerroten Haare und sein nervöser Tick. Hin und wieder fährt er aus Langeweile Notarzteinsätze. Metzger bietet seine ärztlichen Dienstleistungen auch privat an. Kleinere Dinge wie Blinddarmentfernung oder Bypasslegung führt er auf Wunsch gerne ambulant beim Kunden durch. Der Autor garantiert an dieser Stelle, dass er keine Provisionen für etwaige Vermittlungen erhält.

Jacques Bosco – Erfinder

Genialer Tüftler, der sich aus dem öffentlichen Leben zurückgezogen hat. Mit seinen 1,60 , einem Alter von über 70 Jahren und seinen wirren Haaren wirkt er wie Albert Einstein. Palzki kennt Jacques schon von Kindesbeinen an.

Heinz Strommeier – Erster Polizeihauptkommissar der Ludwigshafener Wasserschutzpolizei

Der Dienststellenleiter der Wasserschutzpolizei unterstützt Reiner Palzki bei seinen Bemühungen, den Fall zu lösen. Dabei erfährt Palzki so allerhand über den Rhein und die Binnenschifffahrt.

Bernd Schliefensang – Polizeioberkommissar der Ludwigshafener Wasserschutzpolizei

Langhaariger, ohrringtragender Polizeioberkommissar, der Ähnlichkeiten mit Klaus Kinski hat. Vor ein paar Wochen ließ er sich freiwillig von der Mosel an den Rhein nach Ludwigshafen versetzen. Sein Äußeres macht ihn für Palzki per se zum Verdächtigen.

Markus Drexler – Geschäftsführer eines Bergungsunternehmens

Vom Typ Reinhold Messner mit Bierbauch entwickelt sich Drexler zum neuen Feindbild für Palzki. Glücklicherweise fährt Drexler kurz vor einer Eskalation nach Florida in Urlaub. Die Gründe, warum er unmittelbar zuvor seinen Gewerbebetrieb abgemeldet hat, bleiben zunächst unklar.

Norbert Linde – Geschäftsführer der Rheingüter GmbH

Sein schlaksiger Körper verbiegt sich bei jedem Schritt in alle möglichen Richtungen, so, als besäße er keine Knochen. Dazu kommt, dass er seinen linken Fuß nachzieht. Das schlangenmenschliche Wesen scheint gut 50 Jahre alt zu sein. Auf der letztjährigen Weihnachtsfeier hat er sich ungebührlich benommen.

Ben Kocinsky – Schiffsführer der Walburga

Lebt seit einiger Zeit von seiner Frau getrennt, was in der Vergangenheit schon häufiger vorkam. Er ist Tobsuchtsanfällen nicht abgeneigt. Dr. Metzger persönlich stellt den Totenschein für Kocinsky aus.

Johanna Kocinsky – Frau von Ben Kocinsky

Wohnt in Mannheim am Paradeplatz und ist Geschäftsführerin der ›Metropolregion Immobilien‹. Die 30-Jährige sieht aus wie ein Mannequin und ist auch so angezogen. Ihre langen braunen Haare hat sie zu einem strengen Pferdeschwanz zusammengebunden, der ihr bis zur Taille reicht. Einen Ersatz für ihren Mann hat sie längst gefunden.

Hieronymus Windler – Freund von Johanna Kocinsky

So mag Karl Lagerfeld vor ein paar Jahrzehnten ausgesehen haben. Windler unterstützt seine Geliebte nach Kräften bei ihren etwas ungewöhnlichen Immobilienplänen.

Alexander von Welchingen – Steuermann der Walburga

Wohnt in einer von seiner Frau geerbten Villa in Bad Dürkheim. Durch die Hochzeit erhielt er nicht nur das Haus, sondern auch seinen Titel. Als Steuermann arbeitet er im Team von Ben Kocinsky. Sein roter Lockenkopf ist recht markant.

Francesco Monato – Matrose aus Speyer

Auch er gehört zum Team von Ben Kocinsky. Seine selbst gebaute Einbruchsverhinderungsanlage findet Palzki nicht witzig.

Harald Schneider – Autor

Einer muss diese Geschichte ja schließlich geschrieben haben. Es handelt sich hier aber weder um eine gespaltene Persönlichkeit von Reiner Palzki noch um das Alter Ego von Dietmar Becker. Wenn Sie sich vergewissern wollen, hier finden Sie alles Weitere über den Autor:

http://www.palzki.de

ANNETTE LEIDNER
MÖRDERISCHE KRAFT

Haßloch, an einem Sonntag im Juli. Frau Hildegard Jungmann liegt tot in der Küche ihres Hauses, erschlagen mit dem eigenen Kehrblech.

Würzige Sommerluft bläst durch die weit geöffnete Terrassentür, hebt Hildegards hauchzarten Morgenmantel und durchkämmt ihr silbergraues Haar. Neben ihr liegen drei orangerote Gladiolen und die Scherben einer Vase. Frau Linsenmeier, die Leiterin der Ermittlungsgruppe, inspiziert die Leiche. Ihre Leute laufen durch alle Räume und den Garten.

»Ich habe Mutter immer dazu ermahnt, vorsichtiger zu sein«, klagt Hildegards Sohn Felix. Auch er schaut sich im ganzen Haus genau um, selbstverständlich ohne etwas anzufassen. Kein einziges Zimmer ist durchwühlt, alles scheint unberührt, nur die Tür der Besenkammer steht offen.

»Wurde überhaupt etwas gestohlen?«, will Frau Linsenmeier wissen.

»Ja«, meint Felix Jungmann, »Mutters Brille, ihre goldenen Schneckennudelohrringe und ihre Platin-Jahreskarte für den Holiday Park.« Der Polizist mit dem Notizblock in der Hand schaut zweifelnd. Doch Felix Jungmann ist sich ganz sicher. »Mutter trug ihre

Brille immer. Ohne diese hätte sie sich ja gar nicht zurechtgefunden. Aber jetzt hat sie nur noch den Abdruck auf der Nase. Das ist mir sofort aufgefallen, als ich sie gefunden habe. Und ihre großen Lieblingsohrringe legte sie stets auf die Kommode im Flur, sofern sie die verrückten Schneckennudeldinger nicht trug.« Zum besseren Verständnis beschreibt er die Schmuckstücke, indem er mit dem Finger einen immer kleiner werdenden Kreis in die Luft zeichnet. »Doch die Platin-Jahreskarte«, erklärt er weiter, »war für Mutter das Wertvollste, was sie besaß. Sie war achterbahnsüchtig, süchtig nach Beschleunigung und Schwerelosigkeit. Sie wurde regelrecht depressiv, wenn sie nicht mindestens zweimal in der Woche in den Holiday Park gehen konnte. Das war schon seit Jahren so. Weder ihr Arzt noch ich konnten sie davon abhalten, sich ausgerechnet diese Achterbahn zum Hobby zu machen. Die Eintrittskarte steckte immer am Küchenschrank, eingeklemmt zwischen der Glasscheibe und dem Holzrahmen. Sie musste sie immer im Blick haben.« Die Chefermittlerin schüttelt fassungslos den Kopf.

»Ein Mord, wegen einer Brille, einem Paar Ohrringe und einer Platin-Jahreskarte?«

»Mit der außer Mutter sowieso niemand etwas anfangen kann«, ergänzt Felix Jungmann, »diese besondere Eintrittskarte wird mit einem Foto des Besitzers versehen und ist nicht übertragbar.« Frau Linsenmeier zieht die Augenbrauen hoch und neigt ihren Kopf zur Seite. Noch ehe Felix Jungmann nach dem Grund für die seltsam anmutende Pose fragen kann, sitzt er in ihrem zivilen Dienstfahrzeug. Die kurze, aber äußerst sportliche Fahrt endet am Holiday Park, in der Nähe des Eingangs. Hoch konzentriert nehmen die beiden jeden einzelnen der heranströmenden Besucher ins Visier. Die Chefin wirkt dabei profimäßig entspannt, Felix Jungmann ist überaus nervös. Nach vorne gebeugt, als könnte er so besser sehen, klopft und kratzt er unaufhörlich auf dem Armaturenbrett herum. Plötzlich schreit er auf:

»Da ist Mutter, da ist sie!« Sie springen aus dem Auto und rennen auf ›Mutter‹ zu, die sich flotten Schrittes durch die Menschenmenge schlängelt. Frau Linsenmeier stoppt die überraschte Frau mit einer eindeutigen Handbewegung und lässt sich von ihr die Eintrittskarte zeigen. Es ist Hildegard Jungmanns Karte. Frau Linsenmeier packt die dringend Tatverdächtige sofort mit sicherem Griff.

»Kennen Sie diese Frau?«, fragt sie Herrn Jungmann.

»Ich weiß nicht so recht, sie sieht wirklich genauso aus wie Mutter. Sie ist sogar frisiert wie sie.«

»Nehmen Sie ihr die Brille ab!«, fordert sie ihn auf. Felix tut wie geheißen. Ganz langsam und vorsichtig zieht er Mutters Brille von der fremden Nase. Das blanke Grauen fährt ihm durch die Glieder, denn jetzt erkennt er die Person. Vor ihm steht, mit apathischem

Blick und den goldenen Schneckennudelohrringen, Theresa Dubinski, Mutters neue Putzkraft!

»Sie ist selbst schuld an ihrem Ende«, verkündet die Frau auf einmal schnippisch, »Frau Jungmann hat mir jeden Mittwoch geschlagene drei Stunden von ihrem bigFM Expedition GeForce Megacoaster vorgeschwärmt. Sie hat mir sogar vorgemacht, wie sie drin sitzt, wie sie hoch und runter fährt, sich nach links und rechts dreht, und sie hat mir Dutzende Male erklärt, an welchen Stellen es am heftigsten in ihrem Bauch kribbelt. Ich wusste genau, aus welchem Schrank sie eine passende Vase nehmen würde. Mir blieb genug Zeit, um das Kehrblech zu holen.«

»Sie haben meiner Mutter die Gladiolen gekauft, um sie leichter erschlagen zu können?«

»Gladiolen geklaut. Selbstschneidefeld«, verbessert sie ihn.

»Sie haben sie umgebracht, nur weil Sie Achterbahn fahren wollten?«

»Aber keineswegs!«, empört sie sich, »Donnerfluss und Superwirbel sollen auch nicht schlecht sein …«

BERND VANSELOW

DAS MASKOTTCHEN

Speyer, Innenstadt

Die Maximilianstraße war fast menschenleer. Im Laternenlicht sah man nur vereinzelt Menschen, die es eilig hatten. Auch Maria beeilte sich – die Angst trieb sie vorwärts. Seit Wochen hatte sie das Gefühl, beobachtet zu werden. Auch heute wieder, auf der Heimfahrt vom Holiday Park, wo sie als Geschäftsführerin tätig war, glaubte sie, von einem Lieferwagen verfolgt zu werden. Jetzt wollte sie zur Polizei, um Anzeige zu erstatten.

Aber dazu kam sie nicht mehr. Zu spät sah sie den Schatten an der Häuserecke. Der Schlag auf ihren Kopf war so heftig, dass sie an die Hauswand geschleudert wurde und sofort das Bewusstsein verlor. Ein Mann zog ein eigenartiges Messer aus der Tasche und wollte gerade auf Maria einstechen, als eine Haustür aufging und Stimmen zu hören waren. Das war Marias Glück. Dragan konnte seinen teuflischen Plan noch nicht vollenden. Er verschwand unerkannt …

Ludwigshafen, Unfallklinik

Leander öffnete leise die Tür zu Marias Krankenzimmer und fragte vorsichtig: »Maria? Ich bin es, Leander!«

Leander war Kommissar bei der Polizei-Inspektion in Speyer und kannte die junge Frau, da sie im selben Haus wohnten. Als Maria die Augen öffnete und sie ihn erkannte, lächelte sie zaghaft. »Hallo, Leander, schön Sie zu sehen. Was ist passiert?«

»Man hat sie vor zwei Tagen blutüberströmt vor der Polizeistation in Speyer gefunden. Sie wurden brutal niedergeschlagen.« Leander schaute sie besorgt an.

»Was wollten Sie denn bei der Polizei?«

»Nun ja, ich wollte um Hilfe bitten. Ich fühle mich seit Wochen beobachtet und habe das Gefühl, dass sich jemand in meiner Wohnung aufhielt, wenn ich nicht da war.«

»Maria, lassen Sie uns ein anderes Mal ausführlich darüber reden. Ich werde sehen, was ich für Sie tun kann. Aber jetzt müssen Sie sich ausruhen. Ich möchte, dass Sie recht bald aus dem Krankenhaus entlassen werden, denn ich möchte mit Ihnen essen gehen.«

Sie schaute ihn lange an. Dadurch verunsichert fügte Leander etwas unbeholfen hinzu: »Rein dienstlich natürlich.«

»Ach, rein dienstlich?«, scherzte Maria. Leander fühlte, dass er rot wurde.

«Mal sehen, vielleicht.«

Leander war etwas verunsichert. »Ich muss jetzt leider gehen. Aber ich melde mich und wünsche gute Besserung.«

Haßloch, Holiday Park

Dragan arbeitete seit ein paar Tagen als Maskottchen Holly im Holiday Park. Tagsüber begeisterte er dort die Besucher mit lustigen Späßen.

Jetzt am Abend schliff er sorgfältig sein Filetiermesser am Wetzstahl. Es war sein Lieblingsmesser. Er testete die Qualität des Schliffs und war zufrieden.

»Scharf wie eine Rasierklinge«, sagte er laut und setzte sich an den Küchentisch, der eigentlich ein Schlachtertisch aus Aluminium war. Er dachte an Maria. Dass sie vor Jahren seine Liebe nicht erwidert hatte, konnte er ihr nicht verzeihen. Sein Hass wuchs immer mehr.

Bedächtig schnitt er sich in den Unterarm. Blut tropfte auf den Schlachtertisch.

Leise stöhnend dachte er: »Das nächste Mal wird es Marias Blut sein …«

Speyer, ein paar Tage später

Maria stand am Fenster. Sie dachte an Leander und wünschte, er wäre jetzt bei ihr. Das Telefon klingelte. »Hallo, Maria. Ist bei Ihnen wieder alles in Ordnung?«

»Hallo, Leander, nett, dass Sie anrufen.« Der junge Mann nahm all seinen Mut zusammen: »Ich möchte auf Ihr ›vielleicht‹ zurückkommen und Sie fragen, ob Sie heute Abend schon etwas vorhaben?«

»Meinen Sie das dienstlich oder privat?« Leanders Zuversicht verflog. Wie konnte er auch davon ausgehen, dass eine so gut aussehende Frau an einem Samstagabend nichts vorhatte.

»Äh, ja, also, dieses Mal frage ich nicht als Polizist, sondern als Mann.«

»Leander, Leander«, scherzte Maria. »Also gut, bis später. Wir werden gemeinsam überlegen, was wir unternehmen können.«

»Das ist eine sehr gute Idee. Ich komme, sobald ich hier fertig bin.«

»Bis später.« Maria legte auf und freute sich. Zu sich selbst sagte sie: »Ich werde mich jetzt bei einem Bad entspannen und mich dann hübsch machen.«

Sie benutzte ihr Lieblingsöl, bereitete sich ihr Badewasser und freute sich auf ein entspannendes Bad und auf den Besuch. Sie schnappte sich ihren Bademantel, als Dragon lautlos die Tür öffnete, ohne sie wieder zu schließen. Er versteckte sich und beobachtete die hübsche Frau beim Ausziehen.

Erregt kratzte er wieder an der Blutkruste auf seinem Unterarm herum. Er holte sein Filetiermesser aus dem Lederetui und dachte: »Gleich werde ich ihr warmes Herz besitzen.«

Leander schlug mit voller Kraft zu. Dragan fiel zu Boden, aber er war noch handlungsfähig. Er richtete sich auf und ging voller Hass mit dem Messer auf den Angreifer los. In letzter Sekunde gelang es Leander, Dragan auszuweichen und erneut zuzuschlagen. Dragan fiel mit dem Kopf nach vorne zu Boden. Angewidert drehte Leander ihn um. Der Mann war tot und das Filetiermesser steckte tief in seiner Brust.

Haßloch, Holiday Park, Tage später
Maria und Leander hatten sich im Holiday Park verabredet und schlenderten gut gelaunt durch den Vergnügungspark. Seit heute steckte in Hollys Kostüm ein neuer Komparse. Der Holiday Park hatte wieder seine beiden Maskottchen.

»Maria, Holly und Dolly sind wieder zusammen!«

Maria sah ihren Begleiter liebevoll an und fragte: »Sind die beiden eigentlich ein Paar?« Er erwiderte den Blick und antwortete: »Ja, ich glaube, sie sind genauso verliebt wie wir.«

Sie küssten sich und gingen glücklich Hand in Hand in Richtung Ausgang.

SABINE LANG
ACHTERBAHN

Der Wagenzug der Expedition GeForce im Holiday Park, Europas spektakulärster Achterbahn, hatte den höchsten Punkt überwunden und raste, begleitet vom Schreien der Fahrgäste, mit 82° Gefälle und Tempo 120 dem Erdboden entgegen. Die Mitfahrer warfen begeistert die Arme in die Luft.

In der vorletzten Reihe saß Ignatz Grumbach, Inhaber der gleichnamigen Schreinerei in Neustadt. Auch er hatte die Hände gen Himmel gereckt, verhielt sich aber ruhig. Hinter ihm saß sein älterer Mitarbeiter Egon Wenz, die Sitze neben den beiden Männern waren jeweils frei geblieben. Am Ende der Fahrt hoben sich die Haltebügel und die Fahrgäste drängelten, noch etwas benommen, aus dem Wagen. Auch Egon war ausgestiegen und eilte wie die anderen zum Ausgang. Von dort ging er in Richtung Burg Falkenstein, der beliebten, traditionellen Geisterbahn. Bei der Fahrt mit der GeForce war ihm übel geworden. Achterbahn fahren war nicht sein Ding! Deshalb freute er sich jetzt umso mehr auf die Burg Falkenstein, denn die liebte er. Im Gehen entledigte er sich der dünnen Windjacke mit dem Emblem der ›Roten Teufel vom Betzenberg‹, und stopfte sie in seine umgeschnallte

Gürteltasche. Egon war FCK-Fan, so lange er zurückdenken konnte.

In der Achterbahn kontrollierte unterdessen eine Aufsichtsdame, ob alle Mitfahrer den Wagenzug verlassen hatten. In der vorletzten Reihe war ein einzelner Fahrgast sitzen geblieben. Die Aufsichtsdame trat zu ihm.

»Die Fahrt ist zu Ende, bitte aussteigen«, sprach sie ihn an, aber er rührte sich nicht. Sie tippte ihm auf die Schulter. »Geht es Ihnen nicht gut?«, fragte sie besorgt. Doch statt einer Antwort kippte der Fahrgast wortlos nach vorne und brach über der Lehne des Vordersitzes zusammen. Die Aufsichtsdame schrie laut und entsetzt auf.

Den Schrei hatte auch Egon gehört. Er drehte sich jedoch nicht um, sondern ging weiter in Richtung Burg Falkenstein. Dort wollte er seine Jacke entsorgen. An die würde man sich am ehesten erinnern, wenn die Frage aufkam, wer in dem Unglückswagen mitgefahren war. Noch etwas anderes musste Egon loswerden. Seine rechte Hand glitt in seine Hosentasche.

Ignatz Grumbach lag unteressen vor dem Wagen und sah überhaupt nicht gut aus. Die Augen blickten starr, der Mund war verzerrt und das Gesicht blau angelaufen. Ein hässlicher, blutiger Steifen zog sich quer über seinen Hals. Kein Zweifel – Ignatz Grumbach war tot.

»Hallo, Egon, wo hast du dich denn herumgetrieben?« Eine Hand landete auf Egons Schulter, gerade als er die

Burg Falkenstein erreicht hatte. Es war sein Kollege, Franz Müller. Sie waren zusammen in den Holiday Park gefahren, Ignatz Grumbach, der Chef, und seine beiden Mitarbeiter, Egon und Franz. Es war ihr letzter gemeinsamer Betriebsausflug, dachte Egon, zumindest für ihn. Vor drei Wochen hatte der Chef ihm eröffnet, dass er gezwungen wäre, ihm demnächst wegen Auftragsmangel zu kündigen.

»Lass uns zum ›Pfalzgraf‹ gehen, wo wir uns in einer halben Stunde treffen wollten«, schlug Franz vor und Egon blieb nichts anderes übrig, als ihm zu folgen. Die Hand hatte er noch immer in der Hosentasche, wo sie deren Inhalt fest umschloss. Das musste jetzt warten.

Stattdessen folgte er Franz zum ›Pfalzgraf‹, dem größten Restaurant im Park.

Während die Polizei die Leiche und den Unglücksort untersuchte, fotografierte und Beweisstücke sicherte, ahnte man ein Stück weiter im Restaurant noch nichts von der Katastrophe. Am Eingang standen vier Hostessen in Holiday-Park-Bekleidung mit einem großen Blumenstrauß. Jetzt stieß die eine ihre Kolleginnen an.

»Passt auf«, flüsterte sie und nahm Haltung an, »der Nächste ist es.« Ein Tusch ertönte. Die Gäste drehten sich zur Tür, durch die gerade zwei Männer den Raum betraten.

»Herzlichen Glückwunsch!«, rief die Dame mit dem Blumenstrauß, und trat auf den älteren Mann zu, »Sie sind unser hunderttausendster Gast in dieser Saison!«

Egon hatte einen furchtbaren Schreck bekommen. Er wollte an den Damen vorbei laufen, aber Franz schob ihn vorwärts. In diesem Moment brach stürmischer Applaus aus und Kameras richteten sich auf Egon. Blitzlichtgewitter prasselte auf ihn ein und er versuchte instinktiv, seine Augen abzuschirmen, aber dazu musste er die Hand aus der Tasche nehmen. Die Kameras richteten sich auf den Gegenstand in seiner Hand und plötzlich gefror das Lächeln in den Gesichtern der Hostessen und das Klicken der Kameras verstummte. Entsetzt starrten alle auf den dünnen, blutigen Draht in Egons Hand.

In die plötzlich eingetretene Stille hinein hörte man einen einzelnen Schrei.

Als die Handschellen zuschnappten, erwachte Egon langsam aus seiner Erstarrung.

Widerstandslos folgte er den Polizisten ins Freie. Dort drehte er sich noch einmal um und warf einen sehnsüchtigen Blick in Richtung Burg Falkenstein. Es würde lange dauern, bis er zu seiner Fahrt in der Geisterbahn kommen sollte.

JOANNA HAMMER
WO IST HOLLY?

»Wo ist Holly?«, rief der Chef des Holiday Parks. Es war in der Hochsaison und eine halbe Stunde vor Kassenöffnung.

»So sehr verspätet Holly sich sonst nie! Jetzt ist er schon eine Stunde zu spät!«, rief Jim Pond aus der Wasserski-Show, in der er den Geheimagent von H2O spielte.

»Hoffentlich ist er bis zur Parade da«, meinte der Chef des Parks, den er erst kürzlich von seinem Onkel geerbt hatte.

»Hör zu«, sagte Jim zu seinem Kollegen Leo. »Irgendetwas stimmt nicht.«

»Du meinst, Holly bleibt nicht ohne Grund weg?«

»Erinnerst du dich an den seltsamen Mann, der gestern hier war?«

»Ja, Jack hat ihm nachspioniert – komm, wir fragen ihn.«

»Hey Jack!«, rief Jim.

»Wollt ihr mir beim Wasserskiüben zusehen?«

»Nein, es geht um H2O«, sagte Leo. »Du hast doch gestern diesen Kerl ausspioniert, der im Park herumgeschnüffelt hat?«

»Richtig!«

»Und?«, unterbrach Jim.

»Er ist mindestens dreimal mit der Burg Falkenstein-Bahn gefahren.«

»Sonst nichts?«, fragte Pond. »Nein. Danach ist er auf die Toilette gegangen und hat die ganze Zeit die Spülung gedrückt. Ich vermute, er hat telefoniert.«

»Wie sah er aus?«

»Klein, circa 1,30 Meter. Er dürfte 40 Jahre alt gewesen sein.«

»Danke für die Beschreibung, Jack. Leo und ich gehen nun zum Parkchef und erklären ihm, wer wir wirklich sind und dass wir den Fall übernehmen.« Jim und Leo machten sich auf die Suche. Er wird bestimmt eine Menge Stress verursachen. Na ja – würde ich auch, schließlich ist heute die größte Parade des Jahres und Holly taucht nicht auf, dachte der Agent.

So staunte Jim nicht schlecht, als sie den Direktor seelenruhig in seinem Büro vor einer Tasse Tee sitzend vorfanden.

»Haben Sie Holly gefunden?«, fragte Leo.

»Nein«, antwortete der Chef gelassen.

»Okay«, murmelte Jim. »Wir haben wenig Zeit für Erklärungen. Ich bin ein Geheimagent, und ›H2O‹ gibt es wirklich. Ihr Onkel war der Einzige hier, der es wusste und hat das Geheimnis mit ins Grab genommen. Ich werde den Fall übernehmen, sind Sie einverstanden?«

»Ich weiß nicht. Wenn Sie mich genau über Ihre Ermittlungen informieren«, meinte der Chef.

»Dann los!«, rief Jim.

Draußen äußerte Leo: »Ich finde ihn verdächtig. Er rührt so ruhig in seinem Tee herum. Dann will er noch genau über die Ermittlungen informiert werden. Ich wette, er hat etwas mit dem Verschwinden zu tun – oder war es eine Entführung?«

»Was könnte das Motiv sein? Wir haben zwei Verdächtige: den neuen Direktor und diesen Liliputaner. Das Motiv ist beim Unbekannten zu schwer zu finden. Beim Chef dürfte es einfacher sein. Ich habe gehört, dass heute das Fernsehen kommt, um über die Parade zu berichten. Wenn Holly da nicht auftaucht, kommt das groß raus.«

»Wie wollen wir vorgehen?«, fragte Leo. »Jetzt informieren wir die H2O-Zentrale.« Er zog sein Handy heraus und die Stimme von Frau Li, der Sekretärin von H2O, drang an sein Ohr.

»Hallo, Pond, was wollen Sie?«

»Wir haben hier einen Code 42 im Holiday Park. Der neue Direktor und ein Liliputaner sind verdächtig. Wir haben nicht mehr viel Zeit! Ich brauche sieben Agenten – schnell.«

»In einer halben Stunde sind sie da.«

»Gut, aber unauffällig. Drei sollen zum Eingang gehen, wo Leo auf sie wartet. Der Rest zu mir an die Falkensteinbahn.«

»Wird erledigt!«

»Warum seid ihr so spät?«, rief Jim, als er die Agenten von H_2O auf sich zukommen sah. »Ich wurde von drei Männern eingesperrt. Pitt und die anderen haben es beobachtet und mich befreit. Ich habe gehört, dass Holly an einen Zirkus verkauft werden soll. Übergabe in der Bahn«, informierte Leo. Der Anführer einer großen Gruppe trat auf Jim zu.

»Sind Sie Pond?«, fragte der Kommissar.

»Ja«, bestätigte Jim. Er warf einen Blick auf seine Uhr »Wir haben noch ungefähr zehn Minuten Zeit bis zur Übergabe. Stationen in der Bahn, die als Versteck in Frage kommen: der Drache, das Fest, das Gewitter. Leo, Pitt und ich gehen jeweils mit einer Gruppe zu den Orten. Teilt euch auf.« Pitt gab jedem einen klitzekleinen Walki Talki und Jim befahl: »Leo zum Drachen, Pitt zum Gewitter und ich zum Fest. Wenn wir die Täter gefunden haben, versperrt ihr die Fluchtwege. Fragen?«

»Keine!«, riefen alle.

»Gut. Wir nehmen den Hintereingang der Bahn.« Jim lief mit seiner Gruppe zum Fest. Dort schien alles wie immer zu sein. Jim wollte schon weiterrennen, da fiel ihm auf, dass die Leute die tanzten, echt waren! Und im großen Käfig saß Holly! Jim informierte die anderen: »Beim Fest! Herkommen!« Die Agenten versperrten den Fluchtweg. Die Polizisten umstellten die Verbrecher.

»Wir haben den Freund von Jim Pond!«, tönte der Chef der Gangster.

»Meint ihr Leo?«, fragte Jim lächelnd »Da muss ich euch enttäuschen. Der steht hinter mir.« Der Gangsterboss gab auf. Die Polizisten führten die Verbrecher ab. Auch der Zirkusdirektor wurde verhaftet.

»Aber der Direktor des Parks, war er nicht auch verdächtig?«, fragte Pitt.

»Am Anfang, ja«, gab Jim zu, »aber als ihr Leo aus der Hütte befreit habt, wurde mir klar, dass er nichts damit zu tun hat.« Und so fand die große Parade doch noch mit Holly statt.

Weitere Krimis finden Sie auf den folgenden Seiten und im Internet: www.gmeiner-verlag.de

Harald Schneider
Palzki ermittelt
978-3-8392-1331-5

»Ermitteln Sie mit dem beliebten Kommissar Palzki und seiner Familie!«

Einfach, einfach und noch mal einfach. Oder doch nicht? Auf Kommissar Reiner Palzki warten 30 Fälle. Tatkräftig unterstützt wird er von seiner Familie. Für jeden Leser eine wahre Herausforderung. Nur genaues Lesen führt den Ermittler zum Ergebnis. Haben auch Sie das Zeug dazu?

GMEINER

Wir machen's spannend

Harald Schneider
Pilgerspuren
978-3-8392-1318-6

»Der chaotische, aber clevere Kommissar Palzki ermittelt trotz vieler Widrigkeiten des Alltags im Bistum Speyer rund um das Weltkulturerbe, den Kaiserdom.«

Osterzeit im Bistum Speyer. Haarscharf entkommen der Geschäftsführer und der Chefredakteur der Bistumszeitung »Der Pilger« im Speyerer Dom einem Attentat. Je tiefer Kommissar Palzki im Umfeld des Bischöflichen Ordinariats recherchiert, desto mehr erlangt er die Gewissheit, dass im Dom nicht nur Bischöfe, Könige und Kaiser ihre letzte Ruhestätte finden sollten … Er kann weitere Anschläge nicht verhindern und gerät selbst in Lebensgefahr.

GMEINER

Wir machen's spannend

Harald Schneider
Blutbahn
978-3-8392-1240-0

»Eine packende Mörderjagd quer durch die Rhein-Neckar-Pfalz Region.«

Fastnachtszeit. Im Hbf Schifferstadt wird in einer S-Bahn ein Toter mit einem Dreizack in der Brust gefunden. Das Opfer Willibald Teufelsreute arbeitete in einer S-Bahn-Werkstatt in Ludwigshafen. Kommissar Reiner Palzki erfährt dort, dass mehrere Personen ein Tatmotiv gehabt hätten, da Teufelsreute äußerst streitsüchtig war. Doch dann wird in Mannheim eine weitere Leiche gefunden, ermordet auf die gleiche Weise, wieder in einer S-Bahn. Die tote Frau trägt den Mädchennamen Teufelsreute, jedoch scheint es zunächst keinerlei Verbindungen zu dem ersten Opfer zu geben …

GMEINER

Wir machen's spannend

Harald Schneider
Räuberbier
978-3-8392-1129-8

»Mit humorvoll-frechen Anspielungen und skurrilen Figuren«
Die Rheinpfalz

Hauptkommissar Reiner Palzki aus Schifferstadt wird von seinem Freund Ferdinand Jäger, der für die Eichbaum-Brauerei tätig ist, um Hilfe gebeten: Mehrfach mussten in den letzten Wochen große Mengen Bier wegen unerklärlicher Geschmacksveränderungen vernichtet werden.

Kurz darauf kommt es zu einem Todesfall in der Brauerei. Als auch noch ein Arzt ermordet wird, in dessen Wohnung mehrere Dosen Hopfenextrakt gefunden werden, schwant Palzki langsam, dass die Mannheimer Traditionsbrauerei in ernsthaften Schwierigkeiten steckt …

GMEINER

Wir machen's spannend

Harald Schneider
Erfindergeist
978-3-8392-1009-3

»Routiniert und mit viel Sinn für Witz«
Der Kurier

Kommissar Reiner Palzki kommt selbst in seinem wohlverdienten Urlaub nicht zur Ruhe: Erst wird Erfinder Jacques Bosco bis zur Unkenntlichkeit verbrannt in seiner explodierten Werkstatt in Schifferstadt gefunden. Dann taucht auch noch eine Leiche im Holiday Park Haßloch auf. Der im Park beschäftigte Gärtnermeister wurde offensichtlich ermordet.

Palzki nimmt die Ermittlungen auf. Er trifft nicht nur auf einen verdächtigen Liliputaner, sondern findet auch heraus, dass sein Freund Jacques an einem revolutionären Verfahren zur Gewinnung von Energie gearbeitet hat, an dem auch der dubiose Verein »Solarenergie forever« äußerst interessiert zu sein scheint …

GMEINER
Wir machen's spannend

Unsere Lesermagazine

2 x jährlich das Neueste aus der Gmeiner-Bibliothek

24 x 35 cm, 32 S., farbig; inkl. Büchermagazin »nicht nur« für Frauen

10 x 18 cm, 16 S., farbig

Alle Lesermagazine erhalten Sie in Ihrer Buchhandlung oder unter www.gmeiner-verlag.de.

GmeinerNewsletter

Neues aus der Welt der Gmeiner-Romane

Haben Sie schon unsere GmeinerNewsletter abonniert?

Monatlich erhalten Sie per E-Mail aktuelle Informationen aus der Welt der Krimis, der historischen Romane und der Frauenromane: Buchtipps, Berichte über Autoren und ihre Arbeit, Veranstaltungshinweise, neue Literaturseiten im Internet und interessante Neuigkeiten.

Die Anmeldung zu den GmeinerNewslettern ist ganz einfach. Direkt auf der Homepage des Gmeiner-Verlags (www.gmeiner-verlag.de) finden Sie das entsprechende Anmeldeformular.

Ihre Meinung ist gefragt!

Mitmachen und gewinnen

Wir möchten Ihnen mit unseren Romanen immer beste Unterhaltung bieten. Sie können uns dabei unterstützen, indem Sie uns Ihre Meinung zu den Gmeiner-Romanen sagen! Senden Sie eine E-Mail an gewinnspiel@gmeiner-verlag.de und teilen Sie uns mit, welches Buch Sie gelesen haben und wie es Ihnen gefallen hat. Alle Einsendungen nehmen automatisch am großen Jahresgewinnspiel mit attraktiven Buchpreisen teil.

GMEINER

Wir machen's spannend